비유의 발견

비유의 발견

지은이 | 배상문
펴낸곳 | 북포스
펴낸이 | 방현철

1판 1쇄 찍은날 | 2014년 8월 14일
1판 1쇄 펴낸날 | 2014년 8월 21일

편집자 | 공순례
디자인 | 엔드디자인

출판등록 | 2004년 02월 03일 제313-00026호
주소 | 서울시 영등포구 양평동5가 18 우림라이온스밸리 B동 512호
전화 | (02)337-9888
팩스 | (02)337-6665
전자우편 | bhcbang@hanmail.net

ISBN 978-89-91120-79-2 (03800)
값 15,000원

비유의 발견

사람과 사람 사이를 잇는 소통의 키워드

배상문 지음

북포스

• 머리말 •

인터넷은 디지털로 짜인 그물이다. 씨줄인 0과 날줄인 1로만 엮여서 그물코가 매우 성글다. 2분의 1이나 5분의 3처럼 작은 어류는 포획할 도리가 없다. 사람이 많이 모이는 인터넷 커뮤니티에 들어가 보라. 찬성과 반대. 공감과 비공감. 추천과 비추천. 올려와 내려. 철저한 이분법의 세계다. 아무리 둘러봐도 2분의 1을 위한 버튼은 보이지 않는다. 설령 댓글을 정성껏 남겨도 주목받지 못한다. 이분법에 충실한 의견만 선택되어 '베스트 댓글'에 오른다.

이러한 인터넷의 속성은 인간의 사고방식에 영향을 준다. 처음엔 의견 표출의 간편함을 위해서 만들어진 버튼이었을 것이다. "고민할 필요 뭐 있어요. 둘 중 하나만 선택하면 된다고요!" 그러나 간단한 표현수단을 사용하면 인간의 의식도 그에 맞춰서 단순해진다. 고민을 덜어주려다 고민을 하지 않게 만든다. 디지털 세계에서 오래 머물수록 점점 바보가 된다.

디지털은 문학보다는 수학에 가까운 세계다. 논리가 차곡차곡 쌓여서 만들어진 공간이다. 장점도 많지만 단점도 적지 않다. 문학과 수학의 가장 큰 차이점은 모순을 대하는 태도에 있다. 수학에서는 모순을 용납하지 않는다. A와 not A를 동시에 품지 못한다. 그러나 문학은 그것이 가능하고, 우리가 사는 실제 세계도 그에 가깝다. '빛 좋은 개살구'와 '보기 좋은 떡이 먹기도 좋다'가 양립한다. 전자는 포장의 위험성을, 후자는 포장의 중요성을 강조한다. 디지털 마인드로는 이런 어정쩡한 상태를 못 견딘다. 0이든 1이든 정답을 딱 정해 주길 바란다. 그래야 다음 단계로 나아갈 수 있다.

문학은 모순을 견디는 힘을 길러 준다. 이것이 누군가에는 아무짝에도 쓸모없어 보이는 문학의 진정한 가치다. "대체 무슨 소리를 하는 거야? 그래서 결론이 뭐야?" "여기에선 이런 얘기를 하더니 저기에선 저런 얘기를 하네. 어떤 말이 정답인 거야? 답답해 죽겠네." 이런 상태에서 벗어나게 돕는다. 디지털 세계에 함몰되어 정답과 오답 찾기에만 길든 머리를 바꾼다. 실제 세계에는 정답보다 현답을 요구하는 일이 훨씬 많다. 현답은 정답과 오답 사이의 어정쩡한 지점을 가로지른다. 2분의 1이나 5분의 3도 포획할 수 있다.

시나 소설이라곤 학창 시절에 잠깐 읽어 본 게 전부라고 말하는 사람들이 있다. 요컨대 문학과 담쌓고 살았다는 얘기다. 그러나 실상은 조금 다르다. 생각보다 당신은 문학의 담벼락 안에 제법 깊숙이 들어와 있다. 경전, 신화, 우화, 속담, 격언, 연예인 어록, 할머니 말씀, 광고 카피 등을 떠올려 보라. 부자가 천국에 가기는 낙타가 바늘구멍을 통과하기보다 어렵다. 개미와 베짱이. 벼는 익을수록 고개를 숙인다. 침묵은 금이다. 어느 구름에 비 들었을지 모른다. 물이 들어왔을 때 노를 저어라. 부처님 손바닥 안이다.

예를 들자면 한도 끝도 없이 읊을 수 있다. 우리 머릿속엔 이러한 비유들이 문자 그대로 '오만 가지' 들어 있다. 문학이라는 게 사실 별것 아니다. 비유는 작은 문학이다. "연탄재 함부로 발로 차지 마라 / 너는 / 누구에게 한 번이라도 뜨거운 사람이었느냐." 간단한 비유가 문학이 된 대표적인 예다. 이건 누구나 할 수 있는 생각이다. 그러나 안도현 시인 이전에는 아무도 '발견'하지 못했다. 분명히 당신도 골목길에 쌓여 있는 연탄재를 보았을 텐데 말이다. 대개 비유는 발견이다. 문학가는 먼저 발견하는 사람이다.

누구나 문학을 할 수 있고 또 하고 있다. 스스로 의식하지 못하고 있을 뿐이다. 문학이라는 말이 거창해서 부담스럽게 느껴지는 거지. 그렇다면 문학의 자리에 비유를 놓아 보라. 조금 덜 부담스럽다. 심지어 만만하다. 비유는 만드는 것이 아니라 발견하는 것이기 때문이다. 소풍 갔을 때 장기자랑은 끼 있는 아이들의 독무대였다.

그러나 보물찾기 시간엔 특별한 재능이 필요 없다. 그저 누가 더 관심을 갖고 참여하느냐의 문제일 뿐이다. 그렇다. 문학은 (그리고 비유하기는) 장기자랑이 아니라 보물찾기에 가깝다.

잘 만들어진 비유를 들을 때, 우리는 갑자기 하나의 세계가 육박해 들어옴을 느낀다. 감각의 문이 벌컥 열리는 경험을 한다. 더 많은 문을 가진 사람이 더 넓은 인생의 폭을 갖는다. 세계를 100개의 문으로 감각하는 사람과 1,000개의 문으로 감각하는 사람이 같은 수준일 순 없다. 보통 더 많은 문을 가진 사람이 더 현명한 사람이 된다. 지혜로운 사람이 되기 위해서는 지식의 양보다 감각의 양을 쌓아야 한다. 지식인 중에 지혜로워 보이는 인물이 드문 까닭은 그 때문이다. 감각의 경험치가 부족한 것이다.

지금부터 당신은 다양한 분야의 작가들이 고심해서 만들어 놓은 100개의 비유를 만나게 된다. 페이지를 넘길 때마다 감각의 문이 하나씩 둘씩 열리는 경험을 하게 되길 기대한다. 열 번쯤 무릎을 치고, 일곱 번쯤 팔등에 소름이 돋고, 세 번쯤 등줄기로 식은땀을 흘리고, 두 번쯤 가슴이 아리고, 여섯 번쯤 입꼬리가 슬며시 올라가길 바란다. 아울러 자기만의 비유를 찾기 위해 세계를 더 골똘히 들여다보는 사람이 되었으면 좋겠다. 0과 1의 사이에 있는 2분의 1, 5분의 3의 존재를 발견하는 기쁨을 느껴 보라.

| 차례 |

말랑말랑하게 나이 드는 법

틀에 박힌 사람이 되자

제1부

행복 없이도 산다

since 2002

길을 걷다 보면 'since 2000', 'since 2002'라는 식의 간판이 버젓이 붙어 있는 것을 보고 씁쓸하게 웃을 때가 있다. 한 가게가 채 10년도 제대로 버티기 힘든 현실을 증언하는 상징들이기 때문이다. 'since'는 어림잡아 100년, 최소한 50년 이상의 전통을 유지해온 가게에 어울리는 훈장이 아닐까.

_정여울, 《마음의 서재》, 87~89쪽

20세기 자본주의가 풍물장터의 약장수 같다면 21세기 자본주의는 시내버스의 소매치기 같다. 약장수는 그나마 상품을 보여 주며 소비자를 유혹한다. 최소한의 양심은 있다. 물건을 주고 돈과 바꾼다. 그러나 소매치기는 당신에게 주는 것이 아무것도 없다. 지갑을 뽑아 가면서 그 자리에다 칫솔이라도 하나 꽂아 두는가? 그저 호주머니를 털어갈 뿐이다.

●

요즘 장사꾼은 당신의 돈을 직접 요구하지 않는다. 대신에 시간을 빼앗아 간다. 설명하자면 이렇다. 당신은 〈무한도전〉을 넋 놓고 본다. 한 시간이 눈 깜짝할 사이에 지나간다. 무엇이 문제인가? 내 주머니에서 100원짜리 하나 빠져나가지 않았는데. 그러나 그게 아니란 말이다. 그들은 당신에게 직접 요구하지만 않았을 뿐이지 결과적으로는 돈을 슬쩍 훔쳐갔다.

●

텔레비전 인기 프로그램이란 자신의 시간을 기꺼이 바치겠다는 시청자가 많은 방송을 말한다. 그들이 요구하는 것이 돈이 아니라 시간이라는 점에 주목하자. 한 시간 동안 붙들려 있었을 뿐 (게다가 즐겁기까지 했으니) 주머니가 털렸다는 생각은 하지 않는다. 그렇지만 당신은 그 방송 전후에 몇 개의 광고를 봤고, 방송 중간에 등장하는 PPL도 봤다.

●

본 게 문제인가? 당신은 항변할 것이다. 글쎄, 문제가 아닌 것처럼 느껴지도록 하는 게 바로 21세기 자본주의의 특징이라니까. 그 광고비는 어디에서 나오나. 직원들이 월급에서 조금씩 추렴해서 광고하나? 아니지. 결국 당신 주머니에서 나온다. 그렇지만 도무지 실감이 되질 않는다. 머리로는 잘 알겠는데 피부로는 못 느끼겠다는 말이다. 그 점이 핵심이다.

●

우리는 점점 '느낌'을 잃어 가고 있다. 사람들은 내가 능동적으로 〈무한도전〉을 한 시간 동안 즐겁게 봤다고 생각한다. 실상은 다르다. 그들이 당신의 한 시간을 가지고 가도록 당신이 무의식적으로 응한 것이다. 그리고 겉으로는 '시간'을 가져갔기 때문에 실질적으로 '돈'을 가져갔다는 느낌이 없다.

●

(기존의 뜻과는 다른 의미로) 시간은 곧 돈이다. 당신이 그들로부터 지켜 내야 하는 것은 시간이다. 운동화나 자동차를 싸게 사는 법은 간단하다. 텔레비전과 인터넷을 끄는 것이다. 그러나 둘 사이의 인과관계는 멀게만 느껴지고 마음에 와 닿지 않기 때문에 악순환이 되풀이된다.

●

당신이 시간을 손쉽게 내어 줄수록 그들은 시계를 빨리 돌린다. 하나의 유행이 10년 동안 지속되면 그들은 망한다. 예전 집 전화는 10년 동안 썼다. 그러나 요즘 휴대폰은 일 년 넘어가면 바꾸고 싶어진다. 그러한 마음이 들게끔 그들이 당신의 시계를 빨리 돌린다. 태엽을 빽빽 감는다.

●

'since 2002'라니. 웃긴 노릇이지만 마냥 웃을 수만도 없다. 그들이 빨리 돌린 시간의 흐름에 우리가 익숙해져 있어서다. 예컨대 요즘은 10년 된 카페 찾기가 어렵다. 몇 년 만에 찾아간 대학가에는 자주 들렀던 커피 전문점이 사라지고 없다. 그곳에서 'since 2002'면 터줏대감이다. 우리는 머지않은 미래에 '10년 전통의 냉면집' 같은 간판을 보게 될 것이다.

최신작

요즘 최고 인기 작가의 최신작을 모른다고 창피해하는 사람이 많다. '옛날 책'을 고물 취급하는 이들은, 요즘 인기몰이를 하고 있는 최신작이 옛것을 얼른 데워 다시 식탁에 내놓은 음식이라는 걸 전혀 모른다.

_헤르만 헤세, 정인모 편역, 《헤세는 이렇게 말했다》, 60쪽

'최신'이라는 단어의 체감 기간이 점점 짧아지고 있다. 자본주의가 시계를 빨리 돌리고 있기 때문이다. 예전엔 개봉한 지 한두 달 지난 영화도 최신작이었다. 요즘엔 한두 주면 '최신'의 대열에서 밀려난다.

유행에 민감한 것을 자랑으로 여기는 사람들이 있다. 최신 개봉작을 꼬박꼬박 찾아서 보고, 베스트셀러 1위 책을 꾸역꾸역 읽어내고, 〈개그 콘서트〉에 나오는 '핫한' 유행어를 까불까불 따라 한다. 최근 가요계 '대세' 아이돌 그룹이 누구인지는 물론 각 멤버의 특성까지 내리꿰고 있다. 그걸로 자신의 '젊은 감각'이나 '세련된 안목' 혹은 '유연한 사고'를 은근히 뽐낸다.

●

탓할 일만은 아니다. 문제는 그가 요즘 인기몰이를 하는 최신의 문화를 정말로 즐기고 있는 것인지, 아니면 감각이 뒤떨어졌다는 소릴 듣기 싫어서 노력으로 극복하고 있는 것인지 분명치 않다는 점이다. 후자가 더욱 많지 않을까? 요즘 베스트셀러 제목이 뭐냐는 질문에 모른다고 대답하기 창피하니까 억지로 읽는 거 아닐까? 그런 의심이 드는 것이다.

●

왜냐하면 진짜 그가 독서가인지 알아보는 방법의 하나가 베스트셀러를 대하는 태도이기 때문이다. 책을 일상적으로 읽는 사람은 베스트셀러 리스트에 관심 없다. 상대가 진짜 독서를 좋아하는지 알아보는 간단한 방법이 있다. "요즘에 읽고 있는 책이 뭐예요?" 혹은 "최근에 재미있게 읽은 책 추천해 주세요."라고 해 보라. 돌아오는 제목을 들으면 바로 알 수 있다.

●

유행에 민감한 사람의 특징이 그렇다. 그 책이 궁금해서라기보다 지금 유행에 동참하고 있다는 경험을 만 원 주고 사는 것이다. 그 영화가 보고 싶다기보다 대화에서 소외되지 않을까 두려워서 스몰토크 용도로 보는 것이다. 알고 보면 대단히 취약한 자존감의 소유자인 경우가 많다.

●

내면이 자신감으로 충만한 사람은 옷이 많지 않다. 남이 스타일 가지고 뭐라고 하든지 크게 상처받지 않는다. 기본적으로 타인의 시선에서 자유롭다. 니들은 떠들어라, 나는 아무렇지 않으니까. 그런데 자신감 결핍인 사람은 남의 시선에 무척 신경을 쓴다. 옷도 매일 다른 걸로 갈아입고, 작년에 입었던 건 다시 안 입는다. 못 입는다. 창피함을 느낀다. 자신의 가치를 전적으로 남의 평가에 의존한다. 매번 새로운 모습을 보여 줘야 한다는 강박에 시달린다. 흰머리 몇 개만 보여도 바로 염색한다.

●

최신의 것이 최선의 것은 아니다. 이것은 각 분야 전문가들이 모두 공감하는 얘기다. 작가는 베스트셀러에 관심을 두지 않는다. 영화감독은 최신작에 촉각을 세우지 않는다. 그들은 오히려 고리삭은 고전(古典)의 가치를 강조한다. 멋있어 보이려고 그러는가? 그런 점도 조금 있겠지. 그러나 실제로 고전에는 최신의 것들이 강조하는 모든 것이 이미 다 들어 있다. "시는 낡았고 댄스 뮤직은 새롭다고 믿는가. 사실을 말한다면 시에서는 한참 낡은 것이 댄스 뮤직의 첨단을 이룬다." 불문학자 황현산의 말이다.

●

앞으로는 '최신'의 범위가 일주일 단위로 완전히 정착된다. 자본주의는 기필코 그렇게 만든다. 자본주의는 한다면 한다. 그래서 최신의 것으로 자신을 치장하려고 하면 피곤해서 못 산다. 매주 신작 영화를 보고 신간 도서를 읽고 옷 사러 다니고 흰머리 염색하고 유행어 익히고….

●

앞에서 말했다. 시간은 곧 돈이라고. 당신은 그들에게서 시간을 지켜 내야 한다. 그것이 곧 돈을 지키는 일이기도 하다. 꿩 먹고 알 먹는 일을 하지 않을 이유가 있는가. 단지 최신 영화에 무심하고, 베스트셀러보다는 시일이 좀 지난 '옛날 책'을 찾아 읽고, 일주일에 일곱 번씩 갈아입던 옷을 세 번만 갈아입고, 새치가 몇 가닥 보여도 내버려 두기만 하면 된다.

생나무

목수는 생나무로는 집을 짓지 않는다. 새 나무라서 더 좋을 것 같지만 건축 재료로서 적합하지 않다. 서서히 말라가는 동안 모양이 뒤틀리기 때문이다. 말하자면, 변형되기 전의 생나무는 임시적인 모습의 목재다. 시간을 들여 변할 곳은 변하게 한 뒤가 아니면 집을 짓는 재료로 쓸 수 없다.

_도야마 시게히코, 《사고 정리학》, 57쪽

한국은 지난 반세기 동안 짧은 시간에 압축 성장했다. 세계적으로 비슷한 예를 찾아보기 힘들 정도다. (한강의) '기적'이라는 표현도 등장한다. 단지 50년 만에 최빈국에서 이마만 한 경제적 위상을 갖게 되다니. 우리는 이런 현대사를 자랑스럽게 여긴다. 그렇게 느끼라고 학교에서 교육을 받으며 자랐다. 틀린 말은 아니지만 전적으로 옳은 말도 아니다.

●

우리에겐 진짜로 기적이 일어났나? 아니다. 기적은 공짜다. 공짜여야 기적이다. 그러나 기적처럼 보였던 일이 사실은 그렇지 않았음이 서서히 드러나고 있다. 후유증이 나타나는 것이다. 우리는 남들이 100년 걸려서 짓는 집을 50년 만에 지었다. 사람들이 놀랐다. 비결이 뭐냐고 여기저기서 물을 때마다 우리는 이런저런 포장을 하기에 바빴다. 최근 들어서 밝혀지고 있는 비법(?)은 의외로 간단했다. 건축 자재로 생나무를 쓴 것이다.

●

다른 선진국들이 집을 짓는 데 100년 걸린 이유는 생나무를 말리는 데 50년을 썼기 때문이다. 그들은 기다렸다. 기다림은 얼마나 지루한가. 그럼에도 나무가 완전히 마를 때까지 기다렸다. 생나무로 집을 지으면 오래 못 간다는 사실을 알기에 답답해도 참은 것이다. 나무를 말릴 동안 할 일은 아무것도 없다. 그저 시간이 흐르기를 견디는 일밖에. 그러나 우리는 그 50년을 생략하고 생나무로 집을 지었다. '기적'의 실체가 바로 그거다.

●

지난 50년의 기적이 앞으로 50년의 저주로 돌아올 것이다. '생나무의 저주'라고 할까. 벽 속에 갇혀 있던 생나무가 몸을 뒤틀기 시작했다. 내 눈에만 여기저기서 뒤틀리는 조짐이 보이는 건 아니겠지. 누구를 탓하겠나. 그동안 뿌듯하게 누렸으니 앞으로 빠듯하게 겪을 일만 남았다.

불행

"인간은 자기가 어떻게 절망에 도달하게 되었는지를 알면 그 절망 속에 살아갈 수 있다"는 벤야민의 말을 나는 시를 통해 이해했다. 시를 읽는다고 불행이 행복으로 뚝딱 바뀌지는 않지만, 불행한 채로 행복하게 살 수는 있다. 그래서 황동규 시인이 말했듯이 "시는 행복 없이 사는 훈련"인 것이다.

_은유, 《올드걸의 시집》, 14쪽

예술의 8할은 불행을 다룬다. 뒤집어 말하면 행복을 예찬하는 예술은 드물다는 뜻이다. 2할을 넘지 않는다. 예술가는 매우 예민하다. 둔감한 보통의 사람들이 느끼지 못하는 부분에서 기쁨과 슬픔을 느낀다. 그런데 대다수 예술가는 희열보다 고통에 더 민감하다.

그것이 종교인과 예술가의 차이일 것이다. 종교인의 얼굴은 다리미로 편 것처럼 편안해 뵌다. 예술가는 충치를 앓고 있는 사람처럼 항상 표정이 구겨져 있다. 예술가가 주위 사람들에게 가장 많이 듣는 소리는 이거다. "너, 집에 무슨 안 좋은 일 있냐?"

●

예술가가 평소에 인상이 어둡다고 해서 그가 우울증 환자일 거라고 생각하면 오산이다. 오히려 그의 내면은 당신보다 더 평화로운 상태일 수 있다. 그리고 웬만큼 불행이 찾아와도 쉽게 무너지지 않는다. 이렇게 설명하면 어떨까. 항상 밝아 보이는 노홍철과 어두워 보이는 김C 중에 누가 더 스트레스에 취약할까. 당신도 예상하듯이 전자일 것이다. (물론 나는 그들을 사적으로 모른다. 이것은 그저 방송 캐릭터만 보고 하는 얘기다.)

●

우리는 '기적'이 아닌 '저주'를 견디며 앞으로 50년을 살아가야 한다. 믿기 싫은 사람도 있겠지만 이것은 기정사실이다. 우리가 기적을 다시금 체험하는 방법은 하나다. 전쟁이 일어나는 것이다. 잿더미가 되면 제로에서 다시 기적을 일궈 나갈 수 있다. 하지만 그런 지경이 되길 바라는 사람은 거의 없을 듯싶다. 기적이고 뭐고 내가 죽고 나면 무슨 소용인가.

●

저주를 견디며 사는 쪽을 우리는 택해야 한다. '행복 없이 사는 훈련'을 해야 한다. 너무 겁먹을 필요는 없다. 얼마든지 '불행한 채로 행복하게' 살 수 있다. 불행과 행복을 재정의하면 일상의 많은 고통에서 해방될 수 있다. 그런 과정을 스스로 깨닫고 체득하기 힘들기 때문에 시와 소설을 읽어야 하는 것이다. 더불어 인문학 공부도 해야 하고.

●

이를테면 이런 말이다. 1997년 IMF 때 사람들은 여기저기서 자기는 불행하다고 난리였다. 미안한 얘기지만 나는 그때 그들의 고통을 뉴스를 통해서 목격했을 뿐이다. 전혀 체감이 안 됐다. 딴 나라 소식 같았다. 그때나 지금이나 난 딱히 좋아진 것도 없고 나빠진 것도 없다. '체제'가 내게 주는 영향은 애초에 별로 없다. 그저 없으면 없는 대로 견디며 살아간다.

●

'불행한 채로 행복하게' 살려면 체제로부터 최대한 멀리 떨어져야 한다. 그럼 체제가 급변해도 나한테 충격파가 크게 전해지지 않는다. 그리고 체제의 말은 되도록 듣지 마라. 그거 들으니까 행복을 추구하면 할수록 더 고통스러워지는 것이다. 예컨대 이런 얘기다. 어제 뉴스를 보니 최근 결혼하는 데 평균비용이 5천만 원 정도 든단다. '행복'의 이미지를 머릿속에 그렇게 그리고 있으니 그걸 실현하기 위해서는 얼마나 고통스럽겠는가.

●

결혼하고 싶으면 "우리 결혼할래?" 하고 그냥 함께 살면 된다. 그게 무슨 고민거리라도 되나. 우스운 노릇은 웃으면서 무시해라. 체제가 당신에게 주입하는 이미지(순백의 웨딩드레스, 많은 하객, 해외 신혼여행)에 포섭만 안 되면 얼마든지 '불행한 채로 행복하게' 살 수 있다. 불행은 뚜렷이 직시하는 순간 불행이 아닌 게 된다. 불행은 대부분 체제가 만들어서 당신에게 주입한 가짜 불행이다. 그걸 알면 안 무섭다. 무서울 까닭이 없다.

불안

●

아름다운 문장으로 멋진 작품을 쓰는 작가가 있었습니다. 그런데 갑자기 남편과 사별을 했어요. 그 작가 왈, "예전에는 소설 심사를 하다 보면 작품에 빠져 정신없이 읽었는데, 요즘에는 자꾸 오탈자만 눈에 들어옵니다." 이처럼 불안 지수가 높아지면 눈에 보이는 확실한 것, 표면적인 것에만 자꾸 이끌립니다.

_강신주 외, 《@좌절+열공》, 58~59쪽

정신과 전문의 정혜신의 말이다. 사람이 불안하면 불필요하게 사소한 것이나 확실하게 손에 잡히는 것에 집착하게 된다는 말이다. 그녀는 책에서 다른 예도 드는데, 모두 공감되는 얘기다. "시험 전날 공부를 많이 못 해서 불안해지면, 자꾸 책상이나 방을 정리하고 싶은 생각이 들잖아요. 청소만 끝내면 왠지 공부가 잘될 것 같잖아요." 성적 향상은 내 뜻대로 잘 안 되니까 지금 확실히 장악할 수 있는 청소를 하며 불안을 달래는 것이다.

●

독서와 오·탈자의 관계도 마찬가지다. 책의 내용이 재미있고 흡족해서 작가에게 호의가 생겼으면 오·탈자 몇 개는 크게 신경이 쓰이지 않는다. 그런데 평소에 싫어하던 작가나 번역자의 글을 읽어야 하는 경우, 비문이나 오·탈자가 눈에 더 잘 들어온다. 특히 번역문에서는 오역으로 의심되는 부분이 눈에 확확 들어온다. 심사는 뒤틀려 있는데 읽기는 해야겠고, 독서의 의미를 찾자니 틀린 부분 찾기에 더 집중이 된다.

●

결혼 얘기로 돌아가 보자. 많은 사람이 행복한 결혼생활을 꿈꾼다. 그러면 결혼 이후의 삶에서 행복이란 무엇일까를 고민해야 한다. 그렇지만 '결혼 적령기'에 있는 청춘 남녀들이 그런 고민을 하나? 자신의 결혼은 행복할 거라는 확신이 있나? 그렇지 않다. 솔직히 불안하다. 세 쌍 중에 한 쌍은 이혼한다는데 나도 그와 같은 지경에 이르지 않을까 걱정이다.

●

그러니까 그런 문제에 대해서 고민을 해야 한다. 정면으로 박치기를 해야 한다. 부차적인 것들을 골라서 싹싹 걷어내야 한다. 그러면 상황이 선명하게 보이고 해결책도 나온다. 돈이 별로 없는데 어떻게 '행복한 결혼'을 할까. 고민을 하다 보면 '행복한 결혼식'의 환상을 깨면 된다는 답을 얻는다. 그런데 결혼에서의 행복은 좀 모호하고 결혼식의 화려함은 구체적이다. 우리는 후자에 더 신경을 쓰면서 전자에 대한 고민을 회피한다.

●

행복한 결혼에 대한 확신도 없고 고민하면 머리만 아프니까 '일단 5천만 원만 모으자.' 이렇게 되는 것이다. 그러나 청소 열심히 한다고 성적 안 오르듯이 돈 열심히 모으는 것과 행복한 결혼 생활은 그다지 연관성이 없다. 그걸 알면서도 계속 본질을 회피한다. 또 이런 사람의 특징은 결혼하고 나면 '이제 결혼했으니 1억 5천 모아야 한다.'로 바뀐다는 점이다.

●

불안하면 불안을 직시해라. 불안도 앞서 말한 불행처럼 직시하면 두렵지 않다. 불안도 체제가 만들어서 당신에게 주입한 가짜 불안이다. 5천만 원 모은다고 불안은 가시지 않는다. 그런 생각의 회로가 몸에 한번 '탑재'되면 다음에는 1억 5천만 원으로 목표가 상향 조정될 뿐이다. 돈의 액수가 더 커지기 전에 지금 불씨를 꺼트려야 한다. 불안은 영혼을 잠식한다.

가짜

"원래 보석은 모조가 더 진품 같아요. 더 반짝거리고 더 화려하거든."

_김미월, 〈너클〉, 《서울 동굴 가이드》, 30~31쪽

당신이 지금껏 참석했던 결혼식 중에서 진심으로 축하의 마음을 가졌던 예식은 몇 번이나 있는가. 어쩔 수 없이 참석한 결혼식이 8할일 것이다. 가기는 간다만 썩 기분이 좋은 상태는 아니다. 아까운 주말 오후를 이렇게 날리는구나. 입고 갈 옷도 마땅치 않은데. 축의금은 얼마나 내야 하나. 평소에 연락도 없더니 괜히 청첩장은 보내가지고. 만나기 싫은 동창생도 그 자리에 올 텐데. 또 결혼하라는 성화를 여기저기서 듣겠군. 귀찮다 귀찮아.

이제 입장을 바꿔서 생각해 보라. 당신이 결혼식에 100명을 초대한다면 80명은 머릿속으로 그런 생각을 하고 있다는 얘기다. 얼굴은 웃고 있지만 그 웃음은 가식일 뿐이다. 속마음은 오히려 당신을 원망하고 있다. 그럼에도 기어이 그들을 초대하는 것은 무슨 심리인가. 당연히 '화려한 결혼식'에 대한 부담감 때문이다. 흥행이 안되면 서글퍼질 것 같으니까.

●

결혼식이 화려할수록 그 결혼은 '가짜'일 공산이 크다. 전 세계 70억 인구를 통틀어 당신의 결혼에 진심으로 축하하는 마음을 가질 사람은 늘잡아도 20명을 넘지 않는다. 그러니까 하객이 20명 넘어가면 그 수만큼 그 결혼식은 가짜의 색깔이 더해진다. 당신도 그걸 알고 있다. 모르는 게 아니란 말이다. 그럼에도 하객 수에 집착을 버리지 못하는 것이다.

●

짝퉁 가방을 기어이 들고 다니는 심리도 그와 같다. 모조품을 가지고 다니는 이유는 단 하나다. 남에게 보여 주기 위해서다. 남이 안 봐 준다면 짝퉁 루이뷔통을 메고 다닐 이유가 없다. 그런데 짝퉁의 조건은 진품처럼 보여야 한다는 것이다. 짝퉁임이 확연히 드러나는 가방을 갖고 다닐 여자는 없다. 차라리 다른 중저가 브랜드 진품을 가지고 다니지.

●

진품과 짝퉁의 차이는 이렇다. 우리는 진품을 살 때 꼭 남에게 보일 목적으로 구입하지는 않는다. 거실 진열장에 비싼 한정판 피규어를 진열해 놓을 때는 제품을 감상하려는 목적이 최우선이다. 남에게 자랑하고 싶은 마음보다 제품에서 느껴지는 '아우라'를 감상만 해도 기분이 좋아진다. 그거면 충분하다. 그러나 짝퉁을 사는 이유는 단 하나뿐이다. 남에게 보이기 위해서다. 감상하기 위해서 짝퉁을 구입하는 사람은 없다. 돈이 없어서 진짜는 못 사지만 가짜라도 사서 진짜인 것처럼 뽐내며 다니고 싶을 뿐이다.

●

짝퉁은 진품보다 더 화려하다. 짝퉁을 만드는 사람의 노력은 오직 눈속임에만 초점이 맞춰져 있다. 거짓말을 할 때 우리는 평소보다 말이 많아진다. 들통이 날까 걱정이 돼서 장황한 말을 횡설수설 늘어놓게 된다. 짝퉁이 화려한 이유도 마찬가지다. 질 낮은 재료와 조야한 기술을 숨기려다 보니까 진품보다 더 반짝거리고 더 화려한 결과물이 나오는 것이다.

●

화려함을 추구하며 그 안에서 편안함을 느끼는 심리의 밑바닥엔 불안감이 깔려 있다. 표면이 화려할수록 기저에는 불안과 공포와 짜증과 분노와 한숨이 섞여 있다. 화려함에 대한 욕망을 쉽게 못 걷어내는 이유가 그거다. 밑바닥에서 썩어 가는 그놈들을 대면할 용기가 없어서다.

그러나 아무리 콘크리트로 이중삼중 덮어도 썩은 물은 결국 흘러 나오게 되어 있다. 구제역이 발생해 급하게 산 채로 묻은 돼지들 기억나는가? 그 사체 썩은 물이 아직도 그 공간에 고스란히 담겨 있으리라 믿는 사람이 있는가? 그 돼지 썩은 물은 진즉에 당신 입속으로 들어갔다.

●

화려한 포장지로 덮어서 눈속임하는 짓은 그만두자. 초라하고 보잘것없더라도 현실을 직시하며 있는 그대로 견디는 것이 낫다. 박스에 포장하고 땅에 묻으면서 자꾸 덮으려고 하지 말자. 언젠가 포장은 뜯을 날이 오며, 땅에 묻은 돼지는 강으로 흘렀다가 우리의 창자로 돌아온다.

꾀꼬리

결혼만 하면 행복해지리라고 상상하는 그들의 철부지 같은 표정이 오히려 안쓰럽고 눈물겹다. 얼마나 잔인한 것들이 그들의 인생 앞에 놓여 있는지 그들은 모른다. 하나의 독립된 개체로서 놀랍게 아름답고 놀랍게 싱싱한 '꾀꼬리'를 잡아 효용성조차 별로 없는 '꾀꼬리 가죽'으로 만드는 어리석은 짓을 오늘의 젊은 부부도 계속할 것이다.

_박범신, 《젊은 사슴에 관한 은유》, 147쪽

로맨스 드라마의 끝은 결혼이다. 남녀 주인공이 결혼식을 올리면서 해피엔딩으로 끝난다. 그 이후를 보여 주지 않는 이유는 명확하다. 생활의 영역으로 들어가면 판타지는 깨질 수밖에 없기 때문이다. 그게 결혼의 역설이다. 로맨스의 감정을 오래도록 유지하려면 결혼하지 않은 것처럼 살아야 한다. 결혼이라는 제도에 착실히 순응하면 할수록 로맨스는 굿바이다.

●

"결혼이란 꾀꼬리를 죽여 가죽을 만드는 것이다."라고 소설가 박범신은 말했다. 난 그의 말에 공감한다. 예컨대 이런 얘기다. 우리는 지금껏 버스나 지하철에서 수많은 아줌마를 만났다. 그러나 이미지는 결국 하나로 수렴된다. '아줌마'라는 전형적인 모습으로 통일된다. 여러 아줌마가 아니라 한 명의 아줌마를 여러 번 마주친 것처럼 그들은 전부 똑같은 얼굴이다.

●

그녀들의 20대 시절 사진을 늘어놓고 보면 비슷하게 생긴 사람을 찾기가 오히려 어려울 것이다. 각각의 개성이 얼굴에 드러날 테니까. 그런데 아줌마가 된 후에는 약속이라도 한 듯이 클론이 되고 만다. '꾀꼬리'처럼 생기발랄하던 여성들이 결혼을 하면 너 나 할 것 없이 '꾀꼬리 가죽'이 되는 것이다. 아저씨는 사회생활을 해서 그런지 덜한 편이다. 총각 시절의 얼굴을 조금씩 갖고 있다. 결혼 제도의 가장 큰 피해자는 아줌마다.

●

지금껏 한국의 결혼 제도는 아줌마들의 희생을 가장 큰 톱니바퀴 삼아 움직여 왔다. 그 말은 아줌마들과 예비 아줌마들이 각성하면 지금의 시스템은 삐걱거리게 된다는 뜻이다. 가부장제가 가장 싫어하는 게 바로 아줌마들이 생각을 하는 것이다. 딴마음 품지 말고 지금처럼 김 과장 와이프나 깐돌이 엄마로 있어 주길 바란다. 이때 꺼내는 카드가 모성애다.

●

같은 직종에 몸담은 사람들끼리는 서로 닮는다. 교사는 교사처럼 보이고 택시 기사는 택시 기사처럼 보인다. 알게 모르게 내가 너에게 네가 나에게 시그널을 보내기 때문이다. 여기에서 아줌마들끼리 닮는 까닭을 알 수 있다. '아줌마'도 엄연히 직업이라는 얘기다. 대한민국에서 가장 많은 수가 몸담고 있는 직업이 아줌마다. 전업주부들이 뭉쳐서 노조를 만든다면 한국에서 가장 큰 노조가 될 것이다. 그러나 아줌마는 직업으로 인정받지 못하고 있다. 노동의 양을 돈으로 환산하는 것조차 불경스럽게 생각한다. 그 이면을 들여다보면 '모성애'와 같은 가부장제의 꼼수가 웅크리고 있다.

●

아저씨는 직업이 아니다. 아저씨들끼리는 더 세분화된 직종으로 서로 닮는다. 공무원은 공무원끼리 사업가는 사업가끼리. 그렇지만 아줌마는 그냥 아줌마로 뭉뚱그려진다. 아줌마가 최소단위다. '모성애'로 대동단결! '엄마가 보고플 때 엄마 사진 꺼내 놓고…' 좋은 노래 아니다.

●

그 많던 꾀꼬리가 결혼이라는 제도에 편입되면 얼마 못 가서 꾀꼬리 가죽이 된다. 아줌마 얘기를 주로 했지만 남편이나 자식들의 상황도 크게 다르지 않다. 가장이라는 가죽, 장남(혹은 맏딸)이라는 가죽, 막내라는 가죽, 그 가운데 낀 둘째(혹은 셋째)라는 가죽…. 각자 할 말이 많을 듯싶다. 글로 쓰면 책 한 권은 족히 나올 것이다. 그럼에도 그들은 현재의 결혼 제도를 사유하지 않는다. 그저 가족끼리 응어리진 감정만 점점 쌓아 갈 뿐이다.

●

꾀꼬리는 꾀꼬리로 살다가 꾀꼬리로 죽어야 한다. 꾀꼬리를 꾀꼬리 가죽으로 만들어 버리는 제도는 분명히 문제가 있다. 따라서 그 속으로 애써 편입하려고 노력할 필요는 없다. 뉴스에선 비혼율이 높아지고 출산율은 낮아지고 있다며 짐짓 우려하는 목소리가 흘러나온다. 그러나 그것이 배드 뉴스라고 볼 수만은 없다. 누구를 위해서 나쁘다는 말인가? 민족과 국가를 위해? 오히려 반가운, 굿 뉴스라고 볼 수도 있다. 나는 비혼율이나 더 나아가 이혼율이 높아지고 있다는 소리를 반갑게 듣는다. 꾀꼬리 소리이기 때문이다.

불편한 진실

세상엔 알고는 그냥 넘어가기 찝찝한, 불편한 진실들이 꽤 있다. 사소하게는 딸기우유의 핑크빛 색소가 연지벌레라는 벌레에서 추출된다는 것(맛살에도 들어간단다), 키보드에는 화장실 변기보다 더 세균이 많다는 것 등이 있다. 모를 땐 무심히 넘겼음에도 알게 되면 계속 생각나는 사실들, 그래서 불편한 진실들이다.

_장윤현, 《외로워서 완벽한》, 117쪽

'진실'이라는 단어는 '불편한'과 잘 어울린다. '편안한'이나 '편리한'과는 그다지 어울리지 않는다. 인간은 누구나 불편한 진실 위에 서 있다. 우리가 애써 부정하고 싶은 가장 본질적인 진실은 무엇인가. 그렇다. 바로 죽음이다. 인간이라면 누구나 죽는다. 죽음을 떠올리면 기분이 꽤 불편해진다. 그러나 불편한 마음이 든다고 그 진실이 사라지진 않는다. 아무리 발버둥을 쳐도 그 진실로부터 한 발자국도 벗어날 수 없는 게 우리의 숙명이다.

●

시한부 환자가 아니고서야 매 순간 자신에게 남은 시간이 얼마일까를 의식하며 살아가는 사람은 없다. 하지만 분명한 것은 우리가 모두 죽음이라는 불치병에 걸린 시한부 환자라는 사실이다. 환자가 따로 있는 게 아니라 우리가 환자다. 드라마에서 보면 의사가 환자에게 이제 곧 죽을 거라고 '선고'를 내리는 장면이 있다. 그때 환자의 반응은 대개 처음에는 부정한다. 그럴 리가 없다는 것이다. 우리도 마찬가지 아닐까. 태어날 때 이미 선고를 받았건만 그런 일은 내게 일어나지 않을 것처럼 살고 있다.

●

수도꼭지만 틀면 물이 콸콸 나오니까 물이 무진장 있는 줄 알지만, 지금처럼 물을 펑펑 쓰면 언젠가는 식수가 고갈된다. 그래서 전문가들은 물을 아껴서 쓰라고 강조한다. 일반 시민은 그런 걱정을 하지 않는다. 그쪽 방면으로 체감을 못 한다. 분명한 점은 전문가들의 말이 옳다는 것이다. 우리도 그들의 말이 옳다는 것을 알고 있다. 단지 피부로 체감이 안 되어서 애써 무시하고 있을 뿐이다.

●

죽음에 대한 심리도 그와 같다. 자신이 결국 언젠가 죽는다는 걸 누구나 알고 있다. 그런데 실감이 안 된다. 몸이라도 아프면 그걸 떠올릴 텐데, 통증도 없고 시한도 못 박혀 있지 않으니까 마냥 무감각하다. 진실을 알지만 외면한다. 진실은 멀고 감정은 가깝다.

●

우리는 감정보다 진실을 직시하려고 노력해야 한다. 진실은 불변이지만 감정은 쉽게 변한다. 180도로 뒤집히기도 한다. 처음엔 진실을 똑바로 응시하는 것이 두렵게 느껴지지만, 막상 실제로 해 보면 그렇지 않은 경우가 많다. 번지점프를 하기 전에는 무섭지만, 일단 한 번만 뛰고 나면 의외로 별거 아니라는 사실을 깨닫게 될 수 있다. 그전까지만 해도 자기한테 고소공포증이 있다고 철석같이 믿었는데 막상 한 번 뛰어 보니 그게 아니었던 거다. 우리 사회에는 이와 같은 가짜 고소공포증 환자가 많다.

●

진실을 알게 되면 인생이 괴로워질 거라는 말은 근거가 없다. 오히려 성숙한 태도를 보이게 된다. 일단 5천만 원만 모으자. 이런 식으로 본질을 외면하는 건 전혀 해결책이 아니다. 진실은 이렇다. 당신은 그 5천만 원 모으기 전에 죽을 수도 있다. 그 사실을 냉정하게 인정한다면 결혼식 비용 마련하느라 5천만 원 모으는 일을 중단할 수 있다. 좋아하는 사람이 생겼으면 오늘부터 함께 살면 되는 것이다. 세간의 오해와는 달리 '불편한 진실'은 우리를 지금 가장 행복한 공간으로 들어서게 도와주는 만능열쇠다.

동전의 양면

●

모든 것은 양면을 가지고 있다. 마치 동전의 양면과 같은 것이다. 커다란 앞면을 가진 동전은 반드시 커다란 뒷면을 가진다.

_전지영, 《혼자라서 좋은 날》, 221쪽

소설가 조선희는 어느 산문집에서 이런 말을 했다. "사기당하는 사람에게는 다 사기성이 있는 거라고 나는 생각한다." 이 말의 의미를 한번 곱씹어 보자. 예를 들면 이런 말이겠다. 주식 하다가 사기를 당한 사람이 있다고 치자. 그는 단순 피해자이기만 할까? 애초에 주식에 손을 댄 이유는 무엇인가? 노력 없이 남의 돈 쉽게 먹겠다는 마음에서가 아니었는가. 나 같은 사람은 주식 사기를 당할 일이 없다. 그쪽 동네에는 얼씬도 하질 않으니까.

●

'하우스푸어'는 어떤가. 다 그렇지는 않겠지만 상당수가 집값 상승을 기대하고 무리하게 대출 받아서 집을 샀다가 낭패를 보게 된 경우 아닌가. 거주 목적이 아니라 투기 목적이다. 화투짝만 손에 쥐지 않았지 사실상 도박을 한 셈이다. 그러니 이건 누구를 원망하기도 어렵다. 지인들에게 하소연해 봐야 부질없다. 누가 진심으로 걱정해 주겠는가? 도박하다 털린 건데. 겉으로는 걱정해 주는 척하지만 속으로는 쌤통이라고 여길 듯싶다.

●

깡통 차는 사람들의 특징은 자신의 판단력을 과도하게 믿고 깜냥을 훌쩍 넘긴 일을 벌인다는 것이다. 물론 처음에는 성공한다. 도박하려고 '하우스' 드나들던 사람의 경험담을 들어 보라. 처음에는 어라, 돈을 좀 딴다. 그걸 자신의 실력이라고 믿는다. 당연히 아니다. 그들이 설계해 놓은 시나리오에 걸려든 것일 뿐. 적은 돈을 따게 해 놓고 나중에 큰돈 싹싹 훑어 내는 게 그들의 전형적인 수법 아닌가. 이걸 모르는 사람이 있는가? 그런데도 지금 어느 곳에서 누군가는 이런 방식으로 돈을 뭉텅뭉텅 잃고 있다.

●

자신을 너무 믿어서는 안 된다. 과도한 희망과 긍정적인 사고에 빠지는 것을 경계해야 한다. 인생에서 가장 위험한 순간이 언제인지 아는가? 희망에 부풀어 있을 때다. 집값이 조만간 오르길 잔뜩 기대하고 집을 샀을 때 얼마나 가슴이 뛰었을까. 은행 빚은 떠오르지 않는다. 집값이 오르면 모든 게 해결될 테니까. 그러나 웬걸 집값은 점점 떨어지기만 한다. 시간을 되돌린다면 그들은 다른 결정을 내릴까? 절대 그렇지 않을 것이다.

●

동전의 앞면이 크면 뒷면도 크다는 사실을 늘 머릿속에 넣고 있으면, 살면서 돈 때문에 패가망신하는 일은 없다. 뒷면을 의식하는 사람은 큰 성공을 썩 달갑게 여기지 않는다. 큰 건물 뒤편에는 반드시 큰 그림자가 드리워져 있다는 걸 알기 때문이다. 이런 부류는 설령 복권 1등에 당첨돼도 덤덤하다. 반면에 거품 물고 좋아서 까무러치는 사람은 나중에 어떤 식으로든 그림자의 역습을 당하게 된다. 로또 맞고 패가망신한 부류의 공통점이다.

골룸

태양을 가린다고 먹구름을 없앨 수 없듯 우리 안에 존재하는 골룸을 부정할 수 없다. 골룸이 오면 골룸이 온 것을 알아차리고 있는 그대로 바라볼 때 골룸은 다시 스미골로 돌아간다.

_김해자, 《내가 만난 사람은 모두 다 이상했다》, 148쪽

동전의 앞면이 스미골이라면 뒷면은 골룸일 것이다. 골룸이라는 캐릭터가 많은 사랑을 받는 까닭은 우리 안에 그런 모습이 버젓이 웅크리고 있기 때문이다. 차마 내보이고 싶지 않은 내밀한 욕망이 캐릭터로 형상화되어 스크린을 누비고 다니는 장면을 보는 일은 적잖은 쾌감을 준다. '나의' 내면만 폭로된다면 부끄럽겠지만 '우리의' 내면이므로 편안한 마음으로 즐길 수 있다.

골룸의 추한 몰골은 '분장 개그' 단골 메뉴다. 예쁜 여자가 이런 분장을 할수록 웃음의 강도는 증폭된다. 외모의 낙폭(?)이 클수록 더욱 큰 웃음을 유발한다. 그 말을 뒤집으면 웃음의 포인트가 어디에서 발생하는지 알 수 있다. 웃음은 골룸 분장 그 자체에서 생겨나는 게 아니다. '누가' 그 분장을 하느냐가 포인트다. 아름다운 외모의 새침한 아가씨나 평소 무뚝뚝하기로 소문난 아저씨가 '망가져야' 그 효과가 크다.

●

외면과 내면의 낙폭을 관리할 줄 알아야 한다. 되도록 겉과 속을 일치시키려고 노력해야 한다. 이것은 단순히 '솔직한 사람'이 되라는 뜻이 아니다. 인간이면 누구나 속에 골룸 한 마리(?)씩 들어앉아 있고, 언젠가 어떠한 순간에 부닥치면 자기도 모르게 튀어나온다. 이때 그가 긍정적이고 올바르고 씩씩한 이미지로 알려진 사람이라면 주위에서 받는 비난의 강도가 더욱더 커질 수밖에 없다. 그에 따라 본인이 받는 충격도 훨씬 커진다.

●

어떤 연예인은 음주운전을 해도 대중의 비난이 거세지 않다. 잠시 자숙하는가 싶더니 어느새 또 텔레비전에서 보인다. 평소에도 행실이 그다지 좋아 보이지 않았기 때문에 그러려니 하는 것이다. 하지만 유재석이나 이승기 같은 사람은 무단횡단만 포착돼도 홍역을 된통 치러야 한다.

바른생활 사나이, 법 없이 살 양반, 파리 한 마리 못 죽이는 사람, 엄친아…. 이런 타이틀의 소유자가 내면은 더 황폐할 수 있다. 겉으론 행복해 보이지만 그 상태를 유지하려면 속은 썩어나는 것이다. 가벼운 욕을 먹어도 큰 충격을 받고 조금만 성적이 떨어져도 자살 충동을 느낀다.

●

건강한 사람은 밝음과 어둠이 얼굴에 교차한다. 그것이 자연스러운 상태다. 날마다 웃고 있는 '스마일맨'은 언제나 무표정한 '아이스맨'만큼이나 자연스럽지 않다. 먹구름은 없앨 수도 없고 그래서도 안 된다. 구름 낀 날씨는 그 나름의 매력이 있기 때문이다. 어둡고 우중충한 날씨의 울적한 즐거움을 모르면 밝고 화창한 날씨의 상쾌한 기분도 느끼기 어렵다.

샤덴프로이데

독일어로 된 심리학 용어 중에 '샤덴프로이데Schadenfreude'라는 말이 있습니다. 독일어로 '피해'를 뜻하는 단어와 '기쁨'을 의미하는 단어가 결합된 이 용어는 번역하자면 남의 불행을 고소하게 여기는 감정을 일컫지요.

_이동진, 《밤은 책이다》, 45~46쪽

남의 불행에 내 기분이 좋아질 때가 있다. 그가 불행의 늪으로 빠진다고 해서 딱히 나한테 이득이 될 것도 없는데 말이다. 경쟁자가 추락하면 그를 대신해 나에게 어떤 기회가 올지도 모른다는 기대감이라도 있지. 텔레비전 속에서만 보던 유명인이 고역을 치르는 모습에 아무 상관도 없는 내 기분이 왜 좋아지는 걸까. 내가 그렇게 못된 인간이었나. 아니다. 정도의 차이는 있겠지만 그것은 누구에게나 내재된 본능에 가까운 감정일 듯싶다.

●

경제적으로나 정신적으로 지금의 내 처지가 어려울수록 (나보다 잘나가는) 남의 불행이 내게 더 큰 쾌감을 가져다준다. 현재 내가 행복한 감정으로 충만하다면 다른 사람의 곤경이 나의 쾌감 회로에 접속되지 않을 것이다. 그러므로 내가 누군가의 불행을 지켜보면서 '고거 쌤통이다!'라는 느낌이 강하게 든다면, 요즘 나의 상황이 그다지 좋지 않다는 뜻이다.

●

행복감은 달리 말하면 만족감이다. 리어카 끌면서 폐지 줍고 다니는 할머니도 본인이 생활에 만족하면 행복한 것이다. 리무진 굴리면서 일 년에 100억 버는 사장님도 200억 못 벌어서 눈이 뒤집힌다면 불행한 것이고, 전자보다는 후자가 '샤덴프로이데'에 얽매여 있을 공산이 크다.

●

내가 지금 행복한지 아닌지 점검해 보는 하나의 방법으로 쓸 수 있겠다. 사실 우리는 평상시에 내가 행복한 것인지 아닌지 느끼기 어렵다. 지금 내 상황이 행복한 건가? 불행한 건가? 자각하기 쉽지 않다. 대부분의 일상은 무덤덤하게 흘러간다. 대학에 합격해도, 집을 장만해도, 결혼을 해도, 로또에 당첨되어도 그 기쁨은 한시적이다. 시간이 흐르면 우리는 다시 행복과 불행이 엇섞여 딱히 좋지도 나쁘지도 않은 일상으로 돌아간다.

●

연예인의 이혼, 정치인의 추문, 기업인의 몰락…. 이런 종류의 가십이 유난히 눈에 잘 들어오고, SNS를 통해 실시간으로 퍼 나르고, 술자리에서 대화 소재로 자주 거론한다면, 그는 자신을 되돌아봐야 한다. 이것은 사회에 대한 관심이 아니라 자신에 대한 무관심일 공산이 크다.

비교

언제부턴가 '비교적'이라는 말을 잘 안 씁니다. 오직 쓴다면 자신을 위로할 때입니다. '비교적' 그만큼이라도 다행이다, 라는 식입니다. 그리고 상대 평가가 그렇게 무서운 줄도 몰랐습니다. 자신의 내적인 성장을 가늠하는 것이 아니라 남과 비교해서 우월감이나 열등감을 느끼는 비인간화 게임이 바로 상대 평가입니다.

_강수돌, 《시속 12킬로미터의 행복》, 148쪽

흔히 하는 말이 있다. 은메달리스트보다 동메달리스트의 행복감이 더 크다고. 이유는 쉽게 짐작할 수 있다. 동메달리스트는 4등과 비교해서 '메달 딴 선수'가 되지만, 은메달리스트는 1등과 비교해서 '금메달 놓친 선수'가 된다. 동메달을 딴 선수는 시간이 흐르면 4등한 선수의 이름을 잊겠지만, 은메달을 딴 선수는 죽을 때까지 1등 한 선수를 잊지 못한다.

●

설상가상으로, 1등 한 선수에 관한 다큐멘터리가 만들어지면 2등은 언제나 자료화면 속에서 패배자로 소환된다. 2004년 아테네 올림픽에서 문대성 선수의 뒤후려차기에 맞아서 고꾸라진 그리스 선수처럼 말이다. 승자에겐 그보다 더 영화 같은 이야기가 없겠지만, 패자에겐 그보다 더 악몽 같은 스토리가 없다. 여담이지만 그 선수의 이름은 '알렉산드로스 니콜라이디스'다.

●

스포츠는 철저히 상대 평가의 세계다. 어떤 운동이든 마찬가지다. 잘한다는 것은 남보다 잘한다는 것이다. 예술의 세계에서는 그렇지 않다. 내 것만 잘하면 인정을 받는다. 대중적으로 (그러니까 금전적으로) 성공한 사람과 예술적으로 성공한 사람을 분리해서 평가하기도 한다. 다양한 평가 방식이 있다. 그렇지만 스포츠는 랭킹이 곧 실력이다. 내가 아무리 잘해도 나보다 실력이 좋은 선수가 나타나면 나는 실력이 덜 좋은 선수가 되어 버린다.

●

뒤집어 말하면 내가 못해도 다른 선수가 나보다 못하면 내가 더 잘하는 것이 된다. 어떤 식이든 내가 그 선수보다 위에만 있으면 되는 거다. 그게 바로 상대 평가의 무서움이다. 내가 잘하게 되길 바라는 마음 못지않게 남이 못하게 되길 바라는 마음도 생길 수밖에 없다. 특히 2등이라면 더욱더 그렇다. 세상에서 딱 한 놈만 사라지면 자기가 1등이 되는 거니까.

●

〈여고괴담〉과 같은 학원물에서 2등은 항상 1등을 시기하는 인물로 그려진다. 아무리 노력해도 1등을 따라잡을 수 없다. 2등은 점점 피폐해지다가 1등한테 해코지를 하거나 옥상에서 뛰어내려 생을 마감한다.

●

유독 우리나라에 이런 소재의 영상물이 많다는 것이 무엇을 의미하는지 우리는 잘 알고 있다. 한국은 상대 평가가 극심한 나라다. 내가 무언가를 잘하는 것은 중요치 않다. 남보다 잘하는 게 중요하다. 혹은 이렇게 말할 수 있다. 못해도 괜찮다. 남보다 못하지만 않으면 된다. 내 삶을 평가하는 기준이 철저히 나의 외부에 있다. 비교를 거쳐야만 내 삶의 행복을 느낄 수 있다는 사실은 얼마나 서글픈가. 상대 평가는 '비인간화 게임'이거늘.

"부자 되세요!"

20년 만에 귀국하던 날 전광판에 뜬 '부자 되세요!'라는 말을 보면서 '마음의'라는 말이 뒤이어 나오길 기대했지만 끝내 나타나지 않았다. 내가 잠깐 착각했던 것과 달리 이 사회에서 그 말은 반어법이 아니었다.

_홍세화, 《생각의 좌표》, 109쪽

'부자'라는 개념은 순전히 비교에서 나온다. 즉 상대 평가라는 얘기다. "당신은 부자인가?"라는 질문에 이 글을 읽는 대다수는 "내가 무슨 부자야."라고 답변할 것이다. 그러나 당신은 벤치 위에서 신문지 덮고 생활하는 노숙인과 비교하면 부자다. 내 말에 실소를 터뜨릴지도 모르겠다. "그렇게 극단적인 비교를 하면 어떡합니까?"

하지만 곰곰 생각해 보라. 극단적인 비교는 내가 아니라 당신이 하고 있는 게 아닐까? 예컨대 이런 얘기다.

●

당신이 생각하는 '부자'는 다음과 같은 부류일 것이다. 박지성이나 김연아 같은 스포츠 스타, 벤처 기업으로 성공한 청년 실업가, CF 퀸에 오른 여자 연예인, 대박 난 맛집의 사장님, 주식 투자의 귀재…. 이게 우리 시대가 말하는 부자다. 이들의 특징은 친근감이다. 이웃집에 사는 형 동생 같다. 하지만 이것은 그저 이미지일 뿐 실제로 당신은 저들과 완전히 동떨어진 세계에 살고 있다. 평생 살면서 만날 일이 없는 사람들이다.

●

텔레비전만 켜면 (거기다 HD 고화질로) 만나니까 마치 언제라도 쉽게 만날 수 있을 것처럼 착각이 든다. 만만하게 보인다. 그들이 노리는 것도 바로 그거다. '국민 MC'나 '국민 여동생'과 같은 타이틀이 있어야 대중의 미움도 덜 사면서 돈은 돈대로 벌 수 있다. 사랑도 받고 돈도 번다. 〈무한도전〉에서 어리바리한 모습을 보여 주며 나보다 더 모자라게 보이는 그 인물들도 속내를 들여다보면 큰 부자들이다. 내 주위에서는 사돈의 팔촌까지, 아니 팔촌의 사돈까지 뒤져도 그들보다 더 부자인 사람을 찾기 어렵다.

●

그러므로 실상은 이렇다. 당신은 마냥 친숙해 보이는 〈무한도전〉

멤버보다는 전혀 동질감이 느껴지지 않는 (느끼고 싶지 않은) 노숙인과 더 가까운 사이라는 말이다. 자신의 현재 위치와 앞으로 될 수 있는 상태를 냉정하게 파악하는 게 무엇보다 우선이다. 당신이 오늘 열심히 일하는 것은 유재석이 되기 위해서가 아니라 노숙인이 되지 않기 위해서라고 보는 게 더 객관적인 상황 파악이다. 그렇다면 당신은 이미 잘살고 있는 게 아닌가?

●

월급쟁이가 성실하게 월급만 꼬박꼬박 모아서는 절대로 요즘 기준의 부자가 될 수 없다. 부자가 되는 방법은 단 하나뿐이다. '한 방'에 떠야 한다. 노력만으로 될 수 없다. 운이 따라야 한다. 사실 부자가 되려면 노력보다는 운이 더 중요한 요소로 작용한다. 뼛골 빠지도록 공사장 막노동을 평생 해 봐라. 부자가 될 수 있나. 박지성이나 김연아는 그만큼 노력했기 때문이라고 생각하기 쉽지만, 그럼 다른 선수들은 그 시간에 다 낮잠이라도 잤는가? 노력의 정도를 따지면 그들과 다른 선수들의 연습량 차이는 그리 크지 않다.

●

남들과 자신을 비교하는 버릇은 하루빨리 버리는 것이 좋다. 그러나 오랫동안 갖고 있던 비교하는 습성을 즉각 없애기는 마음처럼 쉽지 않다. 그럴 땐 나와 비슷한 수준이거나 나보다 못한 처지의 사람들과 비교하는 게 차라리 도움이 된다. 요컨대 비교하는 '대상'을 좀 바꿔 보란 말이다. 고화질 미디어에 속아서 백만 광년이나 떨어진 사람을 이웃인 것처럼 착각하고 있다는 사실을 깨닫자. 당신은 유재석보다 노숙인과 더 가깝다.

질투

질투란, 쓰쿠루가 꿈속에서 이해한 바로는, 세상에서 가장 절망적인 감옥이다. 왜냐하면 그것은 죄인이 스스로를 가둔 감옥이기 때문이다. 누군가가 힘으로 제압하여 집어넣은 것이 아니다. 스스로 거기에 들어가 안에서 자물쇠를 채우고 열쇠를 철창 바깥으로 던져 버린 것이다.

_무라카미 하루키, 《색채가 없는 다자키 쓰쿠루와 그가 순례를 떠난 해》, 60쪽

대놓고 질투를 하는 사람은 드물다. 자기 인성의 부족함을 광고하는 꼴이 되니까. 누구나 갖고 있는 감정이지만 함부로 표현하지는 않는다. 까딱하면 제 얼굴에 침 뱉기가 되고 마니까. 대신에 돌려서 말하는 방식을 주로 이용한다. 누군가에 대한 질투는 대부분 그에 대한 비판의 형식으로 나타난다. 이성적인 발언으로 포장된다. 예를 들면 이런 말이다.

●

김태희가 정지훈과 사귄다고 파파라치에 의해 밝혀졌다. 수많은 남성의 억장이 무너졌다. 사실 저 두 사람은 나와는 무관한 인물이다. 평생에 만날 일도 없다. 사귀든지 말든지…. 그러나 그게 마음처럼 안 된다. 두 사람이 잘되길 바라는 사람보다 깨지길 바라는 사람이 더 많다. 사적으로 악감정이 있어서가 아니다. 내가 성공해서 김태희 같은 여자 만날 확률은 높지 않으므로, 그들이 헤어지는 것으로 잠시 위안을 삼으려는 것이다. 질투다.

●

그렇지만 자신의 이런 감정을 솔직하게 드러내는 남자는 거의 없다. 질투하고 있는 게 분명한데 그런 마음을 가감 없이 내보이지 않는다. 그럴수록 자신이 초라해진다고 생각하니까. 대신에 다르게 표현한다. 어떻게든 가장 효과적으로 치명적인 상처를 주는 말을 교묘히 만들어 낸다. 점잖은 성인이 상욕은 할 수 없으니까 대신에 이런 식으로 말하면서 쾌감을 느낀다. "신은 김태희에게 모든 것을 주셨다. 남자 보는 눈만 빼고."

●

많은 남성의 머릿속에서 정지훈은 그야말로 '나쁜 남자'여야만 한다. 사적으로 알지도 못하면서, 어떤 사람인지도 모르면서, 미디어에서 걸러진 얘기들만 듣고 그 사람을 판단한다. 좋은 얘기는 귓등을 스쳐 가고 나쁜 얘기만 귀에 쏙쏙 박힌다. 질투 때문에 정보의 비대칭이 발생한다고 느끼지 못한다. 그걸 느낀다면 처음부터 시답잖은 (그러나 자신은 재치라고 생각하는) '신은 김태희에게…'와 같은 문장을 떠올리며 낄낄거리지도 않았을 것이다.

●

질투는 있는 그대로 드러내는 게 자신한테도 좋다. "아, 정지훈 부럽다." 그럼 되는 거 아닌가. 그렇게 말한다고 당신의 존재 가치가 깎이는 것이 아니다. 이게 바로 상대 평가로 길든 우리의 잘못된 사고 패턴 때문이다. 내가 오르지 못할 바엔 그를 끌어내리겠다는 심보 말이다.

●

성인 남녀가 아무 데나 똥을 싸지 않고 변기에 앉아서 볼일을 보는 것은 어릴 적부터 훈련을 거쳤기 때문이다. 여기에서 우리는 질투를 처리하는 법에 대한 힌트를 얻을 수 있다. 적절한 곳에다 적절한 방식으로 질투를 배출하는 것도 훈련이 필요하다. 어린아이처럼 똥오줌 마렵다고 아무 곳에서나 엉덩이 까지 마라. 질투의 감정 처리가 미숙하면 아직 애다.

느낌

어떤 느낌에 사로잡힌 나를 본질적인 나라고 착각하지 말 것, 이 세상에 변화하지 않는 것이란 없다는 사실을 기억할 것. 느낌에도 분명 생로병사가 있으니 현재의 느낌 속으로 충분히 육박해 들어가 느낌의 한 생애를 이해할 것.

_정희재, 《도시에서 살며 사랑하며 배우며》, 290쪽

내가 이 책을 쓰면서 키워드로 생각하는 단어가 '느낌'이다. '좀 더 잘 느끼는 사람이 되자.' 뭐 그런 주제를 염두에 두고 있다. 독자가 이 책의 마지막 장을 덮었을 때 '나도 섬세한 인간이 되고 싶다.'라는 작은 결심을 하도록 이끄는 게 이 책의 주요 목표다. 하늘에 걸린 무지개가 일곱 가지 색깔로 보이는 사람과 칠십 가지 색깔로 보이는 사람은, 어쩌다 몸은 같은 공간에 있을지라도 전혀 다른 세상을 산다. 지금까지 전자의 삶을 살았다면 앞으론 후자 쪽으로 마음으로나마 이사를 한번 가보자는 거다.

●

물론 책 한 권 읽었다고 그러한 변화가 뚝딱 이뤄지진 않는다. 게다가 느낌이라는 것은 태권도 3단이나 바둑 9단처럼 등급으로 측정하기도 어렵다. 그렇다고 등급이 없는 것도 아니다. 분명히 시인은 우리보다 고성능의 촉수를 갖고 있다. 느낌에 단증이 있다면 그들은 유단자다. 우리도 단증을 따고 싶다. 그 첫걸음을 나와 함께 내디뎌 보자.

●

느낌에 관한 얘기는 앞으로 여러 비유를 통해서 직·간접적으로 체험할 수 있을 것이다. 내 글보다 내가 인용한 글들이 더 중요하니, 본문보다 인용문에 좀 더 주의를 기울여 읽어 주었으면 좋겠다. 느낌의 고수들이 내놓은 금과옥조 같은 말씀이니까. 느낌이란 무엇인가에 대한 설명이 따로 없더라도 인용문 자체가 눈과 귀와 마음에 많은 자극을 줄 것이다. 머릿속이 복잡해지는 느낌, 얼굴이 화끈거리는 느낌, 팔에 소름이 돋는 느낌, 눈가가 촉촉해지는 느낌, 뱃속이 울렁거리는 느낌, 하고픈 말이 목젖까지 치받는 느낌….

●

이번 글에선 느낌의 중요한 속성 하나만 짧게 언급하고 넘어가

자. 느낌과 시간의 관계에 대해서 말이다. 느낌에 관한 대원칙(?)의 하나는 느낌은 시간이 흐르면 변한다는 것이다. 논리는 변하지 않는다. 변한다면 그것은 이전 논리가 틀렸다는 말이 된다. 그러나 느낌에는 정답이 없다. 그저 바뀔 뿐이고, 지금의 느낌이 옳은 것 같다고 해서 지난날의 느낌이 틀린 것은 아니다. 심지어 오늘 느낌이 다시 그때의 느낌으로 복귀할 수도 있다.

●

느낌은 논리적인 판단에도 많은 영향을 준다. 대법원 판사마저 느낌에 상당한 간섭을 받는다. 보수적인 판사도 있고 진보적인 판사도 있다. 보수냐 진보냐는 논리가 아니라 살면서 느낀 감정의 총합으로 결정된다. 느낌은 수십 년에 걸쳐 서서히 변하기도 하지만 (시한부 진단을 받게 된 환자처럼) 급작스러운 변고를 당하면 한순간에 180도 바뀌기도 한다.

●

느낌은 변한다! 아주 간단한 문장이지만 살면서 우리를 잘못된 판단으로부터 여러 차례 구해 줄 수 있는 마법의 문장이다. 내가 문신을 좋아한다면 손목에다 새겨 두고 싶을 정도다. 페이지를 넘기기 전에 앞 장으로 돌아가서 인용문을 다시 읽어 보자. 그렇다. 느낌에도 생로병사가 있다.

골프공

당신의 의식이 골프공만 하다면, 당신은 책을 읽더라도 골프공 크기 정도만 이해하게 된다. 창밖을 내다보아도 골프공 크기 정도만 보게 된다. 그리고 아침에 깨어나도 골프공 크기 정도로만 깨어나게 된다. 또 하루 일과를 마쳐도 골프공 크기의 내면적 행복만을 느끼게 된다.

_데이빗 린치, 《데이빗 린치의 빨간방》, 45쪽

내가 커져야 한다. 나를 잊고 세상에 몰두하는 일은 부질없다. 차라리 세상을 잊고 나를 키우는 것이 더 나을지도 모른다. 밤에 잠들기 전에 누워서 곰곰이 생각해 보라. 오늘 나는 나와 얼마나 오랫동안 함께 있었나. 가족이나 친구나 연인과는 몇 차례 문자라도 주고 받았을 것이다. 그런데 정작 나와 가장 가까운 사람인 나에게 안부 인사 한마디라도 건넸던가?

●

나를 키우는 방법은 무엇일까? 책을 100권 읽기? SNS를 통해서 친구 100명 사귀기? 나쁜 방법은 아니지만 그렇다고 본질적인 방법도 아니다. 내가 확장된 느낌을 받을 수는 있지만 동시에 내가 지워진 기분도 들 수 있다. 내가 어떤 사람인가에 대한 충분한 고민 없이 지식을 넓히고 관계를 확장해 나가면 그게 나중에는 힘이 아닌 짐으로 느껴질 시점이 온다. 힘이라는 글자에 자음 하나만 바꾸면 짐이 되고 마는 게 장난 같은 인생사다.

●

사업을 크게 할 때는 주위에 사람이 밀물처럼 밀려든다. 그러다 사업이 망하면 그렇게 나를 좋아했던 사람들이 썰물처럼 빠져나간다. 자신한테 불똥이라도 튈까 다시는 나타나지 않는다. 이럴 때 배신감에 치를 떨며 인생의 허망함을 느낀다. 욕도 한다. 하지만 욕할 필요 전혀 없다. 만약 그들에 대한 원망의 감정이 든다면 그건 당신이 잘못한 것이다. 당해도 싸다. 관계란 애초에 그런 것임을 몰랐단 말인가. 망하고 난 뒤에 사람들이 외면한다고 왜 그들을 비난하는가? 원래부터 그 정도의 사람들이었다. 그들은 잘못한 게 없다. 화병에 걸린 당신이 바보다. 문제는 당신에게 있는 것이다.

●

결국 관뚜껑 뒤집어쓸 때 마지막까지 나와 함께 있는 것은 나뿐이다. 나한테 가장 중요한 일 순위는 언제나 나다. 의미 그대로의 이기주의자가 되라는 말이 아니다. 진정한 이타주의자가 되려면 나를 언제나 중심에 놓아야 한다는 거다. 내가 애증의 관계를 맺을 사람은 나밖에 없다. 나와 내가 싸우면서 울고 웃는 과정을 거쳐야 하는데, 그걸 하는 사람이 얼마나 되는가. 자신과의 애증관계를 확실히 인지하고 있으면 남하고 싸울 일이 없다.

●

배신을 당했다느니 뒤통수를 맞았다느니 하며 피가 끓는 사람은 애초에 스스로 빌미를 제공한 것이다. 타인이 타인인 이유는 배신하고 뒤통수 때릴 수 있기 때문이다. 가장 가까워 보였던 가족이나 배우자도 소송에 걸리면 얼굴 모르는 남보다 더 악질적인 관계로 바뀐다. 서로 비밀을 많이 공유하고 있기 때문에 생판 모르는 남보다 더 깊고 큰 상처를 주고받을 수 있다. 나와 가장 가깝다고 생각했던 사람들마저 그 지경에 이르는 것이다.

●

상처를 받아도 원망하지 않을 사람과만 깊이 있는 관계를 맺으면 된다. 설령 그 사람이 내 뒤통수를 쳐도 좋다고 생각하는 사람 말이다. 이를테면 나는 이 책을 출판하는 출판사 사장님과는 일면식도 없다. 사무실이 어디에 있는지도 모른다. 그래서 나는 생각한다. 출판사에서 내 인세를 떼먹으면 어쩌나. 나 몰래 판매 부수를 속이면 어쩌나. 내가 내린 결론은 그래도 좋다는 것이다. 그것이 마음에 걸린다면 애초에 책을 내지 않으면 된다. 상대가 나를 속인다면 내가 울분을 느낄까? 아니다. 그런 사람과만 관계를 맺는다.

●

이야기가 조금 옆길로 샜다. 글의 요지는 결국 나에게는 나뿐이고, 내가 가장 많이 대화해야 할 상대는 나라는 것이다. 골프공만 한 내 의식을 농구공만 한 크기로 키워야 한다는 말이다. 다른 사람한테는 뭘 크게 기대하지 마라. 사실 기대할 것도 없지 않은가. 내가 커지면 타인과의 관계로 상처를 받지 않는다. 결과적으로 내가 행복한 이기주의자가 될수록 타인에게 관대한 이타주의자가 될 수 있다. 날마다 일정한 시간을 할애해서 생각을 하자. 나에 대한 생각을. 나한테 문자 메시지 한 통 보내는 게 명상이다.

고독

나는 '고독'이라는 단어를 좋아한다. 고독은 평온을 의미한다. 그 말은 내게 편안하고 매력적으로 들린다. 그 말을 들으면 언덕 위에 홀로 서 있는 나무, 눈 오는 날의 편안한 안락의자, 몬태나 하늘 아래 있는 작은 오두막집이 떠오른다. 고독은 기분 좋고 건강하게 들리며 애처로운 느낌이 전혀 없다.

_소피아 뎀블링, 《나는 내성적인 사람입니다》, 44~45쪽

잠잘 때 인간은 정신적으로나 육체적으로 자란다. 잠이 인생의 3분의 1가량을 차지하는 데는 그만한 이유가 있는 것이다. 잠들어 있을 때 우리는 외부와의 연락을 끊고 온전히 홀로 있을 수 있다. 수면 중일 때 우리는 아무것도 하지 않음으로써 많은 것을 한다. 성장에 중요한 요소의 하나가 휴식이다. 잘 쉬어야 한다. 그런데 이상하다. 잠들지 않아도 휴식은 취할 수 있지 않은가. 그렇다면 잠을 자는 것은 휴식 이상의 의미가 있다는 얘기다.

●

잠자는 시간만큼 동물에게 위험한 순간이 있는가. 누가 업어 가도 모르겠다는 말이 왜 나왔겠는가. 무장해제의 시간이라는 얘기다. 글을 쓰면서 문득 떠오른 것인데 (확인해 본 바는 없지만) 무리생활 하는 동물이 단독생활 하는 동물보다 잠자는 시간이 더 깊고 길지 않을까. 서로 번갈아 가며 불침번을 설 수 있어야 잠을 푹 잘 수 있을 테니까. 그 말은 결국 무리생활 하는 동물이 고등동물로 진화할 공산이 더 크다는 얘기 아닐까. 양질의 깊은 잠을 자다 보면 뇌가 점점 커질 것 같다. 김치냉장고 속의 김치처럼 뇌도 가만히 잠자는 동안 숙성되지 않을까. 별 근거도 없는 공상을 잠시 해 보았다.

●

인간이 고독을 음미할 수 있는 이유는 역설적으로 우리가 무리생활을 하며 살아온 동물이기 때문이다. 집합에 속한 적이 없는 사람에겐 고독이라는 단어 자체가 의미를 가질 수 없다. 어렸을 때부터 산속에 움막을 짓고 저 혼자 살아왔다면 그 사람은 오히려 고독이 무엇인지 모를 수 있다. 노래 가사 속 '킬리만자로의 표범'은 스스로 고독을 몰랐을 듯싶다. 표범의 모습에서 고독을 읽어 내는 것은 인간이다. 집단에 속해 봐야 고독을 알 수 있다.

자신의 연인이 훌륭한 사람이 되길 바라는가. 그렇다면 "잘 자, 내 꿈 꿔!"라고 말하면 안 된다. "잘 자, 네 꿈 꿔!"라고 해야 한다. 자는 동안만이라도 인간은 철저히 고독해야 하니까. 일과 시간에 이 사람 저 사람 만나며 바쁘게 지내는 사람일수록 가장 만나기 힘든 사람이 바로 자기 자신이다. 그러니까 적어도 자는 동안에는 자신을 만나야 한다. 잠은 고독해야 한다.

●

고독이 한 인간의 성장에 얼마나 중요한 역할을 하는지 조금은 설명되었는가. 그렇다면 잠자는 시간뿐만 아니라 일과 시간 중에도 스스로 고립을 자초하는 고독의 시간을 가져 볼 필요가 있다. 골프공을 농구공으로 만드는 시간. 나한테 문자 메시지 한 통 보내는 시간. 명상의 시간.

●

잠이 모자라면 온종일 몽롱하다. 고독이 결핍되면 일생을 몽롱하게 살다가 죽는다. 잠자는 시간을 아까워하면 안 되듯이, 외로운 시간을 무의미하게 생각하면 안 된다. 고독이라는 단어를 들으면 '기분 좋고 건강하게 들리며 애처로운 느낌이 전혀 없'어야 제대로 살고 있는 거다.

비 오는 날

〈자의식의 생일은 비오는 날〉이라는 말이 있다. 고대의 원시인들은 날씨 좋을 때는 먹거리 사냥하느라고 정신이 없었을 것이다. 그러나 비가 오면 사냥터로 나갈 수가 없다. 동굴 같은 데 똬리를 틀고 앉아 있으려니 별 생각이 다 들었을 것이다.

_이윤기, 《우리가 어제 죽인 괴물》, 21쪽

사냥터에서는 생각하지 않는다. 고민이라고 해 보았자 먹거리를 사냥하기 위한 기능적인 것들뿐이다. 어떻게 하면 저 사슴을 쉽게 잡을 수 있을까, 한 번에 더 많은 물고기를 낚을 방법은 없을까, 식용 버섯과 독버섯은 어떻게 구별할까…. 아주 필요한 고민이지만 계속 그런 수준에서 머물렀다면 지금 내가 노트북으로 이런 글을 쓰고 있지는 못할 듯싶다. 먹거리 마련에 대한 고민엔 나(자아)가 쏙 빠져 있다. 의식의 대상으로서 나.

●

자의식은 비 오는 날에 깨어난다. 사냥을 나가지 않는 시간. 똬리를 틀고 앉아 있으면 비로소 나한테 '나'가 느껴진다. 내 안에 '나'가 있었다는 사실을 문득 깨닫는다. 사냥터에서 곤두서 있던 신경이 풀어지고 먹잇감 이외의 것에 대해 생각하기 시작한다. 나는 누구인가? 어디에서 와서 어디로 가나? 그냥 이대로 살아가도 되는가? 죽음 이후엔 무엇이 있을까? 그딴 거 고민한다고 먹거리가 생기지는 않을 것이다. 그러나 배고픔과 무관한 고민이 인간을 다른 동물들과 구별되는 색다른 포지션에 놓이게 했다.

●

모든 동물은 공통으로 밥에 대해서 생각한다. 유독 인간만이 밥 이외의 것도 생각한다. 일생을 밥과 그것을 사 먹을 수 있는 돈밖에 생각하지 않으면 '인간의 조건'에 부합하지 않는다. 원시인도 비 오는 날에는 사냥 생각을 접고 상상의 나래를 펼쳤다. 내가 어떻게 아느냐고? 그 증거가 당신과 나 아닌가. 우리는 비 오는 날 공상에 잠겼던 원시인의 창작물이다. 그런 시각에서 보면 우리는 실재가 아니다. 원시인이 만들어 낸 허구다.

●

그렇다면 뒤집어 말할 수도 있겠다. 오늘 우리의 공상은 몇만 년

후엔 실재가 되어 있을 것이다. 당신이 요즘 비 오는 날에 주로 무슨 생각을 하는지에 따라 우리 후손의 모습이 결정된다. 그런 생각을 하면 하늘에서 떨어지는 빗방울이 예사롭게 느껴지지 않을 것이다. 일 년 내내 그렇지는 못하더라도, 적어도 비 오는 날만큼은 '밥' 말고 다른 걸 좀 생각하자. 생일이라니까 자의식을 불러내 축하 인사라도 건네자. 해피 버스데이 투 미.

정신적 땀구멍

"해가 있거나 사람들과 어울릴 때는 밝고 긍정적인데, 밤에 혼자 누워 있으면 예민지수가 강해지고 어두운 상태가 바닥까지 내려가는 걸 느껴요. 혈액형이 A형인 데다 네 자매의 장녀라서인지 제 안의 스트레스를 밖으로 풀지 못하는 편이에요. '정신적 땀구멍'이 없는 셈이죠. 그런 걸 표출할 수 있는 통로가 저에게는 시예요."

_최재봉, 《그 작가, 그 공간》, 32쪽

스트레스는 자의식의 적이다. 매사에 부정적인 생각에 사로잡히는 사람이 있다면, 그것은 그의 생각이라기보다 스트레스의 생각일 공산이 크다. 스트레스는 여러 이유로 발생한다. 일이 너무 많아도 스트레스이지만 너무 없어도 스트레스다. 사람과의 부딪힘 때문에 생기지만 사람이 그리워서 생기기도 한다. 주머니에 돈이 없으면 스트레스가 쌓이지만 돈이 많아도 그걸 지켜 내기 위해 스트레스를 받는다. 결론은 이렇다. 스트레스를 만드는 객관적인 상황은 없다. 그 상황을 대하는 그의 마음이 스트레스를 만들어 낸다.

●

장마철이라 오랫동안 동굴 속에 갇혀 있어도 스트레스를 받는 원시인과 그렇지 않은 원시인이 있었을 듯싶다. 똑같은 상황에 놓여 있고 해결 방법이 없기는 마찬가지인데, 우가우가와 우끼우끼의 머릿속 풍경은 지옥과 천국만큼 거리가 멀다. 스트레스는 자의식의 적이지만, 자의식도 스트레스의 적이다. 자의식을 건강하게 키우면 스트레스의 위세가 약해진다. 우가우가보다 우끼우끼가 나은 점은 딱 하나다. 자의식이 더 건강했던 거다.

●

스트레스를 푸는 일반적인 방법을 떠올려 보라. 노래방 가서 노래 부르고, 술집 가서 폭탄주 돌리고, 찜질방 불가마에 들어앉아 땀 빼고…. 그러나 이런 방식으론 절대 내면 깊숙이 찌들어 있는 스트레스를 제거할 수 없다. 아토피가 심한데 그 부위에다 연고만 계속 바르는 꼴이다. 체질 자체를 바꿔야 근본적인 해결이 된다는 것을 잘 알지만, 일단 눈에 보이는 부분에만 약을 문지른다. 처음에는 이런 방식이 효과가 있다. 하지만 아토피 있는 사람은 알겠지만, 기막히게 잘 듣던 연고도 내성이 생기면 무용지물이 된다.

스트레스에 관한 가장 큰 오해는 발산해야 풀린다고 생각하는 것이다. 사실은 그렇지 않다. 노래방에서 고함을 지르고 불가마에서 땀을 흘리고 폭탄주를 마시며 오바이트하고…. 이런 방법으로 풀리는 것은 진짜 스트레스가 아니다. 진짜를 외면하고 싶어서 만들어낸 가짜 스트레스다. 그러면 '진짜'를 제거하는 방법은 뭔가. 자의식을 건강하게 키우는 거다.

●

앞에서 인용한 김민정 시인의 말처럼, 시를 쓰는 것도 아주 훌륭한 스트레스 제거법이다. 우리는 시인이 아니므로 굳이 시가 아니어도 좋다. 다양한 형태의 글쓰기를 시도할 수 있을 것이다. 일기든 소설이든 에세이든 시나리오든, 글을 쓰다 보면 자의식이 튼튼해진다. 내 안의 자의식을 돌보는 가장 훌륭한 방법이 글쓰기다. 글을 쓰면 '정신의 땀구멍'이 열리면서 '진땀'이 흐르는 순간이 있다. 찜질방에서 흘리는 '물땀'과는 차원이 다른 땀이다.

자유

자유란 산꼭대기의 공기와 비슷하다. 어느 쪽이든 약한 자에게는 참기 어려운 것이다.

_아쿠타가와 류노스케, 《난쟁이가 하는 말》, 84쪽

해마다 한두 번씩 꼭 듣게 되는 뉴스가 있다. 편의점에서 좀도둑질을 하거나 길거리에서 행인을 무차별 폭행하여 경찰서에 붙잡혀 온 어느 노숙인 이야기. 언뜻 평범한 사건인 듯 보이지만 범행 동기를 듣고 보면 평범하지 않은 사건이 된다. 그가 사고를 친 까닭이 '교도소에 들어가고 싶어서'이기 때문이다. 다시 말해 그는 감옥에 가려고 일부러 죄를 지은 것이다. 수감되면 적어도 세끼 밥과 잠자리는 확실하게 보장된다는 이유다.

●

사실 자유보다는 복종이 더 편할 수 있다. 자유를 제대로 만끽하려면 그만큼 강한 힘을 갖고 있어야 한다. 학창 시절에 흔히 문제아들이 학교를 뛰쳐나간다. 학교라는 울타리를 벗어났으니 그들은 자유로워졌을까. 아니다. 아이들이 무슨 힘이 있나. 어른들의 착취 대상이 될 뿐이다. 학교 안에서는 강자였을지 몰라도 사회로 나오면 바로 약자의 신분으로 변한다. 그 아이는 차라리 학교라는 감옥 안이 훨씬 더 자유로웠다고 후회할 수 있다.

●

자유는 물리적인 세계의 사이즈로 가늠할 수 있는 성질의 것이 아니다. 예컨대 감옥에 30년 동안 갇혀 있으면서 그 속에서 일인자 노릇을 하는 것이 사회에 나와서 최하층 노동자 노릇을 하는 것보다 훨씬 더 자유롭게 생활할 수 있다는 뜻이다. 중요한 것은 마음껏 활보할 수 있는 공간의 크기가 아닌 내가 뜻대로 휘두를 수 있는 힘의 크기다. 현대 도시인에게 아마존 밀림은 거대한 감옥일 뿐이다. 거기 가면 인간은 약자 중의 약자다. 우리는 아프리카 초원이나 태평양 드넓은 바다를 떠올리면 무서움을 느낀다.

●

어떻게 하면 사회에서 강자가 될 수 있는가. 공부를 열심히 해서 고위층으로 올라가거나 돈을 많이 벌어서 부자가 된다면 강자의 삶을 살 수 있을 테지만, 나를 포함하여 이 글을 읽는 분 중에 그렇게 될 만한 사람이 얼마나 있겠나. 사실상 없다고 봐야 한다. 그러면 우리는 평생 약자로 살다가 죽을 운명이란 말인가? 그렇지도 않다. 나는 강자가 될 방법은 모르지만, 약자가 되지 않을 방법은 알고 있다. 되도록 빚지지 않는 것이다.

●

문학인들은 사회에서 그나마 자유로워 보이는 부류일 듯싶다. 그러나 그들은 대통령 욕은 마음껏 해도 출판계 욕은 함부로 못 한다. 대통령한테는 진 빚이 없지만 출판사에는 빚이 있기 때문이다. 혹은 앞으로 빚질 일이 있기 때문이다. 마찬가지로 언론은 대통령은 욕해도 삼성은 욕하기 쉽지 않다. 대통령이 광고 줄 일은 없지만 삼성이 광고 안 주면 당장에 곤란해지기 때문이다. 대기업은 좋은 기사 써 달라고 언론에 압력을 넣을 필요가 없다. 자기들 마음에 안 들면 광고를 쓱 빼면 된다. 광고 수입에 대한 의존도가 높을수록 그 매체는 자유가 적다. 빚의 정도와 자유의 크기는 반비례한다.

●

살아가면서 정말로 불가피한 몇몇 경우만 빼고 빚을 지는 일은 최소한으로 줄여야 한다. 그래야 자유를 누릴 수 있다. 빚이 없어야 큰소리를 칠 수 있다. 빚진 상대에겐 머리가 저절로 숙여진다. 그가 강자이고 내가 약자이니 당연한 일이다. 문학을 한다면서 여기저기서 주는 상 넙죽넙죽 받는 작가들이 있는데, 그거 절대로 좋은 거 아니다. 공짜가 아니란 말이다. 한마디로 자유를 돈 받고 판 것이다. 팔았으면 입이나 다물고 있을 일이지, 그런 주제에 또 자유니 뭐니 외쳐 대는 모습이 코믹하게 보일 때도 있다.

●

"자유가 아니면 죽음을 달라!"를 최고의 가치로 내세우는 예술인들도 그러한데 다른 직종의 사람들은 오죽하겠는가. 인맥이 재산이라는 말은 세일즈맨에게나 어울릴 뿐이다. 인맥은 빚이다. 인맥이 자꾸만 늘어나는 까닭은 내가 그들에게 뭔가를 얻고자 하는 욕심 때문이다. 얻어먹겠다는 거지 근성이 없다면 관리도 안 되는 관계를 자꾸 맺을 이유가 없다. 그 욕심이 결국 관계의 빚과 금전의 빚을 만든다. 그 결과 자유와는 안녕이다. 약자로 살다가 약자로 죽기 싫으면 빚을 줄여라. 빚이 없으면 자유가 제 발로 찾아온다.

자연산

●

성질이 급한 탓인지, 이른바 고급 어종에 속하지 못하는 '잡어'여서 그런지 전어는 양식을 하지 않는다고 한다. 양식이 되지 않는 '못된' 물고기가 몇 종 남아 있다는 것이 왜 이토록 반가운 것일까. 아, 내 몸 안에는, 내 마음 속에는 과연 '자연산'이 몇 퍼센트나 남아 있는 것일까.

_이문재, 《바쁜 것이 게으른 것이다》, 249쪽

한국인은 처절할 정도로 관계에 얽매여 있다. "뭉치면 살고 흩어지면 죽는다." 이런 말을 들으면 가슴이 뭉클해지도록 교육을 받았다. 이유는 잘 모른다. 그냥 반사적으로 심장이 울렁거리는 거다. 이러한 명제를 묻지도 따지지도 않고 받아들여야 했다. 의문을 제기하려면 꽤 용기가 필요했다. "나는 싫어요!"라고 하면 철저한 응징이 되돌아왔다. 큰 목소리로 싫다고 말할 수 있는 대상은 딱 하나뿐이었다. "나는 공산당이 싫어요!"

●

뭉치는 거 천성적으로 싫어하는 사람이 있다. 내가 보기에 꽤 많다. 내가 그런 걸 싫어하니까 나와 비슷한 부류가 더 잘 보이는 모양이다. 그리고 뭉치는 거 좋아한다는 사람도 막상 들여다보면 꼭 그렇지도 않더라. 좋아하는 척하면서 자신을 스스로 속이고 있는 경우가 많다. (본인은 부정할 수도 있으나) 공포가 내면화했기 때문이다. 관계의 그물망에서 이탈하면 사회생활 끝난다는 두려움. 그래서 더 뭉치는 걸 긍정적으로 포장하려 애쓴다.

●

직장에서 유독 회식 좋아하는 직원이 있다. 아마 당신 머릿속에도 몇 사람의 얼굴이 떠오를 것이다. 그들을 제외하면 대다수의 직원이 사실은 회식을 싫어한다. 싫다고 대놓고 말을 못 할 뿐이지. 회사에 저녁 6시까지 있었으면 신물이 나야 정상이다. 서둘러 회사를 벗어나 개인으로서의 시간을 갖고 싶은 마음이 간절해지는 게 보편적인 직장인의 마음이다. 먹고 마시는 것도 한두 번이어야 즐겁지 자주 되풀이되면 그저 업무의 연장일 뿐이다.

●

함께 있기를 좋아하는 사람은 뒤집어 말하면 혼자 있기를 싫어하는 사람이다. 그런데 이게 양쪽을 모두 충분히 겪어 보고 하나를 택한 것이 아니다. 살면서 제대로 혼자 있어 본 적도 없으면서 자신은 함께 있는 걸 좋아하는 사람이라고 믿어 버린다. 한국처럼 관계의 그물망이 유독 촘촘한 나라에서는 홀로 지내는 시공간을 확보하기 어렵다. 인터넷과 휴대폰이 발달하면서 그런 기회를 갖기는 더 어려워졌다. 요즘은 스님들도 트위터한다.

●

스님조차 '자연산'이 드문 시대를 살고 있다. 세속과 인연을 끊고 홀로 묵묵히 수행함으로써 권위를 얻게 되는 게 스님이다. 스님에게 요구되는 것은 박사와 같은 지식이 아니다. 모든 수도자가 마찬가지인데, 얼마나 오랫동안 저 혼자서 지냈는지 '기간의 권위'로 결판이 난다. 설법이나 강연을 맛깔나게 잘하는 거? 전혀 중요하지 않다. 그딴 건 '멘토'나 하는 일이다.

●

혼자서 지내는 시간을 늘려라. 그럼 스님들 방송 나와 떠드는 소리가 시답잖게 들린다. 수양의 정도는 기본적으로 저 홀로 있는 시간의 양으로 결정된다. 내가 그 사람보다 '기간의 권위'를 가지게 되면 이러저러한 미디어에 나와서 떠드는 종교인들에 대한 존경심이 별로 일지 않는다. 내가 자연산인데 양식 스님이나 양식 신부가 떠드는 소리가 성에 차겠는가. 정말 한 수 배우고 싶으면 자연산 종교인들을 찾아라. 쉽진 않을 것이다. 그들은 대중 매체라는 양식장 근처에서 얼쩡거리지 않기 때문에 만나기가 무척 어렵다.

●

존경할 만한 자연산은 찾아내기 쉽지 않다. 그들이 잘 피해 다니기 때문이기도 하지만, 뭐 눈에는 뭐만 보이기 때문이기도 하다. 내가 양식인데 자연산을 쉽게 알아보겠는가. 양식의 눈에 자연산은 '잡어'처럼 혹은 '못된 물고기'처럼 보일 뿐이다. 사회는 그들을 '괴짜'로 치부해 버린다.

괴짜

●

이처럼 멋에도 절대적인 멋과 상대적인 멋의 두 가지가 있다. 그리고 절대적인 멋의 인식을 체득한 사람에게는 세속적인 멋은 멋을 부리지 않는 것이 멋이 된다. 이런 사람들을 우리들은 괴짜라고 부른다. 한 사회에 문화가 있으려면 이런 괴짜들이 많아야 한다. 그런데 현대의 획일주의는 이런 괴짜를 용납하지 않는다.

_김수영, 《김수영 전집2 - 산문》, 2판 9쇄, 139쪽

양식에도 장점이 있을 것이다. 그러나 가장 큰 단점 하나가 여러 장점을 압도해 버린다. 바로 몰살의 가능성이다. 양식장 안의 물고기는 자연을 누비는 물고기보다 먹이는 훨씬 쉽게 얻을 수 있다. 힘들여 사냥을 하지 않아도 된다. 양식장 주인이 때가 되면 먹여 준다. 하지만 태풍이 오거나 치명적 바이러스가 퍼지면 양식장 안의 물고기는 전멸한다. 물론 천재지변이 일어나지 않더라도 어느 정도 크면 전부 어시장으로 팔려 간다.

●

예상 수명만큼 살다가 자연사하는 양식장 물고기는 거의 없다. 현재는 꿈처럼 달콤하나 너나없이 비참한 말로가 예정돼 있다. "뭉치면 죽고 흩어지면 산다." 양식장 물고기에게 가장 절실한 깨달음일 테지만, 몰살되기 직전까지 각성하는 물고기는 드물 것이다. 탈출하기가 쉽지도 않지만 애초에 시도조차 하려 들지도 않을 듯싶다. 뭉쳐 있으면 편하니까. 힘들게 먹이를 구하러 다니지 않아도 식사 시간이 되면 하늘에서 우수수 먹이가 떨어진다!

●

현대인의 처지도 양식장의 물고기와 크게 다르지 않다. 우리는 자본주의라는 가두리 양식장에 갇혀 있다. 다만 물고기처럼 강제로 갇혀 있지 않다는 점이 다르다. 곰곰이 생각해 보면 그래서 더 비참한 게 인간이다. 아무도 나를 구속하는 사람이 없는데, 즉 나는 내 마음대로 하고 싶은 거 하면서 살 수 있는데, 결국 갇혀 있기를 스스로 택한 것이다. 이유는 자명하다. 지금 상태가 편하기 때문이다. 내가 해야 할 일은 돈을 버는 것뿐이다. 돈만 있으면 나머지 문제는 상당 부분 해결할 수 있다.

●

돈만 있으면 원하는 것은 뭐든지 얻을 수 있다는 생각이 사회에 팽배해질수록 우리는 양식장에서 더 못 빠져나간다. 굳이 촘촘한 그물을 치지 않아도 된다. 심지어 눈에 보이는 그물이 없어도 된다. 서로 비교하고 시샘하도록 훈련해 놓으면, 자기들끼리 알아서 스크럼을 짠다. 물고기이기도 하고 동시에 그물이기도 한 것이다. 바구니에 게를 여러 마리 담아 놓으면 뚜껑을 안 닫아도 빠져나가지 못한다. 밟고 잡아당기고 엉켜서 서로 그물이 된다.

●

이럴 때 괴짜의 존재 가치가 빛난다. 괴짜는 유행이나 물욕과는 무관한 이상한 짓들을 해 댄다. 예측 가능한 범위를 넘어선 퍼포먼스를 벌인다. 스스로 그물이 되길 거부하고 의도적이든 그렇지 않든 구멍으로 기능한다. 양식장 주인 입장에선 (그러니까 자본주의 사회의 정치가나 마케터 입장에선) 여간 골치 아픈 존재가 아니다. 통제가 안 되니까. 어떤 메시지를 주입하거나 물건을 팔기 위해서는 일단 눈에 보이는 한곳에 주저앉혀 놓아야 한다. 하지만 괴짜는 어디 가서 무슨 짓을 저지를지 도무지 알 수가 없다.

●

괴짜는 우리가 몰살되지 않도록 그물에 구멍을 내는 존재다. “도망가라. 그렇지 않으면 다 같이 죽는다.” 사실 구멍은 이미 여기저기에 뚫려 있다. 아직까진 도망칠 기회가 많다. 앞으로는 더 힘들어질 것이다. 자본주의는 서서히 균열이 일어나며 허물어지지 않는다. 오히려 갈수록 휘황찬란하게 진행되다 폭탄처럼 한 방에 터진다. 백화점 무너지듯, 다리 끊어지듯, 원자력발전소 폭발하듯….
그게 바로 자본주의가 종말을 고하는 방식이다.

●

괴짜들이 하는 행동을 허투루 보아 넘기지 마라. 마음에 안 든다고 쉽게 욕하지도 마라. 응원은 못 해 줄망정 손가락질은 하지 마라. 그들의 행동이 나한테 불편한 감정을 일으킬 때, 그들을 비난하는 것으로 자기반성의 기회를 스스로 차단하지 마라. 내 마음이 불편한 것은 그들의 행동이 옳지 않아서가 아니다. 그들이 틀려야 획일주의에 물들어 있는 나한테 면죄부가 주어지기 때문이다. 그러나 지나간 역사는 그들이 옳았음을 말하고 있다. 못된 노예, 못된 사상가, 못된 대학생, 못된 노동자, 못된 예술가, 못된 여성들….

왼손잡이

라틴어로 '왼쪽'은 '시니스테르(sinister)'인데 이 말은 영어로 '나쁜 징조의' 또는 '귀찮은'의 의미이다. 그렇다면 왼손잡이로 태어나는 것은 불행하다는 뜻인가?

_수전 배렛, 《내머리 사용설명서》, 66쪽

요즘엔 잘 사용하지 않지만 예전엔 오른손을 바른손이라 했다. 바른손이라는 표현은 어감은 참 좋지만 의미까지 좋다고 할 순 없다. 단어 그 자체엔 문제가 없지만, 오른손을 바른손이라고 부름으로써 왼손을 그른손으로 만들어 버리기 때문이다. 써서는 안 되는 나쁜 표현이다.

형제가 둘 있다고 치자. 형한테 "너는 참 엄마 말씀 잘 듣는구나." 라는 칭찬을 하면, 그 말은 본의 아니게 동생에게 상처를 줄 소지가 있다. "그런 뜻으로 한 말이 아니야."라고 부연해도 소용없다. 이처럼 좋은 뜻으로 내뱉은 말이 원뜻과 달리 왜곡되어 (그러나 그것이 정말 왜곡일까? 마음 밑바닥에 깊숙이 숨겨 놨던 본심은 아닐까?) 전달되는 경우가 많다. 하나만 더 예를 들자면 이런 표현도 있다. "저 배우는 흑인치고는 참 잘생겼어." 이 문장에서 무엇이 문제인지 구태여 설명하지는 않겠다. 이런 말이 얼마나 멍청한 표현인지 설명을 해 주기 전까지는 모르는 사람이 의외로 많다. 정말이다. 많다.

●

바른손이라고 하지 않는다고 오른손이라는 단어의 원초적인 폭력성이 사라지진 않는다. 아마도 오른손은 '옳은손'의 변형일 듯싶으니까. 서양에는 왼손잡이의 비율이 동양보다 높다고 알고 있는데, 그런 서양에서도 왼손은 '나쁜 징조의'나 '귀찮은'과 같은 부정적인 뜻이 있는 모양이다. 동서양을 막론하고 오른손잡이가 주류이고 왼손잡이는 비주류인 것이다.

●

어느 사회에서든 왼쪽과 관계된 것은 소수파가 된다. 우파가 많고 좌파가 적은 것이 균형을 이룬 상식적인 상태처럼 인식된다. 따라서 우리가 상식을 거론할 때는 본의와 상관없이 우파적 시각을 되뇌고 있는 셈이다. "상식을 지키자!" 이런 말은 언뜻 가치중립적으로 들리지만, 결국 발화자의 의도와 무관하게 우파의 세계를 공고히 다지자는 뜻으로 수렴돼 버린다.

●

그러니까 우리가 '진짜' 상식적인 얘기를 하고 싶으면, 어떠한 판단을 내릴 때 좌파적인 관점에 좀 더 무게를 실어 줘야 한다. 그래야 비로소 '진짜' 상식적인 의견이 된다. 현대사회에서 특히 한국에서 기계적인 중립은 사실 우파의 손을 들어 주는 것과 마찬가지다. 중립이 아니라 편파다.

●

왼쪽의 힘이 약해질수록 오른쪽도 피해를 본다. 왼쪽 턱관절에 문제가 생기면 오른쪽 턱관절에도 결과적으로 문제가 발생한다. 오른쪽으로만 음식을 씹어서 과부하가 걸리기 때문이다. 더구나 한쪽 턱근육만 오랜 세월 사용하면 얼굴이 비대칭으로 틀어진다. 팔도 마찬가지. 왼팔에 힘이 없다고 오른팔만 계속 쓰면 신체의 좌우 균형이 무너져 척추도 휘어진다.

●

오른손잡이가 왼손으로 밥을 먹으려면 상당히 불편하다. 젓가락으로 콩나물 한 가닥 집어 올리는 것도 예삿일이 아니다. 인간의 신체와 마찬가지로 우리가 사는 세상도 겉보기에는 좌우 대칭처럼 보여도 실제로는 비대칭이다. 교양인이란 왼쪽의 상태를 더 세심하게 점검하고 왼쪽의 의견을 더 경청하는 사람이다.

잔치

●

2008년 말, 보기 드문 경제 비관론자 가운데 한 사람인 폴 크루그먼은 어째서 아무도 "그 모든 것이 사실은 거대한 폰지 사기라는 사실을 보지 못했는가?"라는 수사적 물음을 던진 뒤 "누구도 잔치의 흥을 깨는 사람이 되고 싶지 않았기 때문"이라고 답을 제시했다.

_바버라 에런라이크, 《긍정의 배신》, 245쪽

몰입이나 흥분 혹은 도취 상태에 있을 때 사람은 눈이 멀고 귀가 닫힌다. 아예 안 보이고 안 들린다는 뜻이 아니다. 하나만 보이고 하나만 들린다는 의미다. 차라리 전혀 안 보이고 안 들리면 자기 눈이 멀었고 귀가 막혔다는 사실을 수긍할 텐데, 어쨌든 하나는 보이고 들리니까 감각에 문제가 생겼다는 사실을 인정하지 않는다. 맹목적이라는 표현은 눈앞이 캄캄해진 상태가 아니라 하나만 보여서 다른 게 안 보이는 상태를 일컫는다. 엄마가 아들을 맹목적으로 사랑할 땐 아들이 안 보이는 게 아니라 아들만 보이는 거다.

●

안 보이는 사람은 행동이 조심스럽다. 정전이 된 컴컴한 집안에서는 살금살금 걷게 된다. 이럴 때는 좀처럼 다치는 일이 없다. 자신의 현재 상태를 자각하고 그에 맞게 처신하니까. 하지만 차를 운전하고 가는데 거리에 미니스커트 입은 여성이 지나가면 뚫어지게 쳐다보다가 사고가 일어난다. 그 순간 그 운전자는 맹목적인 상태에 놓인 것이다. 자신의 현재 모습을 자각하지 못하기 때문에 안 보이는 것보다 하나만 보이는 것이 더 위험하다.

●

위정자들은 올림픽이나 월드컵 같은 잔치를 좋아한다. 대규모의 스포츠 행사를 유치하기 위해서 많은 노력을 기울인다. 실체도 분명하지 않은 '경제적 효과'를 거론하며 국민을 현혹한다. 사실 위정자들이 그러한 행사에 주목하는 이유는 따로 있다. 행사 기간 내내 국민을 맹목적으로 만들기 위해서, 그 결과 모든 업적이 자신에게 집중되도록 하기 위해서다. 맹목적으로 위정자들만 바라보는 국민만큼 다루기 편한 상대가 또 없다. 스포츠 행사 하나만 잘 치러내면 국민 영웅의 자리는 떼 놓은 당상이나 마찬가지다.

●

잔치가 벌어지면 디테일은 결코 눈에 들어오지 않는다. 세심한 부분을 아무리 신경 써 봐야 알아주는 사람도 없다. 2002년 월드컵 때를 돌이켜 보라. 당시에 충격적이고 비극적인 사건이 잔치 기간에 벌어졌다. 무엇인지 기억이 나는가. 그렇다. 미군 장갑차에 중학생 두 명이 압사했다. 그러나 하필 온 나라가 잔치 중이어서 크게 이슈가 되지 못하고 말았다.

●

이때 '그깟 공놀이'에 빠져 있는 국민을 향해서 냉소와 분노를 날린 괴짜들은 극소수였다. 그리고 비난의 융단폭격을 받아야 했다. 잔치하고 있는데 찬물을 끼얹었다는 것이다. 그러나 세월이 흐르면 대체로 괴짜들의 주장이 옳았다는 사실이 드러난다. 따지고 보면 '내가 왜 그때 그토록 열광했나? 내 의지였나?' 하는 생각이 들게 마련이다. 답은 "아니다."라는 것이다. 축구를 할 때 몇 명이 한 팀인지도 모를 만큼 관심도 없었는데 왜 그랬을까? 잔치 분위기에 휩쓸렸을 뿐이다. 정신을 놓고 피리 소리를 따라갔을 뿐이다.

●

4대강 사업처럼 '거대한 사기'를 대하는 태도도 마찬가지다. 위정자들이 제시한 터무니없는 장밋빛 미래에 많은 국민이 넘어갔다. 큰 잔치가 될 줄 알았는데 빚잔치가 되어 가고 있다. 그 와중에 '먹튀'들은 자기 배만 잔뜩 불리고 어느새 자리를 뜨고 없다. 떡고물이라도 있을 줄 알았던 사람들은 그들이 남기고 간 쓰레기나 수거하고 설거지나 하게 생겼다. 당시에도 괴짜들은 경고의 목소리를 높였다. "이거 사기다!" 그 경고를 새겨듣지 않고 '잔치의 흥을 깨는 사람'들의 헛소리로 치부한 결과가 슬금슬금 나타나고 있다.

상식

그가 과격하다고? 고대 철학자 아낙사고라스는 "태양은 불타는 돌덩어리다"라고 말했다가 아테네에서 추방됐고, 갈릴레오는 "지구가 태양 주위를 돈다"고 했다가 재판에 회부됐다. 그들이 과격했던 건 그들이 옳지 않아서가 아니라 당대의 상식에 도전했기 때문이다.

_조선희, 《그녀에 관한 7가지 거짓말》, 237쪽

옳은 얘기는 때때로 과격한 형태로 발언된다. 그래서 '상식적'이라고 자처하는 사람들은 그런 주장을 들으면 심기가 불편해진다. 이성적으로 판단하기에 앞서 감각적으로 먼저 혐오감을 느끼게 된다. 옳은 얘기를 하는 소수는 목소리를 전달하기 위해 극성스러워질 수밖에 없다. 점잖게 얘기해서는 씨알도 안 먹힌다는 것을 경험적으로 알기 때문이다. 고함을 지르며 시끄럽게 하고, 몰려다니면서 짱돌도 던지고, 크레인에 올라 고공농성을 벌인다.

●

"말로 합시다. 대화로 풉시다." 상식을 내세우는 주류는 그러고 싶다. 하지만 역사를 돌이켜 보면 사회문제가 조곤조곤한 대화로 풀린 예는 거의 없다. 노동 시간 단축도, 비정규직 처우 개선도, 남녀 성차별 문제도, 반값 등록금 이슈도, 군내 성폭력 사건도, 국가기관의 선거 개입 규명도…. 예를 들자면 한도 끝도 없다. 어떤 사건도 대화로 쉽게 해결되지는 않는다. 말이 좋아 대화지, 대화는 대등한 관계일 때만 성립된다. 다수와 소수 혹은 주류와 비주류는 대화가 불가능하다. 마이너는 대화하지 않는다. 투쟁한다.

●

상식은 벼슬이 아니다. 판관 포청천이 아니다. 상식의 잣대는 함부로 들이대면 안 된다. 대상과 상황을 봐 가면서 신중하게 접근해야 한다. 똑같은 상식이라도 대기업 사장에게는 '잣대'이지만, 비정규직 청소 노동자에게는 '총검'이 될 수 있는 것이다. 그게 바로 상식의 무서움이다. 같은 칼이라도 주방에 있으면 조리 기구이지만 강도의 손에 있으면 범행 도구가 된다.

●

괴짜나 소수자 혹은 비주류의 의견이라면, 그것이 다소 과격하게 느껴지더라도 일단 차분히 들어 보려는 태도가 필요하다. 느낌에 속으면 안 된다. 상식에 대한 자신의 판단을 확신하는 사람일수록 느낌에 더 잘 속는다. 내용보다는 형식에 더 민감해진다. 머리 염색한 것도 보기 싫고, 길을 막고 시위를 벌이는 것도 보기 싫고, 학생이 하라는 공부는 안 하고 데모나 하는 것도 보기 싫고, 여자가 눈 똑바로 치켜뜨고 대드는 것도 보기 싫고…. 내용도 듣기 전에 판단을 끝낸다. 느낌과 판단을 혼동하는 것이다.

●

오늘의 과격함이 내일의 평온함으로 대체되는 경우는 역사 속에서 부지기수다. 뒤집어 말할 수도 있겠다. 지금 당신이 누리고 있는 평온함은 과거 누군가의 과격함으로 얻어 낸 결과다. 어제의 비상식이 오늘의 상식이 되고, 오늘의 비상식이 내일의 상식이 되는 일은 흔하다. 느낌에 속아서 옳고 그름을 판단하는 데 실수하지 마라. 감각도 상식에 지배된다. 홍석천을 보고 닭살이 돋는다면, 그건 당신이 느낀 게 아니라 상식이 시킨 거다.

●

느낌에 관한 가장 중요한 사실은 뭐라고 했나. 내가 손목에다 새겨 두고 싶다고 했던 문장. 그렇다. 느낌은 변한다! 그 말은 '상식은 변한다!'라고 바꿔도 크게 다르지 않다. 상식은 두뇌보다도 피부를 통해 당신을 지배한다. 그러한 상식의 특성을 이해한다면 느낌에 쉽게 속지 않을 것이다.

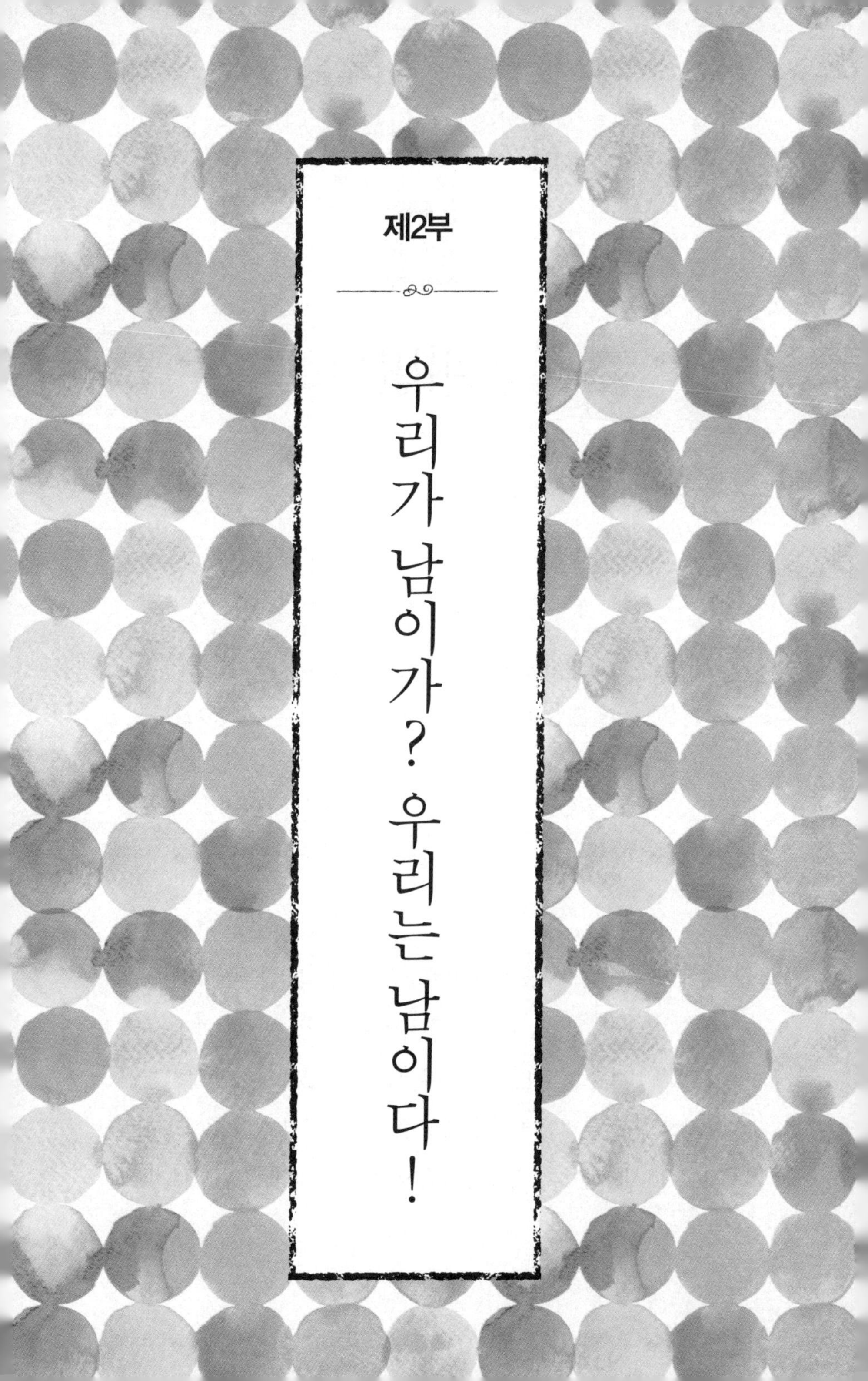

제2부

우리가 남이가? 우리는 남이다!

비밀

●

비밀은 우리를 따뜻하게 결속시켜주지만, 우리를 불안에 빠뜨리기도 한다. 비밀은 단열은 잘되고 방음은 잘되지 않는 여관방 같기 때문이다.

_김소연, 《마음사전》, 156쪽

'베스트 프렌드'와 '저스트 프렌드'의 차이는 비밀을 얼마나 공유하고 있느냐에 있다. 아무리 오랜 시간을 만나도 비밀(그러니까 내가 남들에게 보여 주고 싶지 않은 부분)을 공유하고 있지 못하면 절친한 사이가 아니다. 달리 말해서 함께 보낸 시간의 양과 친밀도는 크게 상관이 없다는 것이다. 정제된 모습만 봤다면 100만 년을 만나도 '그냥 친구'다. 그가 나의 무너진 시절을 함께했고, 내가 그것을 불편하게 느끼지 않아야 '진짜 친구'다.

●

잘나갈 때 사귄 친구는 깊이 있는 관계를 맺기 어렵다. 잘 못 나갈 때, 못살 때 못 먹을 때 만난 친구가 '베스트 프렌드'가 될 공산이 크다. 그러니 은수저를 물고 태어난 '엄친아'는 절친한 친구를 만들기 어려울 수도 있겠다. 치부라고 할 만한 비밀이 없으니까 내밀한 감정을 주고받을 수가 없는 것이다. 부족함 없이 자란 것이 반드시 좋지만은 않다. "아, 저 사람은 행복한 가정에서 양질의 교육을 받고 자란 것 같다." 나는 이런 부류에게 흥미가 일지 않는다. 얼굴에 살짝 그늘이 드리워진 사람에게 호기심이 생긴다.

●

친해지고 싶지 않은 사람과 비밀을 공유하는 것처럼 찜찜한 일이 없다. 알고 싶지도 않은 비밀을 "너만 알고 있어."라며 속삭일 때 귀를 틀어막을 수도 없고 이미 들어 버린 얘기를 뇌리에서 삭제할 수도 없으니 난감하다. 어느 집단이든 비밀을 퍼 나르기 좋아하는 사람이 한두 명씩 있기 마련인데, 되도록 피하는 것이 좋다. 나한테 이런저런 비밀을 물어다 나르는 사람은, 딴 데다 내 비밀을 실어다 나를 가능성도 매우 크다. 괜스레 그에게 친밀감을 느껴서 내 속마음 얘기라도 털어놓으면 곤란을 겪게 될 수도 있다.

●

어떤 사람들과 비밀을 공유하느냐가 당신 인생의 질을 결정한다. 비밀의 질은 비밀을 공유하는 사람의 질에 좌우될 공산이 크니까. 저질의 인간들이 저질의 비밀을 유포한다. 거기에 끼면 당신도 저질이 되는 거다. 듣게 된 비밀에 대해 입을 한 번도 뻥긋하지 않았다는 점은 중요하지 않다. 그것을 공유하는 순간 이미 당신은 공범이 된다. 양질의 인간들은 양질의 비밀을 유포한다. 아니 그 전에 남에게 해가 될 비밀은 입에 올리지 않는다. 비밀이 전달되다가도 그 사람의 차례에서 딱 끊긴다. 스스로 방음재가 된다.

●

양질의 단열재이자 저질의 방음재인 비밀의 이중적인 속성을 유념해야 한다. 비밀의 공유가 주는 온기에 취해 이런 말 저런 말 늘어놓다가 큰코다치는 수가 있다. 흔히들 비밀을 쉽게 떠벌리지 말아야 하는 이유를, 그 내용의 당사자한테 피해를 주지 않기 위해서라고 생각하기 쉽다. 하지만 그뿐만이 아니다. 당신이 비밀을 속삭일 땐 그 얘기를 그저 듣기만 한 상대에게도 피해를 줄 수 있다. 비밀은 거짓말과 단짝이니까. 누군가에게 비밀을 전달하는 일은 거짓말쟁이가 되라고 부추기는 꼴이다. 알면서 모른다고 잡아떼는 것만이 거짓말이 아니다. 알면서 모르는 척 가만히 있는 것도 거짓말이다.

사생활

젊은 나이에 암으로 요절한 여배우의 사체가 입관식을 위해 이동할 때 그녀의 동료들이 이 장면만은 촬영하지 말아줄 것을 눈물로 호소했던 이유는 무엇일까. 그것이 바로 한 여배우의 사생활이었기 때문이다.

_이석원, 《보통의 존재》, 2판 8쇄, 35쪽

미디어와 기술의 발달로 점점 우리는 밀실을 잃어 가고 있다. 온전히 혼자 있는 시간이 하루에 얼마나 될까. 한밤에 잠들기 직전까지 스마트폰으로 인터넷을 들여다보다가 아침에 눈을 뜨자마자 머리맡에 뒀던 스마트폰부터 찾아드는 사람이 많을 것이다. 잠든 상태가 아니고는 늘 누군가와 함께 있는 셈이다. 그렇다고 잠들어 있는 시간마저 내 마음대로 누릴 수도 없다. 누구든지 전화 한 통이면 당신을 깨울 수 있다. 사실상 5분 대기조의 삶이다.

●

어른들만 그런가. 애들도 다르지 않다. 사생활이 없다. 세상이 험하다는 이유로 부모는 아이의 행적을 시시콜콜 알려고 든다. 그걸 애정으로 여긴다. 한 시간만 연락이 안 돼도 걱정이다. 전화는 왜 안 받는 거야! 화가 머리끝까지 치솟는다. 이때 생긴 분노는 과연 사랑의 감정 때문일까. 절반은 그럴지 모르지만 나머지 절반은 감정이 기술에 종속됐기 때문이다. 애초에 휴대폰이 없으면 한 시간쯤 연락이 안 된다고 조바심을 느끼지는 않는다.

●

그러니까 이게 거꾸로 된 거다. 안심하기 위해 아이에게 휴대폰을 채워 놨더니 그 탓에 불안감을 느끼는 주기가 더 짧아졌다. 예전엔 아이와 연락이 안 돼도 해 떨어지기 전까지는 크게 걱정하지 않았다. 어디 가서 누구랑 무엇을 하며 놀든 저녁 먹을 시간까지만 들어오면 되는 거였다. 그 시간까지 구체적으로 뭘 하고 지냈는지 부모는 모른다. 그게 부모가 아이를 사랑하지 않아서 생긴 무관심 때문인가. 아니다. 아이가 안 보이면 한 시간 만에 걱정이 되는 부모와 한나절은 지나야 걱정이 되는 부모의 차이는 없다. 그 다름은 사랑의 크기가 아니라 휴대폰이라는 이기(利器)가 만든 것이다.

●

많이 걱정해 주고 자주 들여다보는 것만이 사랑의 방식이 아니다. 일부러라도 모르는 척해 주고 알면서도 눈감아 주는 것도 훌륭한 표현의 방식이다. 우리에게 더 필요한 것은 후자가 아닐까. 전자는 때로 상대를 위한다기보다 내 마음이 편하기 위해서 하는 행동일 수 있다. 배우자의 휴대폰 통화목록을 뒤진다거나 자식의 일기장을 훔쳐보는 등의 행위가 그저 사랑이라는 명목으로 포장될 수 있을까. 설령 거기서 상대방의 고민을 알아냈다고 하자. 하지만 사생활 침해를 통해서 얻어 낸 정보가 그만큼의 가치가 있을까.

●

자식이든 연인이든 친구든 내가 사랑하는 상대가 나로부터 사생활을 보호받고 있다는 느낌을 줘야 한다. 제아무리 친해도 일기장은 들춰 보지 않고 휴대폰은 뒤지지 않는다는 확신을 줘야 한다. 그것이 그를 위한 길이다. 자의식의 크기는 밀실의 크기와 비례한다. 상대방을 정말 존중하고 배려하며 앞으로 크게 되길 바란다면 그가 큰 밀실을 갖도록 도와줘야 한다.

여시아문

거의 모든 불경이 '여시아문(如是我聞)', 즉 '이렇게 나는 들었다'라는 구절로 시작한다. 이 경전에 기록된 활자가 절대적 진리가 아니라, 경전의 저자가 부처님의 말씀을 들은 대로 적은 것이라는 점을 강조한다.

_이나미, 《한국 사회와 그 적들》, 127쪽

들은 것은 들은 것일 뿐이다. 당연한 사실인데 의외로 착각하는 사람이 많다. 들은 것을 아는 것이라고 여긴다. 들은 것이 아는 것으로 확정되려면 시간이 필요하다. 예컨대 오늘 저녁에 TV에서 어떤 뉴스를 들었다고 하자. 뉴스에서 들었다고 해서 들은 것을 아는 것으로 금세 바꾸면 안 된다. 며칠 후에 정반대 얘기가 나올 수 있다. 뉴스도 소문과 크게 다르지 않다. 옆집 칠봉이가 아니라 언론에서 떠들었다고 쉽게 믿으면 안 된다. 언론이 뭐 별건가. 기자들의 면면을 살펴보면 우리가 알던 그 동철이와 삼순이가 아닌가.

●

종교의 경전조차도 오류가 쌔고 쌨다. 광신자만이 그 내용을 곧이곧대로 믿을 것이다. 하물며 신문이나 방송 혹은 인터넷에서 떠드는 얘기에 얼마나 오류가 많겠는가. 아침에 출근할 때 떠돌던 핫이슈가 저녁에 퇴근할 때 허위 사실로 밝혀지는 일도 심심찮게 일어난다. 따라서 무언가를 들은 상태에서는 섣불리 판단을 내리거나 그것을 전파하는 일에 동참하면 안 된다. 자신이 듣고 싶었던 얘기라면 몇 배 더 조심스럽게 거리를 둬야 한다.

●

듣기 싫은 뉴스보다 듣고 싶은 뉴스 때문에 사달이 나는 경우가 더 많다. 듣기 싫은 뉴스는 어차피 무시한다. 주위에 전파할 일도 없다. 하지만 내심 기다렸던 뉴스가 들리면 성급하게 전파해 버린다. 내가 글을 쓰고 있는 오늘의 핫이슈는 '국정원 트윗 121만 건'에 관한 기사다. 아마 기다리던 분들이 많았을 것이다. 그래서 마구 퍼나른다. 마치 본인이 기자라도 된 심정으로 퍼뜨린다. 그러나 전파하고 싶은 마음이 불끈 솟을 때가 진짜 위험한 순간이다. 냉정을 찾아야 한다. 들은 얘기가 아는 얘기로 바뀔 때까지.

●

들은 정보와 아는 정보의 차이는 무엇인가. 우린 누구나 듣고 싶은 것만 듣는 경향을 조금씩 가지고 있다. 따라서 들은 정보는 듣고 싶은 정보라고 바꿔도 크게 다르지 않다. 이것이 아는 정보가 되려면, 듣기 싫은 사람까지도 수긍할 수밖에 없는 확정적인 상태가 되어야 한다. 듣고 싶은 사람들끼리 주고받으며 자위하는 용도의 글은 아직 들은 정보다. 그것이 아는 정보가 되려면 시간이 걸린다. 그 기간을 입 다물고 참는 훈련이 필요하다.

감정이 배제된 소리

한동안 어느 케이블 TV의 「롤러코스터」라는 프로그램에 나온 내레이터의 목소리와 말투가 유행했다. 어느덧 현대인들은 감정이 배제된 소리를 더 편하게 받아들이고, 사람이 아니라 기계와 말하는 것을 더 좋아하는 상태를 반영한 것이라 하겠는데, 합리성의 메커니즘을 추종한 나머지 생물성을 상실하게 된 것이다.

_김영종, 《너희들의 유토피아》, 157쪽

인터넷은 소란스럽다. 여기저기서 한마디씩 쏟아져 나온다. 그렇지만 찬찬히 들여다보면 정말 그들이 자유롭게 자기 의견을 표출하고 있는지 의문이 생긴다. 트위터의 경우를 보자. 자기 생각을 정리해서 제출하는 사람보다 그런 글을 리트윗하는 사용자가 압도적으로 많다. 트위터의 대표적인 기능 중 하나가 리트윗이다. 일종의 링크 개념이다.

●

리트윗이나 링크는 분명히 장점이 있다. 공감했던 글을 손쉬운 방법으로 널리 공유할 수 있다. 그러나 손쉽다는 점이 오히려 사람들의 사고력에 나쁜 영향을 끼치기도 한다. 아무리 짧은 글이라도 (혹은 짧은 글이기 때문에) 나의 지력을 동원하여 문장을 만드는 게 쉬운 일이 아니다. 머릿속에 생각은 맴돌지만 그걸 가래떡 뽑듯 깔끔하게 글로 뽑는 것은 또 다른 문제다. 글 한번 잘못 썼다가 망신이나 당하면 어쩌나 걱정도 조금 된다. 내 교양의 정도나 사고의 깊이가 적나라하게 드러나는 것이 바로 내가 쓴 글이니까.

●

그래서 자신의 어설픈 문장을 나열하기보다 필력이 좋은 필자들의 글을 리트윗함으로써 본인의 의견을 대체해 버린다. 이게 처음에는 효율적이고 효과적인 의견 제출의 방식처럼 느껴질 수 있다. 하지만 남의 생각을 손쉬운 방식으로 자기 생각처럼 대체하는 것은 결국 자기 손해로 이어질 수밖에 없다. 이렇게 리트윗이나 링크에 지나치게 의존하면 나중엔 어떤 게 내 생각이고 어떤 게 남의 생각인지 분간조차 하기 어려워진다.

●

리트윗에는 비겁한 심리도 살짝 숨어 있다. 자기 생각을 말하면 거기에 책임이 따른다. 그래서 남이 쓴 글에 링크를 걸어 '공감'하는 방식으로 자신의 의사를 표현한다. 그러면 문제가 생겼을 때 "나는 그저 리트윗했을 뿐이에요." 하고 발뺌할 수 있다. 자신은 빠져버리고 글에 대한 책임은 원 글을 작성한 사람이 지게 되는 것이다. 필요할 땐 손쉽게 이용하지만 문제가 생기면 책임을 회피하기에 좋은 의사표현 방식이 리트윗이다.

●

되도록 자신의 목소리와 감정을 담아서 어떠한 주장을 해야 한다. 이런저런 다양한 의견을 취합하는 것은 좋지만 결국에는 자신의 문장으로 말해야 한다. 그러면 책임의 소재는 글을 쓴 나한테 있게 된다. 그 말을 뒤집으면 책임지지 못할 말은 하지 말라는 것이다. 요즘엔 팩트라는 단어가 무척 신성시되고 있는 것 같다. 리트윗할 때 우린 마치 팩트만 전달하는 느낌을 받는다. "이거 봐라. 이런 기사가 있지 않으냐." 자기 의견은 없다.

●

근거가 부족하고 논거가 어설퍼도 덜렁 리트윗만 하는 것보다는 자신의 감정이 담긴 140자 글을 쓰는 게 더 낫다고 본다. 당신의 글은 당연히 전문가가 쓴 글보다는 팩트가 미흡할 것이다. 흔히 "팩트만 갖고 얘기하라."고 말하지만 꼭 그렇지도 않다. 그렇게 따지면 정보 접근성이 높거나 학식이 높은 사람만 떠들어야 한다. 쉽게 비유하면 애들은 어른 앞에서 그냥 입 다물어야 한다는 소리다. "늬들이 뭘 안다고 그래? 아는 건 쥐뿔도 없으면서. 어른들 말씀이 다 옳아." 이렇게 되는 거다. 그런 사회가 좋은가? 팩트보다 중요한 건 감정이다. 지나치게 합리성을 중시하면 생물성을 잃게 된다.

혼잣말

●

사실 혼잣말이야말로 문학의 시작입니다. 세상과의 소통은 그다음입니다. 사람이 자신의 생각과 느낌을 언어에 담고, 책으로 쓰고, 문자로 표현하면 곧 문학이 됩니다. 그런 것으로 아무 이익도 기대할 수 없다고 해도, 그렇게 쓴 글을 언제 발표할 수 있을지 알 수 없다 해도, 그래도 써야만 합니다.

_가오싱젠, 《창작에 대하여》, 30쪽

소통이라는 단어를 떠올리면 남과의 관계를 먼저 생각하기 쉽다. 그러나 진짜 소통을 잘하려면 먼저 자신과 충분한 대화를 나눠야 한다. 난 미디어에 나와서 떠드는 멘토들을 좋아하지 않는데, 그 이유 중의 하나는 그들이 얼마나 자신과 대화를 나누고 있는지 의심이 들기 때문이다. 그들의 약장수 같은 말투가 바로 그 혐의를 뒷받침한다. 일단 예능 프로그램에 나와서 이런 말 저런 말 떠드는 것 자체에 신뢰가 가지 않는다. 한두 번쯤은 이해를 하는데 뻔질나게 드나드는 사람은 전혀 믿음이 안 간다. 선수들끼리는 대번에 알아본다. "저 사람 이번에 또 책 나온 모양이구나." 결국 책 팔러 나온 거다.

●

생뚱맞게 들릴지 몰라도 소통은 부끄러움을 아는 것에서 시작한다. 화술이니 뭐니 이런 건 부차적인 거다. 한마디 말이 없어도 소통이 가능하다. 백 마디 말을 해도 소통이 전혀 안 되기도 한다. 부끄러움을 느끼는 사람이 돼야 한다. 부끄러움을 아는 두 사람이 만나면 그 자체만으로 이미 소통이 된다. 아무런 말도 필요치 않다. 침묵으로도 통한다. 소통을 잘하기 위한 기본 전제는 상대의 마음을 얼마나 잘 아느냐 하는 게 아니다. 자신에 대해서 잘 알고, 그런 자신을 부끄러움을 아는 인간으로 만드는 것이다.

●

중얼거리는 것이 혼잣말이 아니다. 명상을 하거나 기도를 하는 게 혼잣말이다. 글쓰기도 괜찮다. 글을 많이 쓰면 철든다. 다만 전제는 글의 목적이 자신에게 부끄러움을 가르치는 점이어야 한다는 거다. 글을 쓰면 쓸수록 확신에 가득 찬 사람이 될 거라 생각하지만 오히려 반대다. 말하기는 연습하면 점점 달변이 될 수 있다. 그러나 글은 쓰면 쓸수록 더 어려워지는 측면이 있다. 달필에서 점점 멀어지는 거다. 걱정은 마시라. 그게 옳은 방향이다.

●

혼잣말을 많이 해라. 그럼 소통하는 방법은 저절로 깨칠 수 있다. 속류 심리학책에서 얘기하는 잔재주는 너무 신경 쓰지 마라. 이를테면 대화할 때 상대방의 몸짓을 따라 하라는 둥 하는 얘기 말이다. 그런 건 세일즈맨에게나 유용한 팁일 뿐이다. 마치 발밑을 파고 들어가면 지구 반대편이 나오듯이, 내 안을 헤집고 들어가면 어느새 남의 속에 들어 있는 자신을 발견하게 된다. 물론 부끄러움을 아는 사람만 남의 속으로 들어갈 수 있다.

●

(실제 어떤 사람인지는 모르겠으나 캐릭터만 놓고 보자면) 김구라 같은 사람은 말은 잘해도 소통은 안 된다. 화술이 얼마나 소통과 무관한지 그를 보면 알 수 있다. 김구라가 소통을 하고 싶으면 내부로 들어가 자신과 많은 대화를 나눠야 한다. 대화의 주제는 부끄러움이어야 하고, 그의 얼굴에서 부끄러움의 기색이 읽힐 때쯤 소통이 시작될 것이다. 소통과 대화는 '그냥 친구'다. 소통과 독백이 '진짜 친구'다. 당신은 어떤 친구를 더 원하는가?

"설날 아침 같은 영화"

●

데뷔 초기 어떤 인터뷰에서 이런 식의 표현을 쓰며 정말 내가 만들고 싶은 영화에 대해서 얘기한 적이 있었다. 기자가 "어떤 영화를 만들고 싶으세요?"라고 묻기에 나는 서슴없이 "설날 아침 같은 영화를 만들고 싶습니다"라고 대답했다가 상당한 한기를 느꼈던 기억이 있다. 그뒤론 한번도 그런 식으로 표현한 적이 없다.

_김지운, 《김지운의 숏컷》, 30쪽

우리 안에는 설명할 수 없는 (설명되길 기다리는) 어떤 이미지나 느낌이 무수히 많다. 잘 표현이 안 되는 그 느낌을 붙들고 설명해 보려고 끙끙대는 것이 결국 예술이다. '설날 아침 같은 영화'를 만들고 싶다는 말은 단순히 농담이 아니다. 그걸 농담으로 치부하는 사람은 예술이 뭔지 모르는 거다. 장면으로 나타내기 쉽거나 글로 포착하기 수월한 심상이나 감정은 제재로서의 가치가 떨어진다. 창작자가 진땀을 흘려야 감상자가 전율을 느낀다.

●

예술가가 될 수 있는 자질은 표현력의 발전 가능성이 어느 정도 되는가에 있지 않다. 물론 그 부분도 무시할 수 없긴 하지만, 그보다 먼저 그가 얼마나 '느낄' 줄 아는가 하는 점이 훨씬 더 중요하다. 예술은 아무나 할 수 없지만 누구나 할 수 있기도 하다. 그 말은 기술적인 면이 예술을 하는 데 그렇게 중요하지는 않다는 뜻이다. 노래를 못 불러도 가수가 될 수 있다. 그림을 못 그려도 화가가 될 수 있다. 문장이 투박해도 작가가 될 수 있다.

●

기술적인 면은 차차 배우면 된다. 더 나아지면 좋지만 한계에 부닥쳐도 어쩔 수 없다. 그 한계 내에서 아이디어로 돌파할 수 있다. 음치라도 자신에게 맞는 노래를 부르면 "그 가수는 읊조리듯 노래한다."라는 평가를 들을 수 있다. 곡만 좋으면 된다. 가창력이 떨어지면 좋은 곡을 쓰는 데 모든 역량을 쏟아 부어서 극복할 수 있다. 그러면 노래를 못한다는 핸디캡이 오히려 자신만의 개성으로 바뀐다. 노래를 잘하면 오히려 노래를 느끼는 감각은 둔해질 수 있다. 기술력이 탁월할수록 답답한 마음을 가질 기회가 적어지니까.

●

표현이 잘 안 되는 답답한 마음을 갖는 것도 예술가로서의 능력이다. 노래를 잘하는 것이 되레 핸디캡이 될 수 있다는 말이다. 모호한 것들을 갖고 놀려면 먼저 모호한 것들이 내부에 많아야 한다. '설날 아침'을 떠올리면 보통의 사람들은 그저 즐겁다. 맛난 거 먹고 세뱃돈 받고 친척들끼리 모여서 수다를 떨고. 그러나 내가 장담하지만 예술가라는 종족은 '설날 아침'을 썩 좋아하지 않는다. 마냥 즐겁지가 않고 약간 슬퍼진다. 이런 감정을 이해 못 하는 사람은 예술가가 되기 어렵다. 명절이니 축제니 월드컵이니 이런 기간이 되면 양가적(兩價的)인 감정이 들어야 예술가로서 자질이 있다고 볼 수 있다.

●

내 안에서 모호한 감정이 생길 때 부정하거나 물리치지 마라. 영화 〈박쥐〉에서 김옥빈과 송강호가 정사를 벌이는 장면이 있다. 이때 송강호가 뱀파이어 본능 때문인지 김옥빈의 목덜미를 깨물게 된다. 송강호가 미안하다고 하자 김옥빈이 이렇게 대답한다. "아니야. 좋아요. 이상하게 좋아요. 원래 좋은 거예요? 내가 왜 이러지? 딴 여자들도 이래요? 나 변태예요?"

●

좋거나 싫은 감정을 느끼는 그대로 표현하는 게 쉬운 일이 아니다. 사회화된 인간일수록 느낌을 제도와 인습에 맞춰 그만큼만 드러낸다. 좋은 것을 좋다고 말하지 않고 "나 변태예요?"라고 되묻는 것이다. 이게 왜 좋은지 좋아하면 안 되는 일인지 두려워하지 않아야 예술가가 될 수 있다. 혹은 예술가가 되지 않더라도 예술가적인 인간은 될 수 있다. 합리성과 생물성이 충돌할 때가 많다. 그럴 때 우리는 후자를 먼저 택해야 한다.

소통

통일 운동가이자 시인인 문익환 목사는 어느 글에서 이런 이야기를 한 적이 있다. 태어나면서부터 장님인 아이가 있었다. 어느 날 군것질이 하고 싶었던 아이는 벽에 걸려 있는 아버지의 바지 주머니에서 돈을 꺼냈다. 아무리 장님이지만 돈을 주면 무엇을 사 먹을 수 있다는 것쯤은 알고 있었기 때문이다. 그러자 "왜 돈을 꺼내지?" 하는 아버지의 목소리가 들려왔다. 그때 아이는 이렇게 반문했다. "아버지, 그걸 어떻게 알아?"

_박민영, 《책 읽는 책》, 35쪽

상상력이라는 것도 결국 경험의 범위 안에서 발휘된다. 경험의 바깥으로 나갈 수는 없다. 경험 바깥의 사태가 밀려와도 우리는 그것의 의미를 알아챌 방법이 없다. 경험의 창고를 뒤적여서 비슷한 어떤 것을 찾아내어 연관 지을 수 있을 뿐이다. 우리가 (그러니까 앞이 보이는 사람이) 맹인의 감정을 그나마 이해할 수 있는 것은 눈을 감을 수 있기 때문이다. 그러나 태어날 때부터 시각 장애가 있는 사람은 '보인다는 것'을 이해할 수 없다. 비교할 만한 데이터를 갖고 있지 않기 때문이다. 경험이 없으면 의미도 없다.

●

소통하는 가장 좋은 방법은 '같이 겪는 것'이다. 대화는 부차적인 일이다. 일단 함께 겪어서 공통의 경험을 만들어야 한다. 앞 못 보는 사람을 이해하기 위해서는 눈을 가리고 한나절을 지내보면 된다. 관련 도서 100권을 읽는 것보다 더 깊은 깨달음이 있을 것이다. 벽에 걸린 아버지의 바지 주머니에서 돈을 꺼내는 아이의 입에서 "아버지, 그걸 어떻게 알아?"라는 대답이 되돌아올 줄은 우리 중 누구도 예상할 수 없었을 것이다. 경험 너머의 답변이 돌아오면 우리는 충격을 받는다. 아, 그럴 수도 있겠구나.

●

배우 고현정은 어려서 비위가 매우 약했다. 점심시간마다 고역이었다고 한다. 여기까지는 우리도 이해할 수 있다. 특별히 비위가 약하지 않은 사람도 가끔은 밥 냄새가 역겹게 느껴질 때가 있으니까, 그 기분을 알고 있다. 하지만 다음의 얘기는 상상하기 어려울 것이다. 그녀는 이렇게 말했다. "특별히 좋아한 수업도 없고, 점심시간은 떠드는 소리와 음식 냄새 때문에 어지러웠어요. 처음에는 교실을 나가 있었는데 그러다 들어오면 더 냄새가 심하다는 걸 알게 돼 나중엔 그냥 있었어요." (김혜리, 《진심의 탐닉》, 353~354쪽)

●

직접 겪지 않은 사람은 상상할 수 없는 패턴의 행동이다. 밥 냄새가 거북하면 점심시간에 밖으로 나가는 게 '상식'이다. 그런데 직접 경험한 당사자의 말로는 나갔다 들어오면 냄새가 더 심하므로 그냥 있는 게 낫다는 것이다. 아마 당신은 저 글을 읽기 전엔 한 번도 그렇게 생각해 보지 못했을 듯싶다. 여기서 또 뒤통수 한 대 맞는 것이다. 내가 겪어 보지 않은 일에 대해서 쉽게 판단을 내리면 안 되겠구나. 무척이나 당연하다고 여겨지는 일이 전혀 당연하지 않을 수도 있겠구나. '공감'을 남발하면 안 되겠구나.

●

소통을 하기 위해서는 경험의 한계를 인정하는 일이 우선이다. "그래, 네 마음 충분히 이해한다." 이게 아니란 말이다. 이걸 소통이라고 생각하니까 허구한 날 불통에서 끝난다. 자기 '상식'의 범위 안에서 이해한 걸로 정말로 이해했다고 스스로 믿어 버리니까 오해만 계속 쌓인다. 선천적인 맹인도 본다는 것에 대한 자기 나름의 이해는 있을 터이다. 그러나 우리는 그게 제대로 된 이해가 아니고 차라리 오해에 가까운 건 아닐까 의심할 수 있다.

●

사람은 모두 똑같다가 아니라 사람은 모두 다르다는 점을 인정하는 일이 소통에서 더 중요하다. 역설적으로 들리겠지만 정말로 그렇다. 우리가 남이가. 이런 표현이 어쩌면 소통의 가장 큰 방해가 될 수도 있다. 우리는 남이다. 나는 너를 내가 가진 상식으로 재단하지 않겠다. 너도 나한테 그러지 마라. 이게 전제되지 않으면 소통이라는 이름의 폭력만 횡행하게 될 뿐이다. 개인의 고유성을 훼손하는 소통이라면 차라리 불통되는 쪽이 낫다.

머리냄새

"너는 머리냄새나는 아이이다, 꼭 기억해라. / 가난하거나, 더럽거나, 다리를 저는 아이를 보거든 / 아참! 나는 머리냄새나는 아이지! 하고……. / 그러면 그 아이들과 네가 똑같다는 것을 알게 될 거다."

_조문채 · 이혜수, 《100% 엔젤 - 나는 머리냄새나는 아이예요》, 77쪽

사람은 모두 다르다. 그 점을 인식하고 있어야 역설적으로 모두 같다는 것을 알게 된다. 처음부터 같음을 추구하면 그 과정에서 폭력이 일어날 수밖에 없다. 끝끝내 같기를 거부하는 사람, 아주 다른 가치관을 고수하는 사람은 어떻게 할 것인가? 어느 사회든 그런 부류는 일정 부분 존재한다. 그런 사람들이 없다면 그 사회는 겉으로는 평온해 보여도 아주 폭력적인 사회다. 그 사회가 정말로 소통을 중요하게 여긴다면 불통의 상태를 견딜 수 있어야 한다. 원활한 소통은 오히려 그 사회의 경직성을 드러낼 수도 있다.

●

소통에 관한 근본적인 진실은 소통은 어렵다는 것이다. 소통이 안 되는 것이 정상이고 소통이 잘 되는 것이 비정상이다. 그리고 그 이유는 앞서 강조했듯이 사람은 모두 다르기 때문이고, 개인을 존중할수록 소통은 힘들어진다. 소통이 가장 빠른 집단은 군대다. 그게 가능하도록 만드는 시스템은 간단하다. 생각은 지휘관의 몫이고 사병은 그 지시에 따르기만 하면 된다. 사병 각자가 의견을 제출하기 시작하면 군대는 유지될 수 없다.

●

소통의 원활함을 추구할수록 사회는 병영을 닮아간다. 의견 개진이 자유로운 사회라면 절대로 소통은 빠르게 이뤄질 수 없다. 그리고 그것은 나쁜 상태가 아니다. 합의 하나를 도출하려면 긴 진통의 시간이 드는 게 정상이다. 같음을 추구하면 그 시간을 견디는 게 고통스럽게 느껴진다. 어서 의견이 통일됐으면 좋으련만 왜 서로 양보를 못 하고 자기 말만 늘어놓을까. 다름을 사유하면 그 과정의 겪음을 편안히 받아들일 수 있다. 입장 차이를 확인하며 조금씩 천천히 합의 과정에 이르러야 뒤탈도 거의 생기지 않는다.

●

앞에 인용한 글은 다름을 통해 같음을 깨닫는 과정을 적확하게 설명하고 있다. 처음부터 같음을 추구한다면 어떻게 되는가. 내가 가난하면 나와 경제적으로 처지가 비슷한 사람과는 소통이 잘 된다. 하지만 자살한 재벌 2세에 대해서는 도저히 이해를 못 한다. 그 결과 '배가 불러서 그렇지.'처럼 폭력적인 생각이 어쩔 수 없이 떠오르고 만다. 나와 비슷한 처지에 놓인 사람에겐 관대하지만, 그렇지 않은 사람에겐 쉽게 감정이 날카로워진다.

●

다름에 대한 사유로 같음을 추구한다면 그런 감정은 일지 않을 듯싶다. '오죽 힘들었으면 죽을 생각까지 했을까. 내 처지로는 이해가 안 되지만 자기 나름의 고통이 있었겠지.' 이런 감정이 샘솟아야 다른 사람과 소통할 기본적인 준비가 되는 것이다. 나한테 '머리냄새'가 나면 '머리냄새'가 나는 다른 사람에겐 분명 공감대가 생긴다. 그러나 내 '머리냄새'를 통해 '가난하거나, 더럽거나, 다리를 저는' 사람과 공감대를 느끼기는 쉬운 일이 아니다. 후자야말로 진정한 소통이 아니겠는가. 전자는 그저 확장된 자기애일 뿐이다.

마음의 시차

시차가 있기 때문에 전화기를 들기 전 그 지역의 시간을 한 번 더 확인하는 것처럼 마음의 시차가 있기 때문에 서로를 이해하려는 노력을 조금 더 기울이게 됩니다. 똑같지 않기 때문에 우리는 조금 더 사려 깊은 사람들이 되는 건 아닐까 생각해 봅니다.

_김미라, 《오늘의 오프닝》, 226쪽

물리적인 시차만 있는 게 아니다. 심리적인 시차도 있다. 사람들은 전자에 대해서는 비교적 조심스럽게 행동한다. 외국에 나가 있는 친지에게 전화를 걸 때는 그곳과 이곳의 시차를 먼저 확인한다. 내가 있는 곳이 대낮이라도 상대가 있는 곳이 한밤중일 수 있으니까. 그러나 후자에 대해서는 잘 생각하지 않는다. 같은 시공간에 있다는 이유만으로 내가 전화 받기에 곤란한 시간만 아니면 상대도 그럴 거라고 미뤄 짐작해 버린다. 이쪽에 해가 중천에 떠 있으면 그쪽도 마찬가지이므로 별생각 없이 일단 통화버튼을 누른다.

●

하지만 대낮이라고 모두 전화를 받고 싶은 것은 아니다. 내가 그쪽과 통화를 하고 싶다고 해서 그쪽도 그럴 것이라는 짐작은 착각이다. 우리는 가끔 한동안 연락이 뜸했던 학교 동창이나 군대 동기로부터 연락을 받는다. 저쪽에서는 막 반갑다고 난리인데 사실 나는 썩 반갑지 않다. 그에게 무슨 악감정이 있어서가 아니라 그냥 오랫동안 연락이 끊겼던 사이라서 이제 추억 속의 인물일 뿐 굳이 다시 연락을 하며 지내고 싶진 않기 때문이다. 전화기 너머에서 반갑다 만나자 밥 한번 먹자 이렇게 나오면 참으로 난감해진다.

●

오랜만에 연락해 온 지인은 물론이고 가장 가깝게 지내는 부부나 절친한 친구 혹은 부모 자식 간에도 분명히 심리적인 시차가 있다. 자식은 부모의 분신이 아니고 부부는 일심동체가 아니다. 이와 관련해서 정곡을 찌르는 농담이 있지 않은가. 쌍둥이 사이에도 세대 차이가 존재한다고. 하물며 다른 관계는 두말할 필요도 없을 것이다. '마음의 시차'라는 근사한 비유 하나 머릿속에 넣어두자. 그러면 대인관계에서 실수하는 일을 줄일 수 있다.

●

배려심은 특별한 게 아니다. 너와 나 사이의 '마음의 시차'를 인지하기만 해도 배려심은 저절로 우러나온다. 누군가와 소통을 원할 때는 '지금 그는 몇 시쯤에 있을까?'를 먼저 생각하는 습관을 들여야 한다. 그래야 할 말과 하지 말아야 할 말이 정해진다. 낮의 말과 밤의 말은 다르니까. 어떤 말을 하느냐 못지않게 어떤 말을 하지 않느냐 하는 점도 소통에서 중요한 문제다. 백 마디 말로 쌓은 관계의 탑이 단 한 마디 때문에 무너지기도 한다.

오해의 인큐베이터

우리의 말은 어떠합니까. 우리는 우리의 말이 온전하지 못하다는 사실을 알아야 합니다. 말은 당신과 나 사이를 오가는 한 척의 배舟에 불과합니다. 말은 '오해의 인큐베이터'임을 잘 알아야 합니다.

_문태준, 《느림보 마음》, 70쪽

갈수록 말이 중요해지고 있다. 사람과 사람 사이에 육체적인 접촉은 점점 줄어들고 말끼리 만났다가 헤어지는 일이 많아졌다. 테크놀로지가 그것을 가능하게 만들었다. 예를 멀리서 찾을 필요도 없이, 지금 내가 쓰고 있는 글이 그렇다. 이것은 내가 블로그에 올리는 글의 형식을 띠고 있지만 사실은 말이다. 나는 글을 쓰고 있는 게 아니라 텍스트의 형식을 빌려서 말을 하고 있다. 이 글을 읽고 있는 당신도 비슷한 느낌을 받을 듯싶다.

●

블로그 운영한 지 10년이 넘었다. 짧지 않은 시간인지라, 그동안 자연스럽게 친분이 생긴 온라인 지인이 몇 있다. 내게 현재 친구라고 할 만한 사람은 그들이 전부다. 오프라인에서 내가 그 정도로 오랫동안 관계를 유지해 온 친구는 현재 없다. 어렸을 적부터 절친하게 지낸 친구들은 있지만 먹고살기 바빠서 요즘엔 연락이 잘 안 된다.

●

온라인 친구라고는 하지만 나는 그들을 블로그의 글로 (그러니까 말로) 만났을 뿐 얼굴도 잘 모른다. 10년을 알고 지냈는데 겨우 10년 전에 얼핏 본 사진 한 장 정도가 내가 기억하는 그들의 모습 전부다. 나와 오랫동안 관계를 지속하는 분들의 특징은 내성적이라는 것이다. 물론 실제 오프라인 성격은 그렇지 않을 수 있다. 하지만 적어도 글만 (그러니까 말만) 놓고 봤을 땐 무척 조심스럽고 사려 깊은 품성을 지닌 사람들이 분명하다.

●

내성적이라는 것을 흔히 수줍음이 많은 것과 혼동하기 쉬운데, 그것은 착각이다. 겉으로 드러나는 모습이 얼핏 비슷해서 헷갈릴 수도 있겠지만, 속내를 들여다보면 전혀 상반된 인간임을 알 수 있다. 간단히 말하자면 내성적인 것은 성숙함의 지표이고 수줍음이 많은 것은 미성숙의 지표다. 자기성찰을 많이 하고, 말이나 행동을 할 때 남의 마음을 다치지 않게 노력하다 보면, 자연스레 내성적인 인간이 될 수밖에 없다. 종교인들을 떠올려 보라. 그들은 쉽게 언성을 높이거나 툭툭 내뱉는 말투를 쓰지 않는다. 수줍음이 많아서가 아니라 수련과 기도로써 내성적인 인간으로 거듭났기 때문이다.

●

말을 함부로 하는 사이는 관계를 지속하기 힘들다. 잘 지내다가도 말 한마디 때문에 갈라선다. 친할수록 말을 가려서 해야 한다. 친밀감을 강조한답시고 이 새끼 저 새끼 하는 것도 좋지 않다. 가랑비도 오랫동안 맞으면 흠뻑 젖게 되고 잽도 많이 맞으면 휘청거리게 되는 법이다. 중대한 말실수는 오히려 화해하고 털어 버리기 쉽다. 가해자와 피해자가 선명하니까 사과만 제대로 이뤄진다면 관계는 지속될 수 있다. 그러나 가해자와 피해자의 구분이 분명치 않은 '애매한' 말실수가 쌓이면 관계는 허물어지고 만다.

●

말은 '오해의 인큐베이터'임을 유념해야 한다. 아무리 훌륭하고 아름다운 말만 골라서 해도 말은 온전하지 못하기 때문에 오해가 약간씩 발생할 수밖에 없다. 조금만 더 사려 깊게 말하자. 말하기 전에 상대의 입장을 생각해 보자. '마음의 시차'가 있음을 잊지 말자. 내가 상대하기 편한 그 사람도 나를 편하게 여기고 있는지 유심히 보자. 오해는 어려운 상대가 아니라 편안한 상대와의 관계에서 발생하기 쉽다. 솔직함과 무례함을 혼동해서 그렇다.

뒤끝

감정 발산에 능한 사람들은 자신에겐 "뒤끝이 없다"는 변명을 늘 달고 다닌다. 그러나 어떤 이들은 뒤끝이 있어도 좋으니 무례를 범하지 않는 걸 더 원할지도 모른다. 솔직을 빙자한 무례, 그건 술판의 끝물에서 자주 발생하는 이성 잃은 해체다.

_강준만, 《인간사색》, 106쪽

'뒤끝이 없다'는 걸 자랑처럼 얘기하는 사람은 그게 자랑이 아닐 수도 있다는 사실을 꿈에도 생각하지 못한다. 그러니까 그런 걸 자기 입으로 얘기하는 거다. 질량 보존의 법칙처럼 감정 보존의 법칙이 있다고 나는 믿는다. 누군가 지금 무척 기분이 상쾌하다면 그것은 다른 누군가에게 불쾌감을 전가했기 때문이란 얘기다. 집단 안에서 감정의 총량은 일정하다. 내가 로또 1등 당첨되어 기뻐 날뛸 수 있는 것은, 1,000원을 잃은 수많은 사람이 불쾌감을 조금씩 분배해서 가졌기 때문이다. 나의 기쁨이 크면 클수록 사회 어딘가에서 그만큼의 슬픔이 흩날리고 있다고 생각하면 틀림없는 사실이다.

●

경쟁사회이자 계급사회에서 나한테 기쁜 일이 생겼다는 것은 다른 누군가에게 슬픈 일이 생겼다는 뜻이다. 애써 부정하고 싶지만 그것이 '불편한 진실'이다. 내가 대학에 합격해서 만세를 부를 때는 누군가의 한 자리를 빼앗은 것이다. 죄의식을 느낄 필요까지야 없겠지만, 적어도 세상은 그렇게 돌아가고 있다는 사실을 인식하는 일은 중요하다. 그것은 마치 의자 뺏기 놀이와 같다. 내가 자리에 앉으면 누군가는 반드시 서 있어야 한다.

●

뒤끝 보존의 법칙도 성립한다. '솔직을 빙자한 무례'를 범하는 사람 곁에는 반드시 그로 인해 골병이 드는 사람이 있다. 피해자는 상대적으로 약자인 경우가 많아서 감히 표현을 못 하고 있을 뿐이지. 자기가 '뒤끝이 없다'는 것을 자랑하는 것은 무식의 소치다. 부끄러운 일이다. 우리는 '뒤끝이 있어야' 한다. 이 말을 곡해하면 안 된다. 꽁한 마음을 품었다가 나중에 복수하라는 얘기가 아니라, 마음에 상처를 받을 줄 알아야 한다는 의미다. "뒤끝이 없다."고 말하는 사람은 애초에 마음에 스크래치가 생기지 않는다.

자신을 솔직한 성격의 소유자라고 소개하는 사람은 조심해야 한다. 무례함을 솔직함이라고 착각하는 경우가 많으니까. 상처받는 능력이 모자라는 자는 본인이 행복한 대신 반드시 그만큼의 불행을 주위에 떠넘긴다. 내 몫의 불행은 내가 떠안는 것이 세상에 대한 예의다. 동시에 내 몫의 행복은 누군가에게서 빼앗아 왔다는 '진실'을 상기하는 일도 중요하다.

서로 뜯어먹고 산다

시장에서 채소 장사를 하는 어느 아주머니가 말하기를 "세상이란 서로 뜯어먹고 사는 곳"이라 한다. 아주머니는 리어카로 근처 밭에서 도매로 사 온 배추나 무, 파 같은 것을 한 단씩 팔아서 살아가니까 시장 생태를 그렇게 표현할 수 있었던 것이다. 우리가 몸담고 있는 세상의 모습이 바로 이렇다는 것은 누구나 공감할 것이다.

_권정생, 《빌뱅이 언덕》, 218쪽

〈동물의 왕국〉에서 사자가 영양을 잡아먹는 장면을 보고 있으면 마음이 좋지 않다. 그걸 무감각하게 보는 사람은 흔치 않을 것이다. 사자도 먹고살려면 어쩔 수 없다는 걸 알기에 묵묵히 보고 있을 뿐이다. 영양의 처지가 안쓰러우면서도 사자 입장 역시 충분히 이해가 된다. 어린아이라면 죽어 가는 영양이 불쌍해서 울음을 터뜨릴 수도 있다. 반대로 '백수의 왕' 사자의 힘과 용맹스러움에 그저 넋을 놓을지도 모른다. 사자 아니면 영양. 아이는 한쪽에다 감정을 이입한다. 아직 양측의 처지를 두루 살필 눈은 없기 때문이다.

●

어른은 다르다. 사자도 멋있고 영양도 불쌍하다. 감정이 똑 부러지게 정리가 안 된다. 한쪽 편만 보면서 "우왕, 사자 멋지다." 혹은 "흑흑, 영양 가여워." 이런 감정만 생긴다면 그는 아직 어른이 아니다. 나이만 먹는다고 어른이 되는 건 아니다. 세상은 이분법으로 나눠서 판단하기 쉽지 않음을 깨닫는 순간 어른이 된다. 중학생 때 어른이 되기도 하고 환갑이 지났건만 유아기를 못 벗어나기도 한다. 한 해 두 해 나이를 먹어 가면서 절절히 느끼는 거지만, 나이대접해 줄 가치도 없는 늙은 애들이 세상에는 너무 많다.

●

인간은 때에 따라서 사자도 되었다가 영양도 된다. 언제나 먹는 쪽도 아니고 항상 먹히는 쪽도 아니다. 채소 장수 아주머니의 말씀처럼 "세상이란 서로 뜯어먹고 사는 곳"이다. 물론 여기서 강조점은 '서로'에 찍힌다. 그러나 우리는 자신이 먹히는 쪽에 있다는 것만 생각하기 쉽다. "내가 무슨 사자야. 난 그저 힘없는 한 마리 영양일 뿐이야." 살면서 뜯어먹힌 기억은 많지만 뜯어먹은 기억은 도무지 없다. 일종의 선택적 망각이다.

자신이 받은 상처만 크게 기억하는 것은 미성숙의 증거다. 당신의 친구 중에 만나기만 하면 징징거리며 불만을 토로하는 사람이 있을 것이다. 상사가 개념 없이 일을 너무 시킨다느니, 애인이 연락도 없이 잠수를 탔다느니, 주차된 남의 차를 긁어 놓아서 속상하다느니, 밥 먹으러 갔다가 싸가지 없는 종업원 때문에 미쳐 돌아가시는 줄 알았다느니…. 이런 사람일수록 자기가 어디 가서 '진상' 노릇 한 것은 전혀 기억 못 한다. 짜증을 24시간 입에 달고 사는 인간들은 역설적으로 마음에 깊은 상처를 입지 않는다. 뒤돌아서면 또 금세 헤헤거린다. 결국 짜증을 받아 줬던 사람만 마음에 앙금이 남는다.

●

"세상이란 서로 뜯어먹고 사는 곳"이라는 관점을 가진 사람은 함부로 투정을 부리지 않는다. 내가 누군가에게 부당한 일을 당해도 쉽게 화를 내지 않는다. 사실 상당수의 부당한 일이 상대편에게는 당연한 일인 경우가 많다. 영양에게 부당한 일이 사자에겐 당연한 것처럼 말이다. 내가 누군가에게 부당하게 뜯어먹힌 일에만 분통을 터뜨리지 말고, 누군가를 내가 당연하다는 듯이 뜯어먹은 일은 없는지 떠올려 보라. 그게 말처럼 쉽지는 않을 것이다. '당연하게' 저지른 일은 기억에 쉽게 자국을 남기지 않기 때문이다.

상처(1)

"친구도 없고 장난감도 변변찮은 시골 아이를 가만히 보고 있으면 자신의 상처를 가지고 논다. 무릎이 까지면 자꾸 만져보고 딱지가 앉으면 그 딱지를 뜯어내며 혼자 논다. 시라는 게 바로 그것이다."

_한창훈, 《한창훈의 향연》, 160쪽

소설가 한창훈이 고등학교 3학년 때 국어 선생님한테 들은 말이란다. 당시에 그는 공부와 담을 쌓고 있었던 터라 수업엔 도무지 관심이 없었다. 그런데 저 말씀만은 아직도 기억에 남아 있다는 것이다. 그러고 보면 예술가가 되기 위해서는 특별한 '귀'가 필요한 모양이다. 남들은 열심히 듣는 '수업'은 안 들으면서 저런 얘기는 한 번 들으면 잊질 못하니까 말이다. 당시 같은 반에서 수업을 듣던 친구

중에서 저 얘기를 지금까지 기억하는 사람이 얼마나 될까. 아마 소설가가 된 한창훈 혼자가 아닐까 싶다.

●

예술가는 상처에 민감하다. 상처와 친하다. 상처를 가지고 논 경험이 예술가를 만든다. 그만큼 외롭게 컸다는 뜻도 된다. 이것은 단순히 부모의 무관심 속에 방치됐다거나 형제자매가 없어 저 혼자 지냈다는 뜻이 아니다. 물론 예술가 중엔 그런 처지에 있던 사람이 흔하다. 요컨대 경제적으로나 정서적으로 신산스러운 가정에서 자란 경우가 많다. 누가 더 불행하게 컸는지 '배틀'을 붙으면 우승자를 가리기까지 2박 3일은 걸릴 것이다. 하지만 겉으로 보기엔 큰 굴곡 없이 평탄한 성장기를 보낸 예술가도 부지기수다.

●

어쨌든 뜨적뜨적 상처를 가지고 놀았다는 것은 자의든 타의든 혼자서 지내는 시간이 많았다는 뜻이 된다. 어른이 수시로 보살폈다면 상처에 손을 못 대도록 주의도 주고 반창고도 자주 갈아 줬을 테니까. 그러고 보면 극진한 보살핌이 꼭 한 사람의 성숙에 긍정적인 영향만 끼치는 것 같지는 않다. 때론 방치됨으로써 아이는 내적으로 성장한다. 상처를 가지고 놀아 본 아이는 안다. "약을 바르지 않아도 대부분의 상처는 낫습니다. 시간이 약이거든요." 애써 상처를 빨리 낫게 하려고 조바심내지 않아도 된다는 걸 깨닫는다.

●

나는 감기 같은 것에 걸려도 웬만하면 약을 먹지 않는다. 죽을병이 아니고서야 앓을 일이 있으면 그냥 앓는 편이다. 이불 덮어쓰고 땀 뻘뻘 흘리며 앓을 때 우리는 체력과 시간을 마냥 허비하는 게 아니다. 몸이 앓으라고 신호를 보내는 데는 다 그만한 이유가 있다. 그 과정을 건너뛰면 얻는 것 못지않게 잃는 것도 적지 않다. 무엇을 얻고 무엇을 잃을 것인가.

●

상처나 질병은 우리를 생각하게 만든다. 크게 두 가지에 대해서다. 첫째는 앞서 말했듯이 '시간'이다. 까진 무르팍이나 가벼운 감기에는 시간 외에 별다른 약이 필요치 않다. 그저 견디면 저절로 낫는다. 이건 삶을 대하는 태도에 고스란히 반영된다. 몸의 상처가 그렇듯이 마음의 상처도 대부분 시간이 해결해 준다는 사실을 알게 된다. 둘째는 '타인'이다. 내가 아파 봐야 남이 아플 때 진심으로 위로해 줄 수가 있다. 상처는 남을 걱정하게 해 준다. 평생 감기 한 번 걸리지 않은 걸 자랑하는 사람이 있다. 자랑거리 아니다.

상처(2)

나는 란자 델 바스토가 묵상하고 지내는 교외의 어느 성당으로 찾아 간다. 우리는 그 옆에 있는 작은 식당에 함께 점심을 먹으러 간다. 그는 철저한 채식주의자다. 그는 내 접시에 담긴 비프스테이크를 끔찍하다는 듯이 바라보더니 말한다. "당신은 상처를 먹는군요."

_미셸 투르니에, 《외면일기》, 44쪽

세상엔 많은 '주의자'가 있다. 너무나 다양한 분야에 붙어서 하나의 공통분모로 묶기도 어렵다. 민족주의자, 자유주의자, 공산주의자, 인문주의자, 평화주의자, 무정부주의자, 보수주의자, 쾌락주의자…. 다들 참 거창한 타이틀이다. 자신의 이름 앞에 이런 수식을 (게다가 스스로) 붙인다는 것은 자칫 우스꽝스러울 수 있다. 나는 대체로 '주의자'를 자처하는 인간들은 무시하는 편이다. 사이즈 큰 단어는 함부로 입에 올리면 안 된다. 선언만 있을 뿐 증명이 불가능한 표현들. 예컨대 "나는 평화주의자입니다."라는 건 개나 고둥이나 다 쓸 수 있다. 실제로 실천을 하고 있는지 말뿐인 건지 확인하기 어렵다.

●

그러는 내가 대단하게 여기는 '주의자'도 있다. 채식주의자다. 앞에서 거론한 여러 '주의자'에 비하면 단어의 사이즈는 참으로 작지만, 그래서 더 매력적으로 느껴진다. 실천 방법도 구체적이고 단순하기 때문에 진짜와 가짜를 판별하기 쉽다. 건강관리를 위해서이거나 고기를 좋아하지 않는 식성이라서 육식을 멀리하게 된 경우 말고, 원래 고기를 좋아하지만 뜻한 바가 있어 채식주의자가 된 사람을 보면 감탄과 동경의 마음이 절로 생긴다.

●

어느 모로 보나 채식주의자가 육식하는 사람보다는 고등한 종족이다. 아이큐가 높다는 뜻이 아니다. 감수성이 더 예민하고 풍부하다는 얘기다. 고기 잘 먹던 사람이 하루아침에 고기 끊기가 어디 쉽나. 그것도 나 자신의 건강을 위해서가 아니지 않은가. 각종 동물의 사육이나 도축 방식에 대한 문제의식, 더 나아가 생태계에 대한 걱정 때문에 채식주의를 결심하게 된 것 아닌가. 물론 그런 점을 우려하는 사람은 주위에 많다. 문제는 실천이다. 환경 관련한 다큐멘터리 자주 보고 <녹색평론> 즐겨 읽어서 머릿속에 지식을 가득 넣는 것보다 채식주의를 선언하고 실천하기가 훨씬 더 어렵고 대단하다.

●

채식주의자에게 비프스테이크는 상처다. 잘라낸 남의 살점이다. 우리가 그것을 씹으며 황홀함을 느낄 때 테이블 맞은편에 앉은 그들은 불편한 기분을 느낀다. 목구멍으로 침이 꼴깍 넘어가지만 묵묵히 참아 낸다. 먹는다고 누가 뭐라고 할 사람도 없는데 자신과의 약속을 지켜 나간다. 남들 보기에는 조금 의아스럽거나 심지어 한심하게 보일 우려가 있는 규율을 정하고 실천한다. 나를 위한 절제가 아닌 남을 위한 절제. 어찌 고등한 종족이 아니랴!

●

인간이 스스로 만물의 영장임을 선언할 때 그 말이 '자뻑'만은 아니라는 증거가 되어 줄 수 있는 것이 채식주의자와 같은 존재다. 그들 덕분에 당신은 사자나 영양보다 좀 더 고등한 존재가 될 수 있는 거다. 연민과 이타심은 인간의 '종족 특성'이다. "영양이 불쌍하구나. 앞으로 풀만 먹어야지." 이런 사자는 없을 테니까. 우리는 설령 채식주의자는 못 되어도 그 흉내를 내어 볼 필요는 있다. 삼겹살집에서 고기를 구울 때 "이게 돼지의 상처구나." 하고 한번 읊조려 보는 거다. "이 미친놈아!" 소리가 들려와도 꾹 참으면서.

개미

무언가 물고 가는 개미는 차마 죽일 수 없었다. 무언가 물고 있는 개미와 맨입의 개미는 그저 우연의 차이일 뿐인데……. 개미 일반에게 느끼는 것이 차가운 생명이라면, 무언가 물고 가는 개미에게서는 거의 의인화된 따뜻한 생명이 느껴진다.

_황인숙, 《인숙만필》, 113쪽

누군가로부터 무시당했을 때 우리는 흔히 "사람 취급 못 받았다."라는 표현을 쓰곤 한다. 같은 뜻의 다른 말로 "개 취급 받았다."와 같은 속언도 쓴다. 인간 스스로 '만물의 영장'임을 자처함을 방증하는 말들이다. 개는 인간보다 지위가 낮다. 인간의 오만한 관점에서 보자면 그렇다. 개보다 더 지위가 낮은 것이 벌레다. '개 취급'보다 더 심한 하대가 '벌레 취급'이다. 누군가에게 심한 모욕을 주고 싶을 때는 "벌레(버러지)만도 못한 놈."이라고 하면 된다. 상대를 그보다 더 깎아내릴 수 있나? 선뜻 떠오르지 않는다.

●

인간의 삶과 가장 근거리에 있는 벌레일수록 대개 혐오의 대상일 뿐이다. 파리, 모기, 개미, 바퀴벌레, 날파리…. 좋아하려고 해도 애정이 가지 않는다. 나비처럼 예쁘게 생겼으면 그나마 구박을 덜 받을 텐데. 인간은 곤충도 외모로 차별한다. 나비가 실내로 날아 들어오면 쉽게 잡아 죽이지 않는다. 최대한 살려서 밖으로 내보내려 한다. 예쁘게 생긴 나비를 죽일 때 우리는 죄책감을 느낀다. 하지만 나방은 별다른 고민 없이 죽일 수 있다. 둘의 차이는 생김새뿐인데 소름 끼치게 생겼다는 이유만으로 서둘러 휴지로 찍어 누른다.

●

개미도 혐오스러운 곤충의 대명사다. 한두 마리씩 따로 떨어져 있으면 덜한데 떼로 몰려서 바글거리는 모습은 팔뚝에 소름을 돋게 한다. 개미가 더 무섭게 느껴지는 건 얼굴(?) 때문이다. 확대해서 보면 사람처럼 얼굴은 있되 표정이 없다. 개나 고양이는 감정을 읽을 수 있는데 개미는 어떤 생각을 하고 있는지 도저히 알 수가 없다. 일단 너무 작아서 평소에 표정을 살펴볼 기회가 없다. 일상에서 인간에게 주로 해만 끼치고 생명체라는 느낌마저 잘 들지 않기 때문에 죽여도 별다르게 가책이 느껴지지 않는다.

그건 그렇고 시인은 역시 다르다. '무언가를 물고 가는 개미'를 보며 '의인화된 따뜻한 생명'을 느꼈다니. 그녀가 본 것은 이를테면 흙짐을 지고 계단을 오르는 아버지나 봇짐을 이고 장터로 나가는 할머니의 모습이었을 것이다. 사람처럼 느껴지기 시작하면 우리는 그 동물이나 곤충을 함부로 못 대한다. 더 유심히 들여다보게 되고 덜 두려워하게 된다. 알면 사랑하게 된다는 말은 그런 면에선 옳다. 평소 동물에 대해서 별다른 관심이 없는 사람도 자기 집에서 기르는 반려견은 마치 막냇동생처럼 애지중지 대한다.

●

말이 좀 이상하게 들리겠지만 '의인화'는 사람들 사이에서도 필요하다. 예컨대 이주노동자나 불법체류자를 의인화하려고 노력해야 한다. 오늘 우리는 그들을 내 밥그릇에 꼬이는 개미 정도로 여기고 있진 않은가. '벌레 취급' 하고 있진 않은가. 선뜻 아니라고 답하긴 어려울 것이다. 어쩌면 우리는 개미보다 그들을 더 의인화하기 힘들지도 모른다. 슬픈 말장난이다.

물동이

물동이는 '물'을 담아 놓는 '동이'다. 동이는 질그릇의 일종이다. 둥글고 배가 부르며 아가리가 넓다. '배가 부르며 아가리가 넓다….' 의인법으로 표현된다. 사람 곁에 사람과 사는 사물은 이와 같이 사람 취급을 받는다.

_구효서, 《인생은 지나간다》, 17쪽

따지고 보면 우리와 가장 오랜 시간을 함께 보내는 것은 가족이나 직장 동료가 아니다. 휴대폰이나 노트북 혹은 자가용 같은 기계들이다. 티셔츠나 신발 혹은 메고 다니는 가방 같은 물건들이다. 그 사람을 둘러싸고 있는 사물이 어떤 것들인지 보면 그에 대해서 짐작할 수 있다. 타고 다니는 차, 차고 다니는 시계, 입고 다니는 옷

등은 그 사람에 대해서 많은 것을 말해 준다. 굳이 셜록 홈스가 될 필요도 없다. 때로는 그의 입에서 흘러나오는 말보다 그가 동거하고 있는 물건들이 그에 대해서 더 많은 것을 알려 준다.

●

한국 사람처럼 '새것' 좋아하는 국민도 드물 것이다. 빨리빨리 문화의 다른 면모가 새것 애호증이다. 유행이 빠르게 흐르면 역사도 쌓이지 않는다. 유속이 빠른 강의 밑바닥에 흙이나 모래가 쌓이지 않는 것처럼 말이다. 새것 좋아하는 민족에겐 기억만 있고 추억이 없다. 기억만 있는 집단에는 역사가 없다. 흔히 역사를 기억이라고 생각하기 쉽지만 오히려 추억에 가깝다. 역사가는 팩트를 다루지만 어떤 팩트를 다루는지는 기록하는 사람의 정서가 결정한다. 기억할 거리가 넘쳐도 추억하는 자가 없으면 역사도 없다.

●

사물을 대하는 태도는 인생을 대하는 태도에도 영향을 준다. 새것을 좋아하는 경향이 강해질수록 과거는 쉽게 잊고 미래를 중요하게 여기게 된다. "지난 일이 뭐 중요한가. 앞으로의 일이 더 중요하지." 어디서 많이 듣던 소리 아닌가. 과거 친일 세력이나 군부 정권에 기생하며 배를 불린 (그래서 과거를 숨기고 싶은) 위정자들이 주문처럼 되뇌는 말이다. 그들은 과거를 기억하려는 사람을 싫어하고 나아가 기록하려는 사람을 탄압한다.

●

오래된 사물은 마치 사람과 비슷한 기운을 뿜어낸다. 새것에서는 절대로 그런 느낌이 안 난다. '사람 취급'을 받는 사물이 많은 지역일수록 유행의 쾌속과는 거리가 멀다. 기억이 추억이 되고 역사가 지혜가 된다. 사물이 오랜 기간 살아남은 곳에서 사람도 오랫동안 살 수 있다. 사물이 '사람 취급' 못 받는 곳에선 인간도 '사람대접' 받기가 어렵다. 예전엔 물건에서 사람 냄새 맡기가 쉬웠는데 요새는 사람한테서 물건 냄새 맡기가 더 쉽다.

이끼

●

이끼에게는 이름이 없는 줄 알았다. 그저 이끼일 뿐인 줄 알았다. 이끼에게 이름이 없다고 생각한 것은 내 눈에는 이끼의 모양이 다 똑같아 보였기 때문이다. 아니면 똑같은 모양의 이끼만 보았던 때문인지도 모른다. 하지만 그렇지는 않았을 것이다. 건성 봤던 까닭임이 분명하다.

_하창수, 《발견되지 않는 소설가의 생활》, 98쪽

사람 똥과 사람 내장을 구별 못 하면 비웃음거리가 될 것이다. 똥과 내장. 둘은 아주 다른 범주에 속하는 단어다. 그런데 사람은 멸치 똥과 내장을 구별하지 못한다. 안 한다는 말이 더 옳을 듯싶다. 그저 국물 우려내는 데 쓴맛이 나는 시꺼먼 그것을 우리는 멸치 똥이라고 부른다. “그거 멸치 똥 아니고 내장이야.”라고 지적했다간 오지랖 넓다는 소리나 듣기 쉽다.

●

인간에게 멸치는 음식 재료일 뿐이고, 그런 멸치의 쓸모없는 부분을 사람들은 똥이라 부른다. 그 부분이 국물의 맛을 내는 데 중요한 (그러니까 이용 가치가 있는) 부위였다면 내장이라고 정확하게 불렀을 것이다. 기계로 한꺼번에 손질할 수도 없고 일일이 손으로 떼어내야 하는 귀찮음 때문에 더 똥이라고 강조하는 것인지도 모른다. 하지만 멸치의 내장 속에서 인간의 암 치료에 쓰일 수 있는 물질을 발견했다는 연구 결과가 발표된다면? 그때도 여전히 똥이라고 불리지는 않을 듯싶다. “똥이라니? 무식하게. 내장이야 내장.”

●

우리는 자신에게 관심이 없는 분야에 대해서는 뭉뚱그려서 보는 경향이 있다. 그것이 꼭 나쁜 선택은 아니다. 세상만사에 어떻게 일일이 주의를 기울이겠는가. 우리가 몇몇 대상에 집중할 수 있는 것은 그 외의 많은 대상에 크게 신경을 쓰지 않기 때문이다. 어떤 사람은 짜장면을 먹을지 짬뽕을 먹을지 한 시간을 고민한다. 그에게 짜장면과 짬뽕의 차이는 매우 크다. 하지만 대부분의 사람은 즉흥적으로 하나를 선택한다. 짜장면을 먹고 싶다가도 일행이 짬뽕을 먹자고 하면 쉽게 동의한다. 둘은 별 차이가 없다.

●

이끼는 이끼일 뿐 자세한 구별이 필요치 않다. 내가 이끼에 대해서 아는 것은 초등학교 자연 시간에 배웠던 솔이끼와 우산이끼의 차이 정도다. 당신도 나와 크게 다르지 않을 것이다. 초등학생 때 그마저도 배우지 않았다면 우리는 평생 이끼에 대해서 한 번도 관심을 기울이지 않고 살다가 죽을 것이다. 생물학자나 한의사라면 이끼의 의료적 혹은 상업적 가치를 기대하며 관심을 보일 테지만 그 외의 사람들에게 이끼는 그저 이끼일 따름이다.

●

그러나 때로는 내 인생과 전혀 무관한 (먹고사는 데 전혀 도움 안 되는) 어떤 것들을 유심히 살펴보는 일도 필요하다. 다 똑같아 보이는 이끼도 관심을 갖고 보면 하나하나 이름이 다 붙어 있다는 사실을 알게 된다. 흔히 '잡초'라고 부르는 들풀도 마찬가지로 모두 이름이 있다. 생계와는 무관한 대상을 몇 가지 골라서 깊이 들여다보면 그것이 인생을 살아가는 데 은근히 힘이 된다는 것을 알게 된다. 그걸 해 보지 않은 사람만 모를 뿐이지.

대표명사

이성애자의 입장에서는 성소수자의 다양성은 의미가 없다. 다만 성소수자를 가리키는 대표명사 하나가 필요할 뿐이다. 그 대표명사가 바로 호모, 동성애자다.

_엄기호, 《우리가 잘못 산 게 아니었어》, 194쪽

무식함을 용감함으로 착각하는 사람이 있다. 무식하면 용감하다는 말은 어느 정도 일리가 있다. 무식함은 나쁜 것이 아니다. 놀림감이 될 수 없다. 다만 무식하면서 용감한 것은 놀림을 받을 수 있다. 잘 모르는 일에 대해 쉽게 판단을 내리는 게 바로 무식하면서 용감한 행동이다. 예컨대 "홍상수 영화는 다 똑같아!"라는 선언이 그렇다. "다 똑같지 않나?"라고 의문형으로 문장을 끝내는 사람은 나은 편이다. 자신이 뭘 모르고 주워섬기는 것일 수도 있다는 주저함이 살짝 드러나니까. "다 똑같아!"라고 못 박으면 문제다.

●

쌍둥이에게 살면서 가장 큰 스트레스가 되는 일이 무엇일지 우린 쉽게 짐작할 수 있다. 만나는 사람마다 "진짜 똑같이 생겼다!"라며 감탄하는 것이다. 그들이 정말 듣고 싶은 말은 무엇일까? "쌍둥이라서 닮긴 되게 닮았는데 계속 보니까 다르네요." 이렇게 말하는 게 그들의 비위를 맞추는 데 더욱 도움이 될 듯싶다. 괜히 초면에 어설프게 친한 척한다고 같음을 강조하며 "쌍둥이는 텔레파시도 통한다면서요?" 이런 질문이나 해 대면 진짜 눈치 없는 거다. 닮았다고 말하는 사람을 쌍둥이가 싫어하는 이유는, 그 사람이 자신들을 건성으로 보고 있다고 느끼기 때문일 것이다. 동물원 원숭이를 볼 때처럼.

●

맥락에 따라서 조금 다르지만 "우리가 남이가?"를 외치는 자는 경계해야 한다. 이런 사람일수록 '우리' 바깥에 있는 사람에 대해 폭력적이기 쉽다. 억하심정이 있다거나 사람이 나빠서가 아니라 무식해서 본의 아니게 폭력을 행사하게 되어 버리는 거다. 무식은 죄가 아니지만 무식한데 용감하면 그것은 죄다. '우리'를 강조하는 사람치고 '소수자'에게 관심 있는 사람 드물다. "우리는 남이다!"를 깨닫는 일이 "우리가 남이가?"보다 선행되어야 한다.

당신은 성 소수자에 대해 얼마나 관심이 있는가. 고백하자면 나는 별로 관심이 없다. 조금 더 솔직하게 말하면 앞으로도 딱히 관심을 기울일 것 같지는 않다. 고로 나는 지금 그들에 대해서 철저히 무식하다. 대신에 나는 내가 무식하다는 것을 인지하고 있다. 그래서 섣불리 용감해지지 않으려고 한다. 성 소수자라고 하면 내 머릿속에는 홍석천과 하리수만 떠오를 뿐이다. 그러니까 이게 굉장히 위험한 상태다. 아예 모르면 입을 다물 텐데 어설프게 아니까 뭐라고 주절대다 말실수하기 쉽다. 언뜻 생각하면 "그들도 우리랑 똑같아!"라고 말하는 게 옳은 듯싶지만, 내 생각엔 그보다 "그들은 우리랑 다르다!" "그들은 그들 사이에서도 서로 많이 다르다!" 이런 각성이 더 중요한 것 같다.

●

자신에게 의미가 없는 집단일수록 '대표명사'로 뭉뚱그리는 경향이 누구에게나 조금씩 있다. 성 소수자라는 카테고리를 들여다보면 스펙트럼이 넓다. 그렇지만 대다수 성 다수자(?)는 그런 세심한 구별엔 관심이 없다. 그저 '동성애자' 아니면 '트랜스젠더' 같은 대표명사로 인식하고 넘어간다. 성 소수자 사이에도 어떠한 차이가 있는지 알아보면 좋겠지만, 그게 싫으면 말이라도 함부로 뱉지 말아야 한다. 무식해서 가해자가 되는 일은 제법 흔하다.

가해자, 피해자, 수혜자

흔히 역사 속에는 세 종류의 인간이 있다고 한다. 가해자, 피해자, 그리고 수혜자. 그런데 문제는 피해자는 늘 선명하지만 가해자와 수혜자는 불분명하다는 것이다. 노름판의 파장 정산이 언제나 딴 돈보다 잃은 돈의 액수가 많은 것처럼 말이다.

_남재일, 《그러나 개인은 진화한다》, 20쪽

맞은 기억은 오래 남아도 때린 기억은 쉽게 잊힌다. 폭력을 당한 일로 분해서 밤잠을 못 이루는 경우는 흔하지만, 폭력을 행한 일로 죄의식에 밤잠을 설치는 일은 드물다. 내가 당한 폭력은 대체로 억울함의 산물이고, 내가 행한 폭력은 대부분 그럴 만한 이유가 있다. 자신은 살면서 억울한 일을 많고도 많이 당했지만 (내 인생을 글로 쓰면 대하소설이 될 거야) 누군가를 억울하게 만들었던 기억은 거의 없다. 그것참 이상한 일이다. 피해자는 차고 넘치는데 가해자는 없다. 폭력은 사실의 문제가 아니라 기억의 문제다.

●

폭력에 관한 진실은 이거다. 누구나 '가해자, 피해자, 그리고 수혜자'의 자리에 조금씩 엉덩이를 걸치고 있다. 채소 장수 아주머니 말처럼 "세상이란 서로 뜯어먹고 사는 곳"이다. 다만 기억력이 편향적으로 작동해서 뜯어먹힌 기억은 크게 남고 뜯어먹은 기억은 작게 남는 것이다. 또한 남들이 먹다가 남긴 부스러기를 얻어먹은 기억도 작게 남는다. 가해자였던 기억은 자신을 야비하게, 수혜자였던 기억은 자신을 초라하게 만든다. 그래서 선택적으로 그 기억들을 지워버린다. 자기 인생의 서사에서 주인공은 자신이기 때문이다.

●

자수성가했다고 자부심에 가득 찬 인물들이 있다. 사업가에서부터 연예인까지 직종도 다양하다. 그들은 텔레비전에 나와서 자신의 고생담을 떠벌린다. 때로는 눈물 콧물도 찍어 바른다. 스토리는 빤하다. 시작할 때 통장에 돈 한 푼도 없이 꿈과 열정만 있었다는 둥, 초라한 무명일 때 자신을 무시했던 사람을 성공해서 찾아갔더니 그렇게 굽실거리더라는 둥, 이제는 경제적으로 여유가 생겼으니 베풀면서 살겠다는 둥…. 감동적인 말씀이긴 한데 그 얘기 어디에도 자신의 가해자 경험은 없다. 뜯어먹힌 얘기뿐 뜯어먹은 얘기가 없다.

뜯어먹은 경험이 기억에 남아 있거나 적어도 그 부분에 관한 자의식이 있다면 매체에 나와서 '자수성가' 운운하지는 못한다. 그저 다행히 성공한 인생에 대해 감사한 마음을 갖고 선행하면서 조용히 살면 된다. 세상에 '자수성가'한 사람은 없다. 내 성공의 크기가 크면 클수록 그만큼 많은 수의 사람을 뜯어먹었다는 뜻이다. 도박판에서 내가 딴 돈이 어디에서 나오는가? 하늘에서 떨어지는가? 돈 잃은 사람들의 호주머니에서 나오는 것이다.

●

자본주의 세상이 노름판의 생리와 크게 다르지 않다는 걸 깨닫는다면 자신을 자수성가한 사람이라고 당당하게 소개하기는 어렵다. 도박판에서 돈 딴 사람이 자신을 자수성가한 사람이라고 자부하지는 않는 것처럼. 그들은 반문할 듯싶다. 열심히 일해서 번 것을 노름꾼과 비교하다니! 그것이 그들의 한계이고 매체에 그 번들번들한 얼굴을 부끄러움 없이 들이미는 이유다. 재산을 수십억 가진 사람은 전부 도박판의 노름꾼이라고 보면 된다. 단순히 노동만 해서 그 돈을 벌 수는 없다. 월급쟁이가 한 푼도 안 쓰고 평생을 모아도 몇억 단위를 모으는 것은 불가능하다. 수십억 혹은 수백억 재산을 가진 자는 단지 노력으로 그 돈을 모은 게 아니다. 그들의 치부 방식은 아무리 좋게 포장해도 결국 노름꾼이 돈 딴 방식과 크게 다르지 않다.

●

피해의식은 감정에서 나온다. 피부의 반응에 가깝다. 맞은 기억이 오래 남는 것은 그 기억이 피부에 새겨졌기 때문이다. 가해의식은 이성에서 나온다. 두뇌의 반응에 가깝다. 때린 기억이 빨리 사라지는 것은 그 기억이 야구 배트나 걸레 자루에 새겨져 피부에는 기억이 남아 있지 않아서다. 가해의식은 기억하려고 애를 써야 조금씩 생겨난다. 지성인이란 누구인가. 맞은 기억보다 때린 기억을 더욱 선명하게 떠올리는 사람이다. 요즘엔 노름판에서 돈 많이 딴 사람을 멘토라고 부른다. 진짜 멘토는 노름판에 끼지 않는 사람이다.

내재된 폭력성

풀을 베다가 쉬면서 맡는 풀 냄새는 정말 향기로운 것일까. 몸 잘린 풀의 냄새가 향기롭다니. 새소리가 정말 아름답게 들리는 것일까. 새소리에 나비가 놀라고, 놀란 나비가 다가오던 방향을 바꿔 실망한 꽃빛깔이 순간 옅어졌을 텐데. 내 감각에, 잔인함을 아름답게 느끼는 폭력성이 이미 내재되어 있는 것은 아닐까.

_함민복, 《미안한 마음》, 127쪽

폭력은 순전히 인간 사회에서만 통용되는 개념이다. 〈동물의 왕국〉 같은 세계엔 폭력이 없다. 폭력적인 동물이 어디 있는가? 영양을 잡아먹는다고 해서 사자가 폭력적인 동물인가? 텔레비전에서 보이는 그 애처로운 장면은 사실 사자의 한 끼 식사 시간일 뿐이다.

밥 먹는 걸 보고 있는 거다. 우스갯소리로 말하자면 사자의 '먹방'이다. 당신이 저녁에 삼겹살 구워서 소주 한잔 하는 것과 다를 바 없는 일상이다. 차이가 있다면 사자는 먹이의 목숨을 자기 손으로 아니 발로 끊는다는 점뿐이다. 당신은 남의 손을 빌리는 거고.

●

폭력에 대해서 인간은 양가적인 감정을 느낀다. 혐오하면서 동시에 쾌감을 느끼기도 한다. 그런 이중성이 바로 '인간의 조건'이다. 길거리에서 폭력배에게 두드려 맞고 있는 행인을 보면 마음이 아프지만, 집으로 들어오면 컴퓨터 앞에 앉아서 격투 게임에 금세 빠져들어 열중한다. 물론 실제 폭력과 가상 폭력은 상황이 많이 다르다. 그러나 그것은 내 육체가 나약하기 때문이기도 하다. 만약 효도르 같은 신체 능력이 주어졌다면 주먹을 쓰고 싶은 욕구가 일지 않을까? 깐족대는 놈이 있는데 끝까지 참고 말로써 해결할까?

●

슈퍼맨과 같은 능력이 주어진다면 대부분의 사람은 영웅이 아니라 악당이 되지 않을까. 내가 슈퍼맨이 되면 나머지 사람은 전부 개미가 되는 셈인데, 누가 개미의 눈치를 보며 살겠는가? 우리는 서로 능력이 비슷비슷한 사람끼리 모여 살기 때문에 남이 나를 어떻게 생각할지 평판을 걱정한다. 그래서 폭력도 함부로 사용하지 않고 이타심을 가지려고 애쓴다. 연민이라는 것도 사실 힘의 균형이 얼추 맞는 대상에게 느낀다. 힘의 격차가 커질수록 연민을 느끼기는 어렵다. 멸치의 죽음을 애도할 사람은 거의 없다.

●

인간에게 폭력은 아주 중요한 개념이다. 인간을 인간이게 만드는 주요 특징의 하나가 폭력에 대한 사유다. 폭력은 정의하기 매우 어렵다. 남의 집에 침입해서 살인을 저지르면 폭력이지만, 전쟁터에서 적군을 죽였을 때 살인자라 생각하는 이는 드물다. 동시에 그것도 살인이라며 '병역 거부'를 외치는 소수도 분명히 존재한다. 집에서 기르던 개를 잡아먹으면 (요즘엔) 폭력이지만, 기르던 소를 도살장에 넘기면 폭력이 아니다. 생각할수록 헷갈린다.

●

분명한 것은 살면서 가해자가 되는 일은 되도록 줄여야 한다는 점이다. 그러려면 무식의 상태에서 벗어나도록 노력해야 한다. 무식하면 용감해지니까. 어른들이 남자아이 꼬추를 만지는 것도 무식하기 때문에 저지르는 행동이다. 남자는 혹은 아이는 성적 수치심을 느끼지 않으리라는 착각 때문이다. 세태가 달라진 걸 모르고 무식한 상태로 있다가는 졸지에 성폭력범이 될 수도 있다. 몰라서 저질렀다는 말은 본인의 형량을 줄이는 데나 참고가 될 뿐이다. 모르고 저질렀다고 해서 피해자가 받은 충격이 줄지는 않는다.

쇠팔걸이

노숙인의 의료구호비를 예고도 없이 끊어 버리고 급기야 공원벤치에 노숙인이 눕지 못하도록 쇠팔걸이를 박는 야박성을 아무렇지도 않게 드러내는 사회란 쪽박을 채워주지 않는 옹졸함을 넘어 쪽박을 깨는 폭력까지를 서슴지 않는 사회임에 분명하다.

_공선옥, 《사는 게 거짓말 같을 때》, 96쪽

따지고 보면 공원 벤치의 한가운데 박힌 쇠팔걸이는 여러 심각한 사회문제에 비하면 큰 뉴스거리가 아니다. 세상에는 주목해야 할 그보다 더 중요하고 급박하고 안타까운 사연이 차고 넘친다. 날마다 쏟아진다. 하지만 때로는 그 어떤 대단한 사건보다 이런 '자잘한' 소식이 정서적으로 더욱 강하게 우리를 자극할 때가 있다. 비록 작은 일화이지만 숨기고 싶은 (혹은 애써 부정하고 싶은) 우리 사회의 이면을 적나라하게 드러내기 때문이다.

●

교통사고로 수십 명이 사망했다는 뉴스보다 보험금을 노리고 아들의 손가락을 자른 아비에 관한 기사에 사람들은 더 분노하고 슬퍼한다. 우리는 사고보다 사건에, 사건보다 사연에 더 민감하게 반응한다. 사고나 사건보다 사연이 더욱 사람의 마음에 깊이 새겨진다. 내가 저 글을 읽은 지 10년이 다 되어 가는데 아직도 기억에 남아서 이렇게 인용하고 있는 것만 봐도 그렇다. 작은 일화일 뿐이지만 생각은 그 뒤에 있는 사회의 시스템에 대해서까지 뻗어 간다. 아이의 손가락과 벤치의 쇠팔걸이는 사실 아주 큰 얘기의 일부다.

●

작은 폭력에 관심을 기울여야 한다. 그것은 대개 큰 폭력의 부스러기인 경우가 많기 때문이다. 반대로 미디어에서 큰 폭력이라고 떠드는 문제가 실은 사소한 경우도 많다. 이 글을 쓰고 있는 요즘엔 모 신부의 발언이 한창 대서특필되고 있다. 넋 놓고 들으면 혹은 주류 미디어의 일방적인 주장만 들으면 그의 말이 정말로 국기를 뒤흔들 정도의 폭언으로 느껴진다. 과연 그런가. 듣기에 따라서 문제의 소지가 없지는 않지만 그렇다고 다른 모든 중요한 이슈를 삼킬 정도로 대단한 말도 아니다. 문제를 키우는 것도 왜곡이다.

●

많은 사람이 신부의 한마디를 놓고 편을 갈라서 물고 뜯을 때 우리는 좀 다른 곳으로 시선을 돌려야 한다. 딴청을 부려야 한다. 거기 휩쓸려 들어가는 것이야말로 '저들'이 가장 바라는 시나리오다. 해일이 밀려오는데 조개나 줍고 있느냐고 비아냥거리는 소리가 들려올지 모른다. 무시해라. 그들의 해일이 나의 해일이 아니고 그들이 조개라고 주장하는 게 나한테는 해일일 수도 있다. 해일이 밀려와서 다들 제 목숨 살려고 정신이 없을 때 누군가 한 명쯤은 조개를 걱정해야 하지 않을까. 우리는 조개를 걱정하는 사람이 되자.

버려진 에너지

범죄자는 버려진 에너지야. 손질하지 않은 정신력들이지. 그들은 엉덩이에, 잔등에, 다리에 뿔이 난 소들이야. 이제까지의 세상에서는 쓰일 수 없는 별종들인 것이지. 이제까지는 아무도 그 특징과 가치를 눈여겨보지 않던 정신 현상이야.

_김점선, 《점선뎐》, 96쪽

강력반 형사와 조폭 조직원은 타고난 기질이 비슷하다. 자라면서 어떤 환경에 노출되었는지에 따라서 인생이 갈렸을 뿐이다. 형사가 될 자질을 갖춘 사람은 조폭도 될 수 있다. 그 반대도 얼마든지 마찬가지다. 예전에 강호동이 비슷한 취지의 말을 한 적이 있다. 어렸을 때 씨름을 하지 않았더라면 자신은 지금쯤 어둠의 세계에 있었을 것이라고. 요즘도 가끔 텔레비전에서 예전에 강호동이 이만기와 천하장사 결승전을 벌이던 장면이 나오는데, 그때 그의 얼굴을 보면 진짜 눈빛이 살벌하다. 지금과 인상이 많이 다르다.

●

지구상에 범죄자가 없는 나라는 없다. 누군가는 반드시 악랄한 범죄자가 된다. 폭력배가 되고 사기꾼이 되고 절도범이 되고 살인범이 된다. 범죄자는 마치 그 세계에 할당량이 정해져 있는 것처럼 느껴지기도 한다. 대개 범죄자는 태어나기보다 그 사회가 길러 낸다. 환경이 범죄자를 만든다면 당신이나 내가 범죄자가 되지 않은 것은 단순히 운이 좋았기 때문이다. 99개의 흰 공과 1개의 빨간 공이 들어 있는 상자에서 흰 공을 뽑은 것이다.

●

그런 관점에서 보면 범죄자는 '운이 나쁜' 사람이다. 혹은 '나 대신에' 범죄자가 된 사람이다. 그가 자란 환경에 내가 대신 놓였다면 범죄자가 되지 않았으리라 장담은 못 할 것 같다. 반대로 내가 자란 환경에 그가 대신 놓였다면 범죄자가 안 될 공산이 더 크지 않았을까. 형사 반장과 조폭 두목이 기본적으로 가지고 있는 에너지는 같다. 전자는 '손질된 에너지'이고 후자는 '버려진 에너지'라는 점이 다를 뿐이다. '에너지' 그 자체에는 잘못이 없다.

●

보도 매체에서 연쇄살인과 같은 강력범들의 얼굴을 가리는 것도 그런 의미로 해석할 수 있을 것이다. 일차적으로는 얼굴이 알려지면 지인들이 그로 인해서 피해를 볼 수 있기 때문이다. 하지만 최소한의 프라이버시를 지켜 줘야 하는 더 중요한 까닭은 가해자도 피해자이기 때문이다. 이런 점을 도저히 납득하지 못하는 사람들이 "얼굴 공개하라!" "사형시켜라!" 같은 감정적인 언사를 뱉는다. 피해자 가족이 그러는 것은 심정적으로 이해가 간다. 하지만 사회적 차원에서 보면 가해자는 '버려진 에너지'라는 점을 잊으면 안 된다.

사생아

●

"아버지 날 낳으시고 어머니 날 기르시고" 하는 가사가 이상하지 않으신가요? 어머니가 낳고 기른 거잖아요? 그런데 왜 아버지가 나를 낳았다고 얘기할까요? 남성이 인정하지 않는 아이는 사생아라는 것입니다. 남성의 인정이 있어야만 그 아이는 '사람'으로 인정받고, 사회적인 성원권, 즉 시민권을 갖게 됩니다.

_정혜신 외, 《21세기에는 바뀌어야 할 거짓말》, 294쪽

여성학자 정희진의 말이다. 당신도 한 번쯤 '아버지 날 낳으시고' 라는 부분을 이상하게 생각했던 적이 있을 것이다. 아무래도 사정(射精)을 '낳다'라고 표현한 듯싶은데 아주 틀린 얘기는 아니더라도 썩 마음에 와 닿지도 않는다. 정자를 낳는다고? 아니지. 인간은 아이를 낳는다! 있는 그대로 말하자면, 아이를 낳고 기르는 것은 어머니다. 아버지의 역할은 기르는 데 일조하는 것이고. 아버지는 섭섭할지 몰라도 단순히 생물학적으로 보자면 아이를 낳고 기르는 데는 어머니의 기여도가 훨씬 크다. 임신해 낳고 젖 물리며 키우니까.

●

아버지의 역할은 한마디로 돈을 벌어 오는 것이다. 그것도 중요한 역할이긴 하다. 그런데 그 말을 뒤집으면 경제력 있는 여자에겐 출산과 양육에서 남자의 역할이 딱히 필요 없다는 뜻도 된다. 예전엔 허드렛일 외에는 여자가 돈을 벌 방법이나 기회가 거의 없었으므로 수입은 전적으로 남자에게 의존해야 했다. 가장으로서 아버지의 역할이 컸다. 목에다 힘을 줄 수 있었다. 그러나 가족 내에서 아버지의 위상은 점차 낮아지고 있다. 돈 벌어 온다는 게 유일하게 권위를 내세울 근거였는데, 요새는 상당수의 가정이 맞벌이다. 게다가 전업주부의 집안일도 엄연히 '노동'이라는 인식이 확산되고 있어서, 이래저래 아버지는 가정에서 예전만큼 권위를 누리지 못한다.

●

'아버지 날 낳으시고'를 정희진처럼 해석하는 것도 무리가 없어 보인다. 점점 좋아지고 있긴 하지만 그래도 여전히 사회는 남성을 중심으로 돌아간다. 그 단적인 예로 국회의원의 성비를 보면 알 수 있다. 적어도 남녀의 수가 50대 50에 근접해야 비로소 남녀평등 운운할 수 있을 것이다. 남자의 '권위'가 많이 떨어지긴 했는데 '과거'

보다 떨어졌다는 뜻이지 '여자'보다 떨어졌다는 의미는 아니다. 과거에 지나치게 높이 있어서 낙차가 크게 느껴질 뿐 한참 낙하해도 여전히 여자 위에 있다는 것은 그간 남녀가 얼마나 불평등한 관계였나에 대한 반증일 뿐이다. 엄살도 정도껏 떨어야 위로를 받는다.

●

'애비 없는 자식'이라고 놀림을 받는 얘기는 과거 드라마 속 단골 소재였다. 과부가 아이 업고 어느 마을에 이사를 온다. 동네 여편네들이 그 여인을 두고 수군거리기 시작한다. 같은 여자끼리 서로 이해하고 좀 따뜻하게 대해 주면 될 텐데 아줌마들이 아주 못되게 행동한다. 나쁜 소문을 퍼뜨리며 왕따를 시킨다. 이런 장면은 대개 '여자의 적은 여자다.'라는 식의 편견을 낳는데, 그것은 단편적인 이해일 뿐이다. 속내를 들여다보면 역시 남성 중심의 사회가 만들어낸 웃지 못할 풍경이다. 남성의 인정만이 유일한 존재 근거인 여성들이 경쟁자로서 과부가 나타나자 공포심을 드러낸 거다.

●

과거 여성에게 남편의 바람은 공포 그 자체였다. 차라리 주먹으로 때리면 맞고 살 수라도 있지 바람피우면 딴 여자한테 가 버리니까. 남편의 주먹보다 이혼이 더 무서운 시절이 있었던 것이다. 그런 심리 상태가 바로 '여자의 적은 여자다.'라는 소리가 나올 정도의 졸렬한 행동으로 이어지게 한 것이다. '없는 놈이 없는 놈한테 더 한다.'는 말도 비슷한 예다. 동네에 노점상이 들어오는 것을 가장 싫어하는 게 구멍가게 사장들이다. 생존이 걸린 문제라서 그악스러워질 수밖에 없다. 그걸 두고 '없는 놈끼리…' 운운하는 것은 본질은 도외시한 채 너무 건성으로 상황을 판단하는 것이다.

생략된 존재

'미친년 널 뛰듯이'라는 말은 폭력적이다. '미친년'을 미치게 한 미친 놈들의 존재가 생략돼 있기 때문이다.

_신형철, 《느낌의 공동체》, 32쪽

버스나 지하철에서 아줌마들의 무례한 행동은 우스갯소리의 단골 레퍼토리다. 요컨대 부끄러운 줄도 모르고 공공장소에서 '교양 없이' 행동한다는 것이다. 큰 소리로 자기들끼리 수다를 떨고, 안방에 있는 것처럼 휴대폰으로 장시간 통화하고, 빈자리가 보이면 사람들을 마구 밀치며 뛰어가서 엉덩이부터 들이밀고…. 대부분의 젊은이는 그런 모습을 보면 눈살을 찌푸리게 된다. 왜들 저러시나. 창피한 줄 모르시나. 나도 나이 들면 저렇게 되나.

●

아줌마들이 '교양 없이' 하는 행동을 보고 그저 비웃기만 한다면 그것이 바로 당신의 교양 없음의 증거가 된다. 아줌마들은 왜 그렇게 교양이 없는지, 당신은 어떻게 그들의 교양 없음을 인지할 수 있는지를 생각해 보라. 당신은 '교양'을 배울 기회를 자라면서 너무도 당연하다는 듯이 가졌지만 아줌마들은 그 기회를 못 누리고 컸기 때문이다. 나이 든 이들이 흔히 하는 말로 "문교부 혜택을 못 받아서" 그런 것이다. 나이 든 남자도 교육의 수혜를 받기 어려웠으니 여자는 말할 것도 없다. 초등학교 못 나온 사람도 부지기수다.

●

남들이 아줌마들의 교양 없는 행동을 그저 비웃을 때 당신은 왜 그들은 교양이 부족할 수밖에 없는가를 생각하는 사람이 되어야 한다. 생각을 거기까지 밀고 나갈 수 있다면 다음부턴 그들의 행동을 볼 때 짜증보다는 애잔함이 더 크게 밀려올 것이다. 그런 태도는 결국 자신에게도 도움이 된다. 살면서 보고 듣는 것들로부터 우리는 얼마나 많은 스트레스를 받나. 그러나 그중 상당수는 내가 마음먹기에 따라 전혀 고통받을 거리가 안 될 수도 있다. 관점을 바꾸거나 깊이 들여다보려고 노력하면 '나'라는 그릇도 커진다.

●

개인의 뒤에는 반드시 공동체가 버티고 있다. '미친년'의 뒤에는 그녀를 미치게 한 '미친놈들'이 있다. 예전에 어떤 여성이 방송에 나와 "남자가 키 작으면 루저"라고 발언해서 논란의 중심에 선 적이 있다. 분명히 문제가 있는 말이지만 전국적으로 망신을 당해야 할 정도는 아니었다. 모르긴 몰라도 그 여성은 그때 말실수로 지금도 고통받고 있을 것이다. 그녀를 '미친년'으로 만든 프로그램 제작진과 방송사, 자극적인 기사를 쏟아내며 논란을 확대 재생산했던 언론들. 사실 더 많은 욕을 먹어야 하는 것은 그 '미친놈들'인데, 언제나 그렇듯 그들은 생략된 채 '미친년'만 홀로 남아서 마녀사냥을 당한다.

창피

개가 창피해 하는 걸 본 적이 있는가? 사람이라면 마땅히 창피를 느껴야 할 대목에서 창피를 느낄 수 있어야 한다. 아마도 창피한 감정을 갖지 않는 사람이 있다면 그 사람은 성인(聖人)이거나 철면피(鐵面皮)일 것이다.

_김은혁, 《별거 아닌 것들의 소중함》, 154~155쪽

사이코패스가 아니고서야 창피함을 느끼지 않는 사람은 없다. 아니다. 이 말은 틀렸다. 사이코패스 역시 어떤 부분에 대해서는 창피함을 느낄 수도 있다. 창피한 감정을 갖느냐 그렇지 않느냐 하는 점보다 중요한 것은, 어떤 부분에 창피함을 느끼느냐 하는 것일 듯싶다. 어떤 사람은 자신이 부도덕한 일을 저질렀을 때 창피함을 느낀다. 반면에 다른 어떤 사람은 도덕적 과오에 대해서는 무감한데, 남보다 못한 경제력에 대해서는 심히 창피함을 느낀다.

●

“저 사람은 부끄러움을 모른다.” 이 말은 정확한 ‘워딩’이 아니다. 옳게 풀자면 “저 사람은 부끄러워해야 마땅한 일을 부끄러워할 줄 모른다.”라고 해야 한다. 제아무리 뻔뻔해 보이는 사람도 부끄러움은 다 가지고 있다. 잘나가던 중소기업 사장이 있다고 치자. 행동이 참으로 당당하고 사람들 앞에 나서기를 좋아한다. 그런데 그 사람이 사업이 망해서 알거지가 되더니 자취를 감춰 버린다. 왜? 가난해진 모습을 남들한테 보이기 싫은 거다. 즉 부끄러움을 느낀 거다. 하지만 예전의 그와 지금의 그는 단지 돈이 없다는 차이밖에 없다. 우리는 돈이 있다가 없어지면 창피함을 느껴야 하는가?

●

그 사장이 음주운전 사고를 냈다고 주위 사람들과 연락을 끊고 잠적할 것 같진 않다. 사업을 해 나가는 과정에서 불법을 저질렀음이 드러났다고 잠수를 타진 않을 것 같다. 막강한 재력만 여전하다면, 잠시 자숙하는 제스처를 취할 수는 있지만, 얼마 지나지 않아서 예전과 다를 바 없이 여기저기 활개를 치고 다닐 것이다. 이게 남의 얘기이기만 할까? 대부분의 사람은 부도덕함보다는 가난함을 더 창피하게 느낀다. ‘마땅히 창피를 느껴야 할 대목’에 대해서는 무심하면서 창피하게 여기지 않아도 될 부분에 민감하다.

사회가 점점 창피함을 잃어 가고 있다. 사람들이 도무지 부끄러움이 없다. 나는 이것이 현재 우리 사회의 화두가 되어야 한다고 생각한다. 자유? 소통? 복지? 웰빙? 그 전에 먼저 '사람'이 되어야 한다. 사람이 개와 다른 점은 잘못을 저지르면 창피함을 느낀다는 것이다. 카펫에 오줌 쌌다고 개가 미안함을 느끼나? 하기는 이것도 옳은 얘기는 아니다. 개한테 카펫이 무슨 의미란 말인가? 개는 아무런 잘못이 없다. 개는 창피함을 안 느껴도 된다. 인간을 제외한 〈동물의 왕국〉에는 창피함이라는 개념이 없다. 인간만이 창피함을 느끼는데, 그 점을 망각한다면 개나 고양이와 아무런 차이도 없다.

●

기성세대가 아이들에게 가르쳐야 할 것은 많으나, 그중에 단 하나만 고르라고 한다면 나는 '마땅히 창피를 느껴야 할 대목'이 어떤 점인지 알려 주는 것이라 생각한다. 그 말 속에는 창피를 느끼지 말아야 할 대목에는 당당해야 한다는 뜻도 포함된다. 아이들은 왜 노스페이스 패딩을 못 입으면 창피함을 느끼는가? 어른들은 그걸 보고 혀를 끌끌 찰 자격이 있는가? 앞선 세대가 나이키 운동화 못 신었다고 창피함을 느끼던 것을 아이들이 답습하고 있을 뿐이다. 기성세대 먼저 창피함에 대한 생각을 정리하고 그 기준에 맞게 행동해야 한다. 그러면 아이들도 자연스레 따라 한다. 그게 최상의 교육법이다.

제3부

말랑말랑하게 나이 드는 법

슬픈 동물

사람은 현실과 동떨어진 꿈만 꿀 것이 아니라, 현실을 단단히 딛고 열심히 살아야 한다. 그러나 열심히 산다는 것이 소득을 증대시키고 컬러 TV와 냉장고를 들여놓고 호화판 신혼여행도 가고 집도 멋지게 짓기 위하여 피땀을 흘린다는 것을 의미한다면, 사람이란 너무도 슬픈 동물이 아니겠는가?

_서준식, 《서준식 옥중서한》, 218~219쪽

인생은 '잘' 사는 것을 목표로 삼아야 한다. '열심히' 사는 것이 목표가 되어선 안 된다는 말이다. 그런데 열심히 사는 것을 잘 사는 것으로 착각하는 사람이 많다. 딱한 노릇이다. 잘 살려면 생각을 많이 해야 한다. 의심하고, 반성하고, 점검하고, 수정하고, 자문하고,

자답하고…. 내가 보기엔 열심히 살고 있다고 자부하는 사람일수록 생각을 많이 안 한다. 생각할 시간을 많이 가진 사람은 절대로 열심히 사는 것을 자랑으로 여기지 않는다. 열심히 사는 것과 잘 사는 것은 썩 관계가 없다는 점을 깨닫게 되기 때문이다.

●

회사에서 명예퇴직을 당한 남자가 절규한다. "저는 그저 회사를 위해서 시키는 대로 열심히 일한 죄밖에 없습니다!" 그러니까 그게 바로 죄란 말이다. '시키는 대로 열심히 일'만 했으니 대가를 톡톡히 치르는 것이다. 회사는 원래 충성의 대상이 아니다. 생각을 많이 하는 사람은 절대로 회사에 자신의 영혼을 맡기지 않는다. 회사가 그럴 만한 대상이 결코 아니라는 것을 진즉 안다. 언제든 잘릴 수 있다는 걸 염두에 두고 있으니 대책을 미리미리 세운다. 지금 튼튼한 직장에 다니고 있다는 이유만으로 무리하게 은행 빚을 내서 집을 사거나 자식을 해외로 조기유학 보내지 않는다. 대책 없이 있다가 뚜렷한 이유도 모른 채 회사에서 잘리면? 아파트 옥상으로 올라간다.

●

내가 회사에 충성한다고 회사가 내게 충성하는가? 그렇게 생각하면 미친놈일 것이다. 그런데 무엇 때문에 회사에 충성하는가? 회사의 자리에 다른 집단을 넣어도 마찬가지다. 국가를 넣어 보자. 내가 국가에 충성하면 국가도 마지막까지 나를 지켜 주는가? 그렇게 믿고 있으면 돌아이다. 국가는 모든 국민에게 평등한 관심을 두지 않는다. 특정 부류에겐 눈물 나게 고마운 대상일지 모르나, 그렇지 않은 부류도 부지기수다. 자신이 어디에 속하는지 생각해 보라. 회사에 대해서 그렇듯 국가에 대해서도 받은 만큼만 돌려주면 된다.

●

내가 정말로 듣기 싫어하는 말이 있다. "어떻게 나한테 이럴 수 있어?" 어떻게 너한테 그럴 수 있다. 네가 그런 말을 하는 거 보니 너는 그런 대접을 받아도 싸다. 그런 말은 주로 '열심히' 자식을 위해서 희생했다고 자부하는 부모들이나 '열심히' 회사를 위해 몸 바쳤다고 자부하는 직장인들의 입에서 나온다. 다시금 말하지만 우리는 남이다! 남이니까 회사도 너한테 그럴 수 있고 자식도 너한테 그럴 수 있는 거다. 회사도 자식도 남이 아니라고 생각한 네가 바보일 뿐이다. 바보한테 돌아올 것은 결국 바보 취급밖에 없다.

●

"내가 겨우 이것 얻자고 그동안 그렇게 열심히 살았다니." 나중에 나이 들어서 그런 자조 섞인 말 내뱉기 싫거든 지금부터라도 너무 열심히 살지 마라. 조금 덜 열심히 살고 그 시간에 생각을 많이 해라. '컬러 TV와 냉장고를 들여놓고 호화판 신혼여행도 가고 집도 멋지게 짓기 위하여 피땀을 흘린다는 것'의 부질없음을 깨닫는다면 얼마나 많은 고민이 덩달아 사라지겠나. 회사 잘리는 것도 덜 무섭다. 저런 욕망에 붙들려 있거나 빚에 얽매여 있다면 회사에서 떨려나는 것이 공포 그 자체다. 우리 '열심히' 살지 말고 '잘' 살자.

한가로움

옛사람은 "젊었을 적 한가로움이라야 진정한 한가로움이다未老得閑方是閑"라고 말했다. 바쁜 젊은 날에 시간을 쪼개어 찾아서 만든 한가로움이라야 진정한 한가로움이란 말이다.

_정민, 《스승의 옥편》, 72쪽

은퇴 후에 퇴직금으로 잘 알지도 못하는 분야의 사업을 벌였다가 알거지 되는 노인이 많다. 그들의 특징은 무엇일까? 젊어서 놀아 본 적이 없다는 것이다. 놀면 큰일이 나는 줄 안다. '인간 실격'이 되는 줄 안다. 놀 줄도 모르고 주위에 놀 친구도 없다. 그래서 놀지 않기 위해서 사업을 벌인다. 반평생 회사 다니던 사람이 치킨집을 갑자기 어떻게 성공시키겠나? 평생 제 손으로 라면 한 번 끓여 본 적

없는 사람이 말이다. 그런데도 기어이 퇴직금 털고 빚까지 얻어서 가게를 연다. 단지 '노는 사람' 소리가 듣기 싫어서.

●

생각 안 하고 열심히 사니까 그렇게 털리는 거다. 사기성 짙은 악덕 프랜차이즈 업자의 호주머니 속으로 그동안 모았던 재산을 고스란히 가져다 바치는 거다. 통장에 목돈 좀 들어 있고 집 한 채 가진 게 인생의 유일한 자랑이었는데 하루아침에 그게 사라지다니. 누구를 탓하랴? 소설가 조선희가 뭐라고 했다고? "사기당하는 사람에게는 다 사기성이 있는 거라고 나는 생각한다." 잘 알지도 못하는 분야에다 뭉칫돈을 던져 넣은 것은 본인에게 '사기성'이 있기 때문이다. 나한테 사기성이 없으면 쉽게 사기를 당하지 않는다.

●

인생 말년의 비극은 젊어서 열심히 살지 않아서가 아니라 잘 놀아 보지 못해서 찾아오는 경우가 훨씬 더 많다. 젊어서 열심히 살았던 기억이 물리적인 나이와 육체적인 기력의 쇠락으로 불가피하게 놀게 되었을 때를 더 고통스럽게 한다. 일하고 있지 않은 자신을 쓸모없는 존재라고 여긴다. 그 자괴감을 참지 못하고 사업을 벌이다가 가정이 풍비박산한다. 세상에 순리가 있다면, 갑자기 그 분야에 뛰어든 초짜가 쉽게 성공하는 게 이치에 어긋나는 일 아닌가? 모든 분야가 그렇듯 그 바닥에 오래 몸담은 사람이 성공해야 한다. 섣불리 뛰어든 사람은 화끈하게 망하는 게 업계로서도 바람직한 일이다.

노는 것도 연습이 필요하다. 젊어서 놀아 본 사람은 늙어서 걱정이 없다. 노는 방법을 알고 있으니 무리하게 일을 하려고 하지 않는다. 놀기에 바쁜데 일할 마음이 언제 생기겠나. 세상은 갈수록 할 일이 줄어든다. 기술력이 발달할수록 사람이 할 일은 줄어들게 되어 있다. 일하고 싶어도 일자리가 없다. 기껏 나올 수 있는 해결책은 한 사람이 충분히 할 수 있는 일도 두 사람이 쪼개서 하는 것 정도다. 그러다 보니 일하지 않는 시간은 본인이 원하든 원치 않든 늘어날 수밖에 없다. 따라서 열심히 일하는 것에서 삶의 의미를 찾으려는 기존의 가치관으로 보면 앞으로의 세상은 지옥이나 다름없다.

●

늙어서 지옥에서 살지 천국에서 살지는 젊어서 얼마나 잘 놀았느냐에 달렸다. 얼마나 열심히 일했느냐에 달렸다고 믿는 사람은 내 말에 썩 공감이 되질 않을 것이다. 우리 두 사람이 내기를 한다면 어떻게 될까. 내 주장과 관계없이 나는 당신이 내기에서 이기길 바란다. 왜냐하면 설령 내가 지더라도 나는 별로 잃을 게 없기 때문이다. 애초에 가진 게 없으니. 그러나 당신이 진다면 당신은 인생을 송두리째 날리는 꼴이 된다. 행운을 빈다.

잉여

자연은 실용적이지 않아. 자연은 넘쳐흐른다네. 그때 장관을 이루게 되지. 역설적이게도 필요를 넘어서는 잉여, 그것이 바로 문화라고 생각하네.

_구본형, 《구본형의 마지막 편지》, 53쪽

문화는 잉여들이 만든다. '밥 먹고 할 짓 없는 인간들'이 세상의 큰 틀을 기획한다. 우리가 지금 생활필수품이라고 여기는 것들은 한때 모두 사치품이었다. 텔레비전, 라디오, 영화, 컴퓨터…. 개미들은 베짱이가 흔드는 깃발을 따라서 부지런히 좇아갈 뿐이다. 하지만 언제나 한 발씩 늦다. 개미만 모르는 사실은 자신이 베짱이의 손바닥 안에서 놀고 있다는 것이다. 마냥 열심히 살면 언젠간 탈출할 수 있을까? 천만의 말씀이다. 개미는 평생을 부지런히 일해 봐야 집 한 칸 장만하고 끝이다. 그것과는 비교가 안 될 정도의 막대한 재산을 가진 세상의 큰 부자들은 전부 베짱이다. 사실이다.

●

베짱이로 살아야지 부자가 될 수 있다는 얘기를 하려는 것이 아니다. 가난한 베짱이도 많다. 하지만 거부(巨富)가 된 베짱이도 처음부터 돈을 벌려고 일을 벌이지는 않았다는 걸 알아야 한다. 그는 자신에게 재미있어 뵈는 일을 즐겼을 뿐이고 그 결과 우연의 도움으로 큰돈을 벌게 되었다. 그런데 그가 부자가 못 되었으면 스스로 인생의 실패자라고 생각했을까? 아니다. 그것이 바로 베짱이 정신이다. 실패에 대한 두려움이 없다. 열심히 살지 않았기 때문에 잃을 것도 딱히 없다. 실패해 봤자 바닥인데, 그에겐 바닥에서 자는 일 따위는 대수롭지 않다. 사업 망했다고 자살하는 사람은 모두 개미다.

●

문화 생산자는 되지 못하더라도 소비자는 될 필요가 있다. 책 읽고, 영화 보고, 미술관 가고, 음악 듣고, 여행 떠나고…. 그렇게 해서 마음속에 먹고사는 일과 무관한 잉여분을 채워 넣어야 한다. 내부에 일종의 에어백을 장치하라는 거다. 에어백이 튼튼하고 두꺼울수록 사고가 났을 때 죽지 않을 확률이 커진다. 시험 성적이 떨어졌다고 옥상에서 뛰어내리는 학생이나, 직장에서 잘렸다고 강물로 뛰어드는 회사원이나, 사업에 실패했다고 방에서 연탄불 피우는 사업가의 공통점은 사고 순간에 터질 에어백이 없다는 것이다.

●

소설 100권을 읽어 보라. 그게 무슨 소용이 있느냐고 반문하지 말고, 그냥 내 말 믿고 읽어 보라. 타고 다니는 차에 에어백 설치한다는 생각으로. 에어백은 사실 평소에는 전혀 쓸모가 없다. 차에 그런 게 장착되어 있다는 것도 잊어버리고 지내기 쉽다. 그러다 위험한 순간이 오면 비로소 그 소중함을 확인하는 기회가 생긴다. 물론 가장 좋은 것은 에어백을 쓰지 않는 것이다. 그것을 써야 하는 상황이 왔다는 건 목숨이 위험했다는 뜻이다. 소설 100권 읽었다고 그게 지금 이 순간 어떤 도움을 주지는 않는다. 그 시간에 영어 공부를 하면 좀 더 실용적일지도 모른다. 그러나 영어는 실용을 위한 공부다. 마음이 아닌 머리로 하는 공부다. 소설은 머리가 아닌 마음에 새겨진다.

●

좌절, 분노, 질투, 억울함, 상처, 배신감…. 모두 마음과 관계된 단어다. 우리가 극단적인 생각이 들 때는 머리가 아닌 마음을 다쳤을 때다. 마음이 튼튼해야 어려운 상황에 부닥쳐도 극복할 수 있다. 영어 공부는 머리에 주입하는 연료 같은 것이지 마음에 설치하는 에어백 같은 게 아니다. 에어백의 역할은 소설과 같은 예술작품의 몫이다. 소설 읽으면 가난해진다는 말이 있다. 그 말이 옳은 것인지 아닌지는 모르겠으나, 분명한 것은 소설 읽으면 가난해도 즐겁게 살 힘이 길러진다. 마음이 강해진다. 쓸모를 생각하며 익히는 것들은 머리로 간다. 쓸모없다고 생각되는 것들이 마음으로 간다.

무용성

사실 이 세상에서 값진 것은 때로 그 쓸모없음을 특징으로 한다. 시도 바로 그런 것이다. 나는 밤하늘의 별의 아름다움도 그 무용성 때문이라고 생각한 적이 있다.

_허만하, 《청마풍경》, 145~146쪽

우리는 서로 뜯어먹고 산다. 먹고 먹히는 비율은 일정치 않다. 많이 뜯어먹고 적게 뜯어먹히는 사람이 있는 반면에 적게 뜯어먹고 많이 뜯어먹히는 사람도 있다. 당신은 어느 쪽에 속하는가. '서민'이라고 일컬어지는 대부분의 사람이 그렇듯이 후자에 가까울 듯싶다. 그렇다. 대개 우리는 뜯어먹는 양에 비해서 더 많은 양을 뜯어먹히며 산다. 일 년에 책 한 권 읽기 힘들고 영화관 몇 번 드나들기 어렵고 여행 가 본 게 언제였던지 잘 기억나지 않는다. '사는 게 왜 이렇게 팍팍하나?'라는 기분에 자주 잠기는 사람이라면 뜯어먹는 양보다 뜯어먹히는 양이 많은 것이다. 만성적인 영양 불균형 상태다.

●

치료법은 무엇인가? 남한테 뜯어먹히는 양만큼 남을 뜯어먹어서 보충하면 되는가? 그렇게 하려면 계층의 사다리를 타고 위로 올라가야 한다. 소시민을 탈출해야 한다. 옳고 그름을 따져 보기 전에, 그게 마음먹는다고 가능한 일인가? 내가 벗어나고 싶다고 노동자에서 자본가로 경제적 신분 상승이 쉽게 이뤄지나? 그렇지 않다. 당신은 평생 '갑'보다는 '을'의 위치에서, 자본가보다는 노동자로서 살다가 죽을 공산이 크다. 그러므로 뜯어먹히는 양만큼 뜯어먹어서 내 삶을 보충하겠다는 발상은 이루기 매우 어렵다.

●

따라서 우리가 선택할 수 있는 방법은 딱 하나다. 사실상 선택의 여지는 없다. 이 방법뿐이다. 뜯어먹는 양을 늘릴 수 없으므로 뜯어먹히는 양이라도 줄여서 균형을 맞춰야 한다. 말을 좀 바꾸면 남들이 내게서 아무리 뜯어가려고 해도 뜯어갈 수 없는 부분을 갖고 있어야 한다는 얘기다. 그게 바로 소설책 100권 읽기 같은 것이다. 음반 100장 듣기라든지 영화 100편 보기 등으로 바꿔 생각해도 괜찮다. 요컨대 실용성과는 전혀 무관한 (표현을 좀 달리하면 돈과 바꿀 수 없는) 그런 것들을 가슴 속에 많이 갖고 있어야 한다.

●

돈과 바꿀 수 없는 지식은 쓸데없다고 여겨지기 쉽다. 쓸데없기 때문에 쓸 데 있다는 사실을 이해하지 못한다. 그러나 '서로 뜯어먹고' 산다는 것을 내가 몇 차례에 걸쳐 얘기했으니, 이제 당신은 쓸데없는 것이 왜 필요한지 이해할 수 있을 것이다. 자본주의 안에서 잘 살려면 자본주의에 뜯어먹히기 좋은 사람이 되지 않도록 노력해야 한다. 자본주의는 개미를 좋아한다. 개미지옥 안에서는 열심히 발버둥을 칠수록 더 가라앉는다. 자본주의는 베짱이를 싫어한다. 아무리 개미지옥으로 끌어들여도 폴짝 뛰어서 빠져나간다.

●

"언제나 유용성만 생각하는 사람은 언젠가 똑같은 일을 하는 다른 사람에게 당할 수 있다." 저술가 프리더 라욱스만의 충고다. 책상 앞에 써서 붙여 두어도 좋을 말이다. '밤하늘의 별'을 보며 감탄했던 경험은 누군가 내게서 빼앗아 갈 수도 없고 내가 누군가에게 줄 수도 없다. 유용성의 관점에서 보면 아무짝에도 쓸모가 없다. 그러나 아무도 그 경험이 가치가 없다고 말하지는 않는다. 설명을 잘 할 수가 없어서 그렇지 분명 인생에 도움이 된다는 것을 누구나 알고 있다. 무용성의 유용성! 이제는 막연하게 느끼지만 말고 적극적으로 찾아서 조금씩 마음속에 쟁여 두자. 그것이 진정한 노후 대책이다.

영양가

●

'몸보신 문화'가 워낙 발달된 나라이다 보니, 우리나라 어른들은 '영양가 있는 책'을 되게 좋아합니다. 그래서 뭔가 피가 되고 살이 될 만한 내용이 있어야 좋은 책인 것처럼 여기지만, 사실 좋은 책은 책 읽는 즐거움을 주는 책입니다. 책 읽는 즐거움을 알아야 이런 책이든 저런 책이든 지속적으로 읽을 테니 말이지요.

_위기철, 《이야기가 노는 법》, 38쪽

드라마를 보는 데 부담을 느끼는 사람은 없다. "이야기가 어려우면 어떡하지?" "한번 보기 시작하면 끝까지 봐야 하나?" 보기 싫으면 안 보면 된다. 보다가 재미없으면 그만둬도 되고. 그걸 갖고 누가 뭐라고 하는 사람도 없고 스스로 자책하지도 않는다. 사람들은 드라마를 오락거리로 여기니까. 그렇지만 독서에 대해서는 어떤가? 너무나 많은 부담을 느낀다. 독서도 오락이라는 사실을 쉽게 이해하지 못한다. 책을 읽고 나면 뭔가 남아야 한다고 여긴다. 책을 읽은 후에 구체적으로 남는 게 없으면 시간 낭비라고 생각한다.

●

아무것도 안 남아도 된다. 무언가 얻으려고 드라마를 보는 게 아니듯이 책도 그저 집어 들고 읽으면 된다. 리모컨 잡듯이 책을 잡는 거다. 이리저리 채널 돌리듯이 여기저기 책장을 뒤적이는 거다. 독서 초보는 거기까지만 해도 된다. 그거라도 실천할 수 있으면 이미 절반은 성공한 거나 마찬가지다. 책을 신중히 골라서 읽어라, 고전 위주로 읽어라, 그렇게 말하는 사람이 많지만 내 생각은 좀 다르다. 일단 그 말에 별로 설득력이 없는 것이, 그런 주장을 하는 사람들의 과거 독서편력을 (인터뷰 등을 통해서) 들어 보면, 그들 자체가 처음부터 고전을 붙들고 읽지를 않았다. 그들도 재미로 읽기 시작했다.

●

물론 그들의 반론은 이럴 것이다. "그러니까 내가 젊었을 때 마구잡이로 책을 읽었더니 그게 시간 낭비더라고. 지금은 후회한다니까. 그 시간 아껴서 고전을 더 많이 읽었더라면 얼마나 좋았을까? 내가 그래 봤으니 다른 사람들은 그러지 말라는 거지." 당신은 이 말에 공감하는가? 나는 못 한다. 내게는 이 말이 왜 은근히 뻐기는 말처럼 들리지? 고전만 읽는 '모범생' 소리는 듣기 싫고 자신도 과거엔 '쌈마이' 짓도 좀 해 봤다는 허세처럼 들린다.

●

자신을 모범생처럼 보이고 싶어 하는 사람은 드물다. 모범생은 재미없는 사람으로 취급되니까. 세상 물정 모르는 얼굴 하얀 샌님처럼 느껴지니까. 그래서 많은 사람이 자기 과거의 일탈을 과장한다. 특히 남자들이 그런 허세가 더 심하다. 나는 고전을 강조하는 사람들에게서 그런 냄새를 맡는다. 태어나서 쭉 고전만 읽어 왔다면 인정한다. 근데 자기는 젊었을 때 별의별 책 다 읽어 놓고, 지금의 젊은 이들에겐 고전을 골라서 읽으라니…. 또 뭣도 모르는 젊은이들은 그 말에 감복하여 고전을 붙들고 눈꺼풀과의 사투를 벌인다.

●

초심자는 너무 '영양가'만 고려해서 책을 고르지 마라. 어린 사람일수록 재미를 좇아 읽어라. 딴 거 필요 없다. 첫째도 재미, 둘째도 재미다. 드라마 보는 것이 시시하게 느껴질 정도로, 밥 먹는 시간이 아까울 정도로, 게임 접속하는 일에 흥미를 잃어버릴 정도로 흡인력 강한 책을 읽어라. 버스에 올라타서 빨리 책장을 펼치고 싶고, 심지어 등하굣길(혹은 출퇴근길)에 걸어 다니면서도 읽고 싶은, 그런 책을 읽어야 한다. 내 말 믿고 그렇게 해 보길. 지금 고전 읽으라고 하는 사람들도 모두 '왕년에' 그런 경험 한 번씩 있다.

●

젊어서 독서를 통해 얻어야 하는 것은 지식이 아니라 쾌락의 체험이다. 지식은 나중에 쌓아도 된다. 마흔 넘으면 슬슬 지식으로서의 독서, 고전 중심의 독서를 생각해도 된다. 여든까지 산다고 가정했을 때 마흔부터 영양가 중심의 독서를 시작하면 되는 것이다. 책이 좋아야 계속 읽을 수 있다. 그러니까 한 20년쯤은 (스무 살에서 마흔 살까지) 의미를 생각하지 않고, 앞뒤 재지 않고, 독서의 순수한 쾌락에 탐닉해야 한다. 그럴 때 자기가 진짜로 무엇을 좋아하는지 알게 된다. 마흔까지는 자기가 좋아하는 게 무엇인지를 찾아가는 과정이다. 그래야 마흔부터 내가 좋아하는 것 붙들고 깊이를 쌓을 수 있다. 남들이 중요하다고 말하는 거 말고 내가 중요하다고 느끼는 거 말이다.

콩나물

콩나물시루에 물을 부으면 줄줄 새기만 하는 것 같아도, 콩나물은 하루가 다르게 쑥쑥 자란다.

_임사라, 《내 아이를 책의 바다로 이끄는 법》, 18쪽

나는 반찬으로서 콩나물은 썩 좋아하지 않지만, 콩나물 기르기에 관한 비유는 좋아한다. 밥 먹을 때는 콩나물을 떠올리기도 싫지만 책을 읽거나 공부를 할 때는 콩나물 기르는 모습을 자주 떠올린다. 그러면서 자연스럽게 깨닫게 된다. 재미로 읽는다고 해서 그저 재미로만 끝나는 것은 아니라고. 아무것도 남는 게 없는 것 같지만 절대로 그렇지 않다고. 처음부터 아예 모르는 것과 알고 나서 잊어버리는 것은 완전히 다르다. 설령 '지식'으로서는 남아 있지 않더라도 읽는 과정에서 받았던 '느낌' 같은 것은 고스란히 남아 있다.

●

예컨대 이런 말이다. 나는 몇 달 전에 나보코프의 《롤리타》를 읽었다. 그런데 빈 종이를 주면서 기억나는 만큼 줄거리나 등장인물의 특징에 대해서 쓰라고 하면 진땀을 흘리게 될 듯싶다. 그래도 이 소설은 나은 편이다. 비슷한 시기에 읽은 존 르 카레의 《팅커, 테일러, 솔저, 스파이》 같은 작품은 끝까지 읽기에도 벅찬 스토리라서 책을 덮자마자 구체적인 내용은 대부분 망각 속으로 휘리릭 사라져 버렸다. 누군가 나에게 지금 그 책의 내용에 대해서 설명을 요구하면 몇 마디 주워섬기지 못하고 입을 닫게 될 터이다.

●

그렇다고 해서 내가 읽은 저 책들은 내 재산이 아닌가. 그렇지 않다. 아주 큰 재산이다. 더구나 남이 빼앗아 갈 수도 없다. 제아무리 일본 순사가 와서 나를 모질게 고문한다고 해도 '지식'은 실토하게 만들 수 있지만 '느낌'은 꺼내어 갈 수 없다. 독서한 후에 요점 정리하고 독후감 쓰고 메모하고 이런 것들에 대한 강박은 일단 버려도 된다. 그냥 콩나물이 물줄기 맞듯이 그렇게 머릿속을 쓰윽 한번 훑고 지나가게 내버려 둬라. 뭔가 기억에 남으면 남는 대로 좋은 것이고, 아무것도 남지 않으면 또 그것대로 좋다. 그렇다고 콩나물이 자라지 않는 게 아니다. 사람도 콩나물 자라는 방식으로 커야 한다.

당신도 이제 콩나물 기르기에 관한 비유를 알게 되었으니, 책을 읽을 때마다 그 이미지를 떠올려 보라. 책을 펼치기 전에 "콩나물!" 하고 한 번 외치는 것도 좋은 방법일 듯하다. 모든 활자를 머릿속에 쓸어 담겠다는 각오로 책을 읽어선 안 된다. 독서는 의지로 하는 것이 아니다. "매일 100페이지씩 읽겠다!" 이런 계획도 세우지 않는 게 좋다. 그것은 독서가 아니라 자격증 따기 위한 시험공부 방법이다. 독서는 무엇보다 느낌을 남기는 일이다. 딴 얘기지만 미성년자에게 독후감을 쓰게 하는 일은 법으로 금지해야 한다. 독후감 때문에 얼마나 많은 아이들이 '독후(讀後)'에 짜증을 '감(感)'하고 있는가.

●

미성년자에게 필요한 독서 교육은 딱 하나다. 독서를 즐거운 추억으로 만들어 주는 일이다. 책을 읽은 느낌을 저 혼자 간직하도록 내버려 둬야 한다. 아이가 그 책에서 무엇을 얻었는지 어른들이 자꾸 말이나 글로 표현하라고 부추기니까 독서가 싫어지는 거다. 어휘력이 발달한다느니 발표력이 좋아진다느니 하면서 아웃풋을 강요하면 안 된다. 그러다가 책 읽기가 '나쁜 추억'으로 자리 잡으면 말짱 꽝이다. 작은 것에 집착하다 큰 것을 잃는다.

회로

독서를 하지 않으면 '자기 생각'의 회로 안에서만 머물게 된다. 그러나 독서를 하면 상대의 회로로 드나들 수가 있다.

_스티브 레빈, 《지식을 경영하는 전략적 책읽기》, 49쪽

책 한 권을 읽으면 그 저자와 10년을 만나도 알지 못하는 그의 속내를 들을 수 있다. 예를 들어 내가 지금 여기서 떠드는 이런저런 어쭙잖은 얘기는 일상에선 입도 뻥긋하지 않는 것들이다. 할 만한 대상도 주위에 없고, 있어도 내가 피할 판이다. 글이니까 이렇게 철판 깔고 쓰는 거지, 어디 가서 이러한 내용을 말로 하라고 하면 낯이 간지러워서 못 한다. 사실 글이라는 형식을 빌렸기 때문에 용감해지는 측면이 있다. 아마 내 글만 읽으면 내가 대단히 말하기를 좋아하고 논쟁하길 즐기는 것처럼 느껴질 수 있는데, 실상은 안 그렇다. 하루에 세 마디 이상 내뱉지 않는다. 글투와 말투는 많이 다르다.

●

그렇다면 평소에 일상에서 보이는 무뚝뚝한 모습이 진짜인가, 이렇게 키보드를 두드리며 경박한 어투를 쓰고 있는 모습이 진짜인가. 양면이 모두 내 모습이긴 하지만 적어도 내 '머릿속'과 가까운 쪽은 후자다. 비유하자면 여기에 토해내고 있는 글들은 내 두뇌 회로의 설계도 같은 것이다. '나'라는 사람의 본질에 더 가깝다. 일상에서 아무리 오랫동안 나와 친분을 유지해 온 사이라도 내 머릿속 설계도는 구경도 못 했을 공산이 크다. 내가 표현을 하지 않기 때문에. 대신에 당신이 내 블로그 방문자라면, 혹은 내 책을 읽은 이라면, 오래된 내 오프라인 지인보다 나에 대해서 더 깊이 알고 있는 셈이다.

●

저자는 책에다 자기 생각의 정수를 쏟아 넣기 마련이다. 말로 떠드는 것보다 활자로 남기는 일에 더 신중할 수밖에 없지 않은가. 그리고 책을 낸다는 것은 출판사와 그 저작물에 대해서 공동 책임을 지게 된다는 뜻이다. 말은 실수하면 혼자서 감당하면 되지만 책을 출판하는 순간 문제가 생기면 출판사도 책임을 벗어날 수 없다. 꼼

꼼히 교차 검증의 과정을 거친다. 그래서 말보다는 책이 그 사람이 가진 생각의 진액에 더 가깝다. 사실 책 한 권을 읽을 때마다 우리는 보약 한 봉지를 쭉 짜 먹고 있는 것과 같다.

●

텔레비전 교양 프로그램도 보고, 팟캐스트도 듣고, 블로그나 트위터를 구독하는 것도 나쁘지는 않은데, 역시 타인의 '회로'를 들여다보는 데는 책만 한 것이 없다. 책을 읽어야 하는 가장 큰 이유는 '자기 생각의 회로 안에서만 머물'지 않기 위해서다. 이 책을 읽으면 이 말이 맞는 것 같고, 저 책을 읽으면 저 말도 맞는 것 같다. 이런 헷갈림을 얻기 위해서 우리는 독서를 해야 한다. 그 말을 조금 바꾸면 이렇다. 헷갈리게 하지 않는 책은 나한테 별로 가치가 없다. 기존에 내가 가지고 있던 가치관을 새삼 확인하는 일은 독서의 주요 목적이 아니다. 나를 흔드는 책을 읽어야 한다.

●

한 분야의 책만 깊이 파는 것도 좋지 않다. 전문가 중에서 바보들이 얼마나 많은지 당신도 모르지 않을 것이다. 비슷한 종류의 책만 읽으면 '자기 생각의 회로 안에서만 머물'게 된다. 이런 식의 독서를 하면 지식의 깊이가 깊어질수록 점점 바보가 될 공산이 크다. 지식이 많다고 똑똑한 게 아니다. 남이 무슨 말을 하는지 곡해하지 않고 잘 알아듣고, 상상으로나마 그의 입장이 되어 보는 일에 어려움을 느끼지 않는 능력이 훨씬 더 중요하다. 독서가 그런 능력을 기르기에 최상의 (더구나 최저 비용의!) 방법이다.

●

편하게 고개를 끄덕이면서 '옳지! 그래! 어쩌면 그렇게 내 맘을 잘 아니?'라는 생각이 드는 책은 조금만 읽어라. 왠지 마음이 불편해지고 저항감이 스멀스멀 피어오르고 반론을 하고 싶게 만드는 책이 자신에게 가장 좋은 책이다. 아령을 생각하면 될 것이다. 들기에 마냥 편한 무게도 아니고 너무 무거워서 들 수조차 없는 무게도 아닌, 드는 데 제법 힘은 들지만 이걸로 꾸준히 운동하면 팔뚝이 좀 굵어지겠구나 하는 무게의 아령과 같은 책을 읽어야 한다. 지금 내가 쓰고 있는 이 글도 마찬가지다. 하는 말마다 공감이 되거나 읽으며 저항감이 전혀 생기지 않으면, 여기서 멈추고 다른 책을 읽어라.

5퍼센트

정신분석학에서 신경세포의 뉴런이 활성화되는 것을 관찰해본 결과, 인간은 하루에 약 6만 가지 정도의 생각을 한다. 주목할 점은 이 가운데 95퍼센트는 어제 했던 생각의 반복이다. 이는 또한 그제 했던 생각과도 똑같은 반복이다.

_임희택, 《망각의 즐거움》, 47쪽

했던 말 또 하고 했던 말 또 하고…. 가장 대화하기 싫은 상대가 그런 사람 아니겠는가. 발음이 나쁘거나 말끝마다 비속어를 섞거나 지나치게 목소리가 큰 사람이 차라리 낫다. 새로운 얘기, 귀 기울일 만한 얘기, 호기심을 자극하는 얘기를 매번 들려준다면 말이다. 물론 사람이 어떻게 입을 열 때마다 어제와는 다른 얘기를 하겠는가.

어느 정도 반복되는 것은 듣는 사람도 생각해야 한다. 다만 말을 하면서 자각이 있어야 할 것 아닌가. '아, 이건 예전에 했던 얘기군.' 그러나 같은 말을 되풀이하는 붕어 아이큐 소지자들의 특징은 그런 점을 전혀 느끼지 못한다는 것이다. 반복 불감증 환자들이다.

●

오늘보다 내일 더 나은 사람이 되고 싶다면 '반복'에 대해서 반복적으로 생각해야 한다. 어제와 오늘만 놓고 언뜻 비교하면 오늘 우리는 어제의 삶을 거의 똑같이 반복하고 있을 뿐이다. 차이가 있다면 하루 동안 자란 머리카락의 길이 정도일 것이다. 하루 사이에 머리카락이나 손발톱이 얼마큼 자랐는지는 육안으로 식별하기 어렵다. 하지만 분명한 것은 한 달만 내버려 두어도 머리는 덥수룩해지고 손발톱은 눈에 보이게 길어져 있다. 시간을 하루 단위로 쪼개서 보면 같은 날을 되풀이하는 것 같지만, 사실 우리는 매일 조금씩 변하고 있다. 어제와 같은 오늘, 오늘과 같은 내일은 없다.

●

95퍼센트의 반복보다 우리가 더 주목해야 할 것은 5퍼센트의 차이다. 하루를 보람 있게 보냈느냐 하는 점은 전적으로 그 5퍼센트의 내용이 무엇인가에 달려 있다. 95퍼센트는 내가 굳이 노력하지 않아도 하루만 시간이 흐르고 나면 나한테 저절로 주어진다. 밤사이 집 앞에 내린 눈처럼 말이다. 피할 수도 없고 막을 수도 없다. 하지만 나머지 5퍼센트는 내가 의지로 채울 수 있는 몫이다. 그 5퍼센트를 어떻게 온전히 내 것이 되도록 지킬 것이며, 95퍼센트와는 다른 어떤 것들로 채워 넣을지를 생각하는 일은 중요하다.

●

가장 손쉽고 믿을 수 있는 방법이 독서다. 다른 것으로도 그 5퍼센트를 채워 넣을 수는 있겠지만 독서만큼 좋은 방법은 없다. 있으면 나한테 추천해 달라. 혼자만 알고 있지 말고. 딱히 자신만의 뚜렷한 방법이 없다면 당신도 독서를 해야 한다. 더 나은 사람이 되고 싶다면 말이다. 물론 책을 읽는다고 모든 사람이 훌륭해지는 건 아니다. 책 많이 읽은 인간쓰레기들이 얼마나 많은가. 그렇지만 적어도 그런 작자들의 음흉한 짓거리에 당하지 않기 위해서라도 책은 읽어야 한다. 알면 덜 무섭다. 칼이 아닌 방패로서의 독서다.

●

적은 분량이라도 매일 책을 읽자. 어제와는 다른 5퍼센트를 나한테 선물하자. 오늘 처음으로 알게 된 사실이나 공감되는 구절을 만나면, 밑줄을 치거나 노트에 옮겨 적자. 금세 싫증이 나니까 너무 열심히는 하지 마라. 많이도 하지 마라. 무리하게 10퍼센트 20퍼센트 욕심부릴 필요 없다. 그저 5퍼센트면 충분하다. 그만큼만 내가 앞으로 더 나은 인간이 될 수 있는 방향으로 쓰자. 하루에 소화하는 데 전혀 부담이 없어야 평생 지속할 수 있다.

궤도

●

커다란 변화는 작은 변화들이 쌓여 이루어지는 것이다. 우주선을 발사할 때 발사궤도가 조금만 어긋나도 시간이 지나면 엄청난 궤도 차이를 보이지 않는가.

_줄리아 카메론, 《아티스트 웨이》, 245쪽

내가 오늘 어떠한 방법을 총동원하더라도 내일 갑자기 내 인생이 확 좋게 바뀔 수는 없다. 우연히 바뀔 수는 있겠지만. 그 말은 노력으로는 불가능하다는 뜻의 다른 표현이기도 하다. 오늘 모습이 내일 모습이다. 차이가 있어도 삶에 변화가 일어날 정도의 유의미한 차이는 아니다. 그러나 큰 욕심은 버리고 문제점을 조금씩 차근차근 개선해 나간다면 10년쯤 후에 나는 완전히 다른 사람이 될 수 있다. 이건 삶에 대한 나의 태도이기도 하다. 나는 무언가를 바짝 열심히 하는 사람이 아니다. 오래 하는 사람이다.

●

변화의 가장 큰 적은 역설적이게도 변화에 대한 갈망이다. 언뜻 들으면 이해가 안 될 수도 있다. 마음이 간절해야 그만큼 변화도 제꺽제꺽 일어나지 않겠느냐 말이다. 말만 놓고 보면 옳다. 그러나 실천의 영역으로 오면 그 의미는 퇴색된다. 정말로 절박한 상황에 놓이지 않고서야 갈망을 오래도록 지속하기는 어렵다. 예컨대 길에서 아이를 잃어버린 부모는 10년 동안 애타게 아이를 찾기 위해서 덤벼들 수 있다. 하지만 그 말을 뒤집어 생각해 보라. 그 정도로 절실한 이유가 없다면 하나의 일에 10년 정도를 꾸준히 열정적으로 매달리기는 쉽지 않다는 뜻이다. 나는 '열정'을 높이 평가하지 않는다.

●

인생은 안방에서 건넌방으로 건너가는 일이 아니다. 지구에서 출발해 달에 도착하는 일에 더 가깝다. 머릿속에 보름달 하나 띄워 놓자. 그리고 인생이란 그곳으로 가는 일임을 잊지 말자. 출발지에서 아주 사소한 계산 오류는 당신을 달이 아닌 '안드로메다'로 보낼 수도 있다. 부지런히 갔더니 "난 누군가? 여긴 어딘가?" 하는 상황이 연출되면 어떡하나. 거리가 가까우면 궤도를 수정하기 쉽지만 떠나온 길이 멀수록 결과를 되돌리기 어렵다.

●

매일 만나는 사람의 외모 변화를 감지하기는 어렵다. 그러나 10년 만에 만난 동창은 바뀐 외모가 확연하게 보인다. "왜 이렇게 살쪘니?" "그런 너는? 아저씨 다 됐구나." 정작 본인들은 상대방이 그런 말을 꺼낼 때까지 전혀 느끼지 못한 사실이다. "내가?" 서로 반문하게 된다. 매일 만나는 사람에는 자신도 포함된다. 자기 외모 변화를 가장 못 느끼는 게 바로 자신이다. 그다음이 가족이고 직장 동료다. 하지만 오랜만에 만난 지인들은 나의 변화를 알아본다. 이왕이면 멋있고 세련된 모습으로의 변화라면 좋을 것이다.

●

가까운 사이일수록 오히려 상대의 변화를 알아채지 못할 공산이 크다. 순간의 감정 같은 것은 빨리 붙잡을 수 있다. 반면에 서서히 변하는 모습은 알아채지 못한다. 그것은 오랜만에 만난 사람의 평가가 더 정확하다. "짜식, 왜 이렇게 늙었냐?" 부정하고 싶고, 약간의 충격도 받겠지만, 이게 진실에 가까운 말이다. 그러니까 10년 만에 만난 지인에게 "얼굴이 좋네. 그동안 잘 지낸 모양이구나." 하는 평가를 들을 수 있게끔 우리는 살아야 한다.

●

어차피 변화는 갑작스레 일어나지 않는다. 머리카락 자라듯이 손발톱 자라듯이 아주 조금씩 변한다. 육체가 그렇듯이 정신도 마찬가지다. 10년 뒤에 대면할 지인에게 근사한 모습을 보여 주려면, 지금부터 사소한 차이에 대해서 생각하며 준비를 해야 한다. 예를 들어 하루에 책 몇 페이지를 읽는 일이 지금 당장 내 분위기에 변화를 주지는 않을 것이다. 한 달이나 한 해가 지나도 마찬가지다. 그러나 그걸 10년쯤 하면 결과는 확연히 달라진다. 당신은 그때 딴사람이 된다. 오늘과는 전혀 다른 느낌을 주는 사람이 된다.

역사

어떤 사람에게는 눈앞의 보자기만한 시간이 현재이지만, 어떤 사람에게는 조선시대의 노비들이 당했던 고통도 현재다. 미학적이건 정치적이건 한 사람이 지닌 감수성의 질은 그 사람의 현재가 얼마나 두터우냐에 따라 가늠될 것만 같다.

_황현산, 《밤이 선생이다》, 12쪽

현재를 두텁게 만드는 최고의 방법은 역사책을 읽는 것이다. 내 몸속에 얼마나 오랜 시간이 쌓여 있는지, 얼마나 많은 사람의 피와 땀과 눈물이 고여 있는지 알 수 있는 가장 확실한 방법이 역사책 읽기다. 평생을 살면서 '눈앞의 보자기만 한 시간'에만 매몰되어 있는 사람이 얼마나 많은가. 이런 사람의 특징은 또 자신의 협소한 직접 경험으로 세상을 함부로 판단한다는 것이다. 겪어서 아는 일은 항상 위험성을 내포하고 있다. 하나의 사태는 수많은 단면을 갖고 있지만 우리가 직접 겪을 수 있는 면모는 대개 하나뿐이다.

●

역사책을 읽어야 공통의 팩트를 바탕으로 논쟁을 하든지 화합을 하든지 할 수 있다. 지금 우리의 상황은 어떤가. 하나의 역사적 사실을 두고 전라도 사람하고 경상도 사람하고 말하는 거 보면 완전히 딴 세상 얘기들이다. 경상도 사람한테 물어보면 박정희 때나 전두환 때가 가장 살기 좋은 시절이었다고 말한다. 그들이 거짓말을 하는 것이 아니다. 단지 무식할 뿐이지. 역사를 모르니까 직접경험만 갖고 그 시절을 판단하고 있을 뿐이다.

●

나는 유년 시절의 잠깐과 군 복무 시기를 제외하면 경상도 바깥으로 한 발짝도 나가 본 적이 없는 모태 경상도 남자다. 그나마 내가 경상도에서 겪을 수 있는 온갖 직접경험에 매몰되지 않고, 얼마간이라도 균형 감각을 갖추고 있는 것은 역사책을 읽었기 때문이다. 역사책은 어떻게 읽어야 할까. 사람마다 주장이 좀 다르겠지만, 현대사부터 읽고 그 이전으로 내려가야 한다는 것이 내 생각이다. 20세기 한국사와 더불어 세계사부터 읽어야 할 것이다. 조선시대니 고려시대니 서양의 중세시대니 이런 내용은 지금의 우리와 썩 부딪히는 접점이 없다. 결국 읽어야 하겠지만 일단 근현대사부터 차근차근 읽자.

●

역사 감각이 없으면 당신은 사자와 영양이 등장하는 〈동물의 왕국〉의 일원일 뿐이다. 인간 대접 받고 싶으면 먼저 역사책을 읽어라. '조선시대의 노비들이 당했던 고통도 현재'로 느낄 수 있는 감수성을 길러야 한다. '눈앞의 보자기만 한 시간'만 쳐다보고 있는 사람이 되어선 안 된다. 사실 후자는 아무리 나이가 많아도 어디 가서 존경은커녕 존중을 받기도 어렵다. 본인만 그걸 모를 뿐이지 뒤에서는 다들 얕잡아 본다. 시시한 인간이 시시한 대접을 받는 것은 당연하다. 역사책을 읽고 현재를 두텁게 만들어라. 그게 당신의 말투나 눈빛 속에 깊이를 만든다. 사람들이 당신을 대하는 태도도 달라진다.

문학

문학은 사상이기보다는 차라리 감정이기를 주장해야 할 것이, 철학이 아니라 예술인 소이(所以)다. 감정이란 사상 이전의 사상이다. 이미 상식화된, 학문화된 사상은 철학의 것이요, 문학의 것은 아니다.

_이태준, 《무서록》, 범우사, 2판 1쇄, 53쪽

문학은 감정을 적는 것이지 사상을 적는 것이 아니다. 간혹 문학으로 사상을 전하려는 작가들이 보이는데, 그것은 문학을 전혀 이해하지 못하고 저지르는 잘못이다. 무엇 때문에 문학이라는 형식을 빌리는가. 적어도 문학을 지망한다면 그것부터 고민해야 하지 않겠는가. 사상 전달 매체로 문학을 선택하는 일은 적절치 않다. 문학이란 답변이 아니라 질문에 더 어울리는 매체이기 때문이다. 질문하고 싶은 사람이 문학을 해야 한다. 자기 나름의 답변이 준비된 사람은 논문이나 에세이 같은 다른 형식의 글을 써야 한다.

●

문학은 감정을 꺼내 놓는 일이다. 그 감정의 정체가 무엇인지는 스스로 몰라도 된다. 예술이 전부 그렇다. 철학을 예술이라고 부르지는 않는다. 철학은 자기 나름의 답을 제시하는 일이기 때문이다. 그 답이 옳든 그르든 결론이 있어야 하는 게 철학의 원칙이다. 하지만 예술에는 결론이 없다. 있기도 하지만 없어도 그만이다. 창작자가 내놓은 결론을 감상자가 읽지 못하거나 심지어 오독해도 크게 상관없다. 철학은 그렇지 않다. 독자가 중구난방 다른 결론을 내리게 되면 저자가 글쓰기에 실패한 것이다. 주장이 명료해야 한다.

●

문학가와 평론가의 차이가 바로 그 점이다. 예컨대 어느 소설가가 20대 청춘인 주인공이 방황하고 좌절하는 모습을 그렸다고 하자. 평론가는 이럴 때 꼭 "이 소설은 88만 원 세대의 아픔을 그리고 있다."라고 단정한다. 하지만 단언컨대 소설가는 이런 반응을 보면 피식 웃는다. 쓰면서 한 번도 그런 식으로 생각을 해 보지 않았을 공산이 크다. 사실은 자기도 잘 모르는 거다. 그러나 평론가는 어떻게든 소설의 메시지를 정리해 내려 애쓴다. 평론가도 한 명의 독자이므로 자신만의 답을 찾는 것은 자유이지만, 무리하게 이론을 적용하며 억지로 꿰맞추는 일은 해석보다 폭력에 더 가깝다.

문학이 우리에게 필요한 이유는 이해하지 못하는 감정에 이해하지 못하는 채로 오랫동안 젖어 있게 해 주기 때문이다. 여운이 오래 가는 까닭은 해석이 잘 안 되기 때문이다. 철학책 읽고 A4 한 장으로 결론을 요약하는 식의 훈련도 중요하지만, 뭐가 뭔지 잘 모르겠는 감정에 대해서 섣부른 결론을 내리지 않고 장시간 곱씹으며 음미하는 능력도 중요하다. 결론이 중요한 게 아니라 시간의 흐름에 따라 결론이 바뀔 수도 있다는 점을 경험하는 일이 핵심이기 때문이다. 철학책이나 역사책에서 그런 것을 기대하긴 어렵다. 쓴 사람조차 그 의미를 잘 모르는 문학은 끊임없이 결론을 유보하도록 유도한다.

●

이태준의 말처럼 "감정이란 사상 이전의 사상"이다. 사상이란 정리된 견해다. 감정은 정리가 덜 된, 되기 힘든, 안 돼도 괜찮은 사상이다. 대부분의 사람은 살아야 하는 이유를 모른 채 살아간다. 자신만의 답을 구해서 마음의 평온을 얻는 것도 좋지만, 답을 모르는 불안함과 모호함을 죽을 때까지 껴안은 상태로 살아가는 것도 나쁜 일이 아니다. 우리는 사상 없이는 살아도 감정 없이는 못 산다. 감정이 없으면 숨 쉬고 있어도 죽은 거나 마찬가지다. 문학은 죽어 가는 당신을 살릴 수 있다. 문학책 100권 읽기, 도전하자.

역사와 문학

역사를 배우는 일은 슬픔을 배우는 일이고, 한 편의 시를 쓰거나 읽는 일은 그것에 동참하여 나누는 일이다.

_이명원, 《마음이 소금밭인데 오랜만에 도서관에 갔다》, 174쪽

한국의 '자칭' 우파는 학생들이 역사 교육을 받는 걸 싫어한다. 조선시대까지는 괜찮은데 근현대사로 넘어오면 극도로 민감해진다. 지난 100년 동안의 역사에 그들의 치부가 고스란히 담겨 있기 때문이다. 사실 우파라는 단어도 아깝고 대부분 기회주의자들이다. 어떤 못된 짓거리를 저지르며 부를 쌓고 권좌에 올랐는지 역사책엔 소상히 기록되어 있다. 그 한숨 나오는 실상이 역사 연구가들에 의

해 책으로 잘 묶여 나와 있다. 그래서 그들은 국민이 쭉 역사에 무식하기를 바란다. 자꾸 과거 얘기할래? 이제 미래를 생각하자!

●

역사책 속의 우리 근현대사엔 기쁜 일보다 슬픈 일이 더 많다. 기쁜 일이라고 기술된 역사도 사실은 그 뒤춤에 슬픈 일을 숨기고 있는 경우가 많다. 우린 서로 뜯어먹고 산다. 누군가 기쁘면 누군가 슬픈 것이다. 모든 사람에게 기쁜 일이란 건 없다. 흔히 역사는 승자의 기록이라고 하는데, 그럼에도 한국의 근현대사에는 슬픈 패자들의 기록이 빼곡하다. 그 말은 소수의 승자가 아무리 숨기려 해도 너무 많은 비극이 벌어져서 다 숨겨지지 않는다는 뜻이다. 그들은 아예 사람들이 (특히 젊은이들이) 역사에 대해 모르길 바란다. 분노 없이 근현대사를 읽기는 어렵고, 그들이 두려워하는 점도 그거다.

●

내가 근현대사부터 읽으라고 주장하는 이유는 그것이 '슬픔을 배우는 일'이기 때문이다. 먼 과거의 얘기는 아무리 가슴 아픈 일이라도 그리 피부에 와 닿지 않는다. 피부에 닭살이 돋거나 콧등이 시큰해지지 않는다. 무고한 백성이 몇천 명씩 죽어 나가도 그러려니 한다. 그렇지만 근현대사에 벌어진 일은 다르다. 관련자들이 아직 시퍼렇게 살아 있는 경우가 많다. 그런 불행한 역사를 접하면 슬픔과 분노가 일어난다. 역사가 재미있다거나 흥미롭다는 이유로 책을 읽는 사람들도 있는데, 그렇게라도 읽으면 아예 읽지 않는 것보다는 낫겠지만, 역시 역사책에서 가장 먼저 배워야 할 것은 슬픔이다.

●

문학의 기본 정서도 마찬가지로 슬픔이다. 우리는 역사를 읽음으로써 슬픔을 배우고 문학을 읽거나 (더 나아가) 씀으로써 슬픔에 동참한다. 역사는 사람과 사람 사이의 일을 다루지만 문학은 개인의 내부에서 일어나는 일에 더 중점을 둔다. 역사가 놓치는 부분을 문학이 메워 넣는 셈이다. 문학작품 속에 역사적 배경이 등장해야만 역사와 관련이 생기는 게 아니다. 전혀 역사와 무관해 뵈는 작품도 역사에 동참한다. 역사책과 문학책을 번갈아 가며 꾸준히 읽어야 한다. 슬퍼할 줄 모르는 자들이 세상을 망친다.

깊은 바다

•

얕은 바다에는 배를 띄울 수 없다. 아이와 함께 책의 바다로 나아가기 위해서는 엄마와 아빠가 먼저 깊은 바다가 되어야 한다.

_오승주, 《책 놀이 책》, 44쪽

아이는 듣고 배우지 않는다. 보고 배운다. 부모가 독서의 중요성에 대해 아무리 떠들어 봐야 쇠귀에 경 읽기다. 대신에 부모 스스로 책을 붙들고 거실에 앉아 있으면 아이는 보고 배운다. 엄마가 "방에 들어가서 책이나 읽어."라고 말하며 본인은 소파에 앉아 〈오로라 공주〉를 보면, 아이도 "알았어요." 하고 제 방에 들어가 책상 앞에 앉아 휴대폰으로 〈무한도전〉을 본다. 아이는 부모가 시키는 대로 행동하지 않고 부모가 하는 행동을 따라 한다.

●

아이가 큰사람이 되기를 바라는 부모가 많다. 그러나 자기가 큰 사람이 되려는 노력은 하지 않는다. 자신이 하기 싫은 일을 아이한테 떠넘기는 것처럼 보일 지경이다. 큰사람이 되는 게 좋은 일이라면 본인이 먼저 실천해야 할 것이다. 본인은 하기 싫은 일을 아이에게 왜 시키는가. 먹여 주고 입혀 준다고 유세하는 건가. 나중에 너 잘되면 덕 좀 보자는 건가. 아이는 부모의 소유물도 아니고 자기가 이루지 못한 (사회적 물질적) 성공을 대신해서 떠맡는 존재도 아니다. 그런 생각이 조금이라도 있다면 애초에 아이를 낳지 말아야 한다. 나중에 가서 "내가 너를 어떻게 키웠는데…." 하며 주접을 떨 바엔.

●

아이가 배라면 부모는 바다다. 바다에게는 입이 없다. 바다는 말하지 않는다. 바다는 스스로 깊어짐으로써 배를 띄울 뿐이다. 배가 뜨는 것 같지만 사실은 바다가 배를 띄우는 것이다. 자기는 얕은 물이면서 왜 뜨지 못하느냐고 배를 닦달하면 안 된다. 아이한테 책 한 권을 읽히고 싶으면 자신이 10권을 읽으면 된다. 10권을 읽히고 싶으면 100권을 읽으면 된다. 거실 책장에 부모가 읽은 책이 100권 꽂혀 있으면 아이는 그중 10권은 읽는다. 독서에 대해서 사교육을 받을 필요도 없다. 배는 언제나 바다가 궁금한 법이다.

부모가 어떤 책을 읽느냐 하는 점도 중요하다. 돈벌이와는 무관한 책을 읽어야 한다. 자격증 시험을 대비한 수험서라든가 승진 시험 준비를 위한 영어 교재는 의미가 없다. 독서의 목적이 분명한 실용서 말고, 어디에도 써먹을 데가 없는 책들을 읽어야 한다. 돈하고 바꿀 수 없는, 영양가 없는, 오로지 즐거움을 위한 독서. 굳이 교양서가 아니라도 된다. 이럴 때 꼭 교양서 붙들고 앉아서 사태를 그르치는 부모들이 있다. 교양 강박부터 버려라. 본인이 가장 즐겁게 읽을 수 있는 책을 골라라. 그리고 몰입해서 읽는 모습을 아이에게 보여 줘라. 뭐가 그리 재미있는 걸까. 아이가 바다를 궁금해하도록 만들어라.

빗자루

눈 내린 아침. / 놀이터엔 '어른'과 '아이들'이 있었다. / 어른이 된다는 건, 눈 내린 아침에 공 대신 빗자루를 들고 나서는 것… 일까.

_고은님, 《내 안의 미친년 하나 불러내 비 맞으러 나갔다》, 45쪽

아이에게 현재는 '눈앞의 보자기만 한 시간'이다. 경험으로서의 과거도 짧은데다 지식으로 확장된 과거도 부족하니 언제나 현재에 충실할 뿐이다. 매일 오늘을 되풀이하며 산다. 어제도 오늘, 오늘도 오늘, 내일도 오늘이다. 그러다 어느 날 문득 (그러니까 사춘기에 접어들면서) 과거도 돌아보게 되고 미래도 걱정하기 시작한다. 오늘에 어제의 기억도 들어왔다가 내일에 대한 기대도 들어왔다가 한다.

그렇게 서서히 어른이 되어 가는 것이다.

●

아이에게 세상은 나를 중심으로 돌아간다. 내가 없으면 세상도 사라질 거라고 생각한다. 내가 사라지더라도 세상은 "그게 무슨 상관이냐."라는 듯이 잘 돌아갈 것이라고 느끼는 시점부터 우리는 어른이 된다. 내가 세상의 주인공이 아닐 수도 있겠구나. 조연은커녕 단역 중에서도 그저 '행인 1'일 뿐일 수도 있겠구나. 처음에는 서글프겠지만 시간이 흐르면 처지를 인정하고 소시민으로 그럭저럭 살아가게 된다. 단역도 그 나름대로 재미가 있음을 깨달으며 나이를 먹어 간다. 나이 들고도 여전히 자신이 세상의 중심이라고 생각하는 사람이 있기는 하다. 좋게 보자면 자신감이고 나쁘게 보자면 철없음이다.

●

아이는 눈이 오면 공을 들고 놀이터로 뛰쳐나간다. 눈 내리는 세상에서 마냥 주인공처럼 그 상황을 즐긴다. 어른은 그렇지 못하다. 퇴근길에 차 막힐 걱정, 길을 걷다가 미끄러져 다칠 걱정, 추위에 감기 걸리지 않을까 하는 걱정, 내일 또 출근길에 차 막힐 걱정…. 눈 내린다고 신 나는 기분에 젖는 것은 잠깐이고 그로 인해 생기는 걱정이 곧바로 뒤를 잇는다. 내가 주인공이 아니기에, 나이 먹고 잘못 넘어지면 어디 한 군데 부러지기 십상이기에, 비가 오나 눈이 오나 바람이 부나 '을'로서 어떻게든 출근은 해야 하기에 눈 오는 날이 실컷 즐겁지가 않다. 눈은 나를 위해 내리는 게 아니다.

●

'눈 내린 아침에 공 대신 빗자루를 들고 나서는 것'이 어른이 할 일이다. 눈을 쓰는 것은 남을 위하는 일이다. 나를 위해서 눈을 쓸지는 않는다. 나 혼자라면 이럭저럭 조심스럽게 미끄러운 길을 피해 가며 다닐 듯싶다. 가족을 위해서든 동네 주민들을 위해서든 나 아닌 누군가를 위해서 빗자루를 들고 나서는 일은 멋지다. 사실 눈 내린다고 자발적으로 선뜻 빗자루 들고 거리로 나서는 어른이 요새 그리 많지는 않다. 옆집에 누가 사는지도 잘 모르는 마당에 생판 모르는 사람들을 위해서 길에 쌓인 눈을 치운다? 길에 면한 각종 상점의 주인들이나 가게 앞에 쌓인 눈을 (장사에 방해되니까) 치울 뿐이다.

●

믿고 의지할 만한 '진짜' 어른이 점점 사라지고 있다. 단지 물리적으로 나이를 먹은 사람만 도처에 그득할 뿐이다. 어른이 된다는 것은 내 가족을 넘어서서 공동체를 걱정하게 된다는 뜻이다. 나 하나 잘되는 것, 내 자식 잘되는 것만 생각하는 사람은 나이만 먹은 거지 어른이 된 게 아니다. 그런 사람을 냉소할 마음은 없지만 딱히 존경할 마음도 없다. 눈앞에 대하면 절로 고개가 숙여지는 어른을 만나고 싶다. 그 많던 어른은 다 어디로 갔을까. 나를 포함해서 세상에 온통 애들뿐이다. 어린 애들, 젊은 애들, 늙은 애들….

캐릭터

인간을 포함한 어린 동물에게 흔히 쓰이는 귀여움이라는 미적 범주는, 주체가 이질적인 대상을 길들여 편안히 소화하려는 무의식적 노력의 소산일 수 있다. 영화에 등장하는 공룡이나 외계인 '캐릭터'들이 예증하듯이 말이다.

_김혜리, 《그림과 그림자》, 95쪽

누구나 다면적인 모습을 가지고 있다. 내성적인 듯하지만 활발하고, 기가 센 것 같지만 소심하고, 눈물은 많지만 대범하다. 혹은 한 사람에게 이 모든 측면이 조금씩 다 들어 있다. 따라서 혈액형이나 별자리로 성격을 알아맞히기는 아주 쉽다. 대충 아무 말이나 던지면 된다. 사람의 내면이라는 것이 그만큼 복잡하고 미묘하기에 어떤 말을 해도 얻어걸리는 부분이 있게 마련이다. 이런 말 저런 말 슬쩍 찔러 보다가 "맞는 것 같아요."라고 대답하는 부분을 잘 포착해서 집중적으로 공략하면 당신은 족집게 점쟁이가 된다.

●

최근 몇 년 사이에 '캐릭터'라는 단어가 보편화되었다. 게임이나 방송에서 자주 쓰이면서 귀에 익숙해졌다. 특히 텔레비전 예능 프로그램의 영향이 크게 작용했다. 〈1박 2일〉 이승기에게 붙은 '허당' 캐릭터, 〈무한도전〉 노홍철에게 붙은 '돌+아이' 캐릭터, 〈남자의 자격〉 김태원에게 붙은 '국민 할매' 캐릭터…. 방송에서 하나의 캐릭터를 얻는 것이 성공의 열쇠처럼 여겨지고 있다. 그래서 예능 제작진은 출연자를 캐릭터화하는 데 많은 신경을 쓴다. 리얼 버라이어티 프로그램의 성패가 바로 거기에 달려 있기 때문이다.

●

캐릭터가 없으면 방송가에서 살아남기 어렵다. 설령 그것이 '밉상' 캐릭터라도 있는 게 없는 것보다 낫다. 영화나 드라마에서 악당이 주인공보다 더 사랑을 받는 경우도 있는 것처럼 캐릭터가 생기기만 한다면 욕을 바가지로 먹더라도 방송인은 고맙게 받아들인다. 그것이 수입과 직결되기 때문이다. 돈을 벌어 주는데 마다할 이유가 있겠는가. 요새는 부도덕함보다 가난함이 더 부끄러운 세상 아닌가. 돈 생기는 일이라면 기쁜 마음으로 감수한다.

●

방송인들이야 그걸로 돈 벌어서 좋을지 몰라도 시청자는 은근히 피해를 본다. 제작진이 반강제로 들이미는 캐릭터화한 인물을 보는 데 익숙해지니까 일상에서도 사람을 일면적으로 평가하게 된다. 마치 혈액형으로 사람의 성격을 몇 가지로 나눠 버리는 것처럼, 방송에서 자주 접하던 몇 개의 캐릭터로 사람을 쉽게 평가해 버린다. 예를 들어 조금만 튀는 행동을 해도 '돌+아이'가 되는 식이다. 사실 '튀는' 것에도 여러 종류가 있다. 기발한 생각을 잘하거나, 남들이 잘 입지 않는 스타일의 옷을 입거나, 평범한 사람이라면 잘 하지 않는 행동을 서슴없이 하거나…. 이 사람들을 모아 놓으면 서로 공통점이 별로 없을 수도 있다. 그런데 모두 '돌+아이' 캐릭터로 수렴된다.

●

캐릭터로 만들면 그 대상에겐 폭력이지만 받아들이는 사람에겐 훨씬 이해하기 수월하고 만만한 대상이 된다. 특히 요즘은 동안 열풍이니 뭐니 해서 귀여움을 캐릭터화하는 모습이 많이 보인다. 예전엔 '나이가 벼슬'이냐고 따져야 했지만 요즘은 '어린 게 벼슬'인 세상이다. 너도나도 어려 보이고 싶어서 안달이다. 여자를 칭찬하고 싶으면 예쁘다는 말보다 어려 보인다고 말하는 게 더 효과가 있다. 물론 남자도 다르지 않다. 잘생겼다는 말보다 귀엽게 생겼다는 말을 더 선호하는 남자도 많다. '귀여운 게 벼슬'인 시대다.

●

그러나 이런 풍조가 한편으론 씁쓸하기도 하다. 특히 사회가 노인들을 대하는 방식을 보면 더 그렇다. 요즘은 노인도 귀여워야 살아남는다. 무뚝뚝함도 버럭 성질을 내는 것도 전부 귀여움의 일종으로 캐릭터화한다. 〈꽃보다 할배〉라는 프로그램이 이런 세태를 잘 반영한다. 사회의 원로이자 한 분야의 거장들인데 각기 맡은 귀여운 캐릭터로 받아들여지고 소비된다. 그 나이 무렵 '할배'들의 실제 (받아들이기 상당히 불편한) 모습은 전부 편집된 채 귀여움만 긁어모아서 부각된다. 제목에서부터 '할배'와 '꽃'을 한자리에 놓고 있지 않은가. 어른이 설 자리는 점점 줄어든다. 늙은 애가 되어야 살아남는다.

시와 인생

시는 손볼수록 짧아지고 산문은 손볼수록 길어진다는 황동규의 한 마디도 이해할 수 있을 것 같습니다. 아름답게 나이듦은 그래서 한 마디로 시라고 할 수 있을 것 같은 생각도 듭니다. 자기 삶을 깔끔한 시 한 편으로 다듬어 완성하기 위해서는 자신을 자주 손보고 다듬어야겠다는 생각을 해봅니다.

_권인옥, 《비늘》, 329쪽

산문을 퇴고할 때 최고의 조언은 삭제하라는 것이다. 마음에 안 드는 부분이 있으면 얼기설기 고쳐서 쓸 생각 하지 말고 과감하게 지우라는 얘기다. 그 말을 뒤집으면 그만큼 산문을 줄이기가 어렵다는 뜻이다. 손을 대면 댈수록 자꾸만 분량이 늘어난다. 문필가들이 자주 하는 말이 원고지 8~10매 정도의 칼럼이 가장 쓰기 어렵다는 것이다. 이제 좀 시동이 걸릴 만할 때쯤 약속된 분량이 차 버린다. 일단 원하는 만큼 내용을 쓰면 20~30매가 된다. 그걸 10매로 줄여야 하는데 이게 정말 어렵다. 마음에 안 드는 부분을 지우는 일은 쉽지만 대부분 필요해서 쓴 대목이다. 삭제할 데가 어디 있단 말인가!

●

어느 광고에서 화장은 하는 것보다 지우는 게 더 중요하다고 했는데 글쓰기도 그와 다르지 않다. 퇴고의 과정이 없으면 글쓰기는 즐겁다. 비문을 바로잡고, 늘어진 문장을 줄이고, 불필요한 부분을 지워 나가는 과정은 글쓰기보다 어렵고 지루한 과정이다. 필자 중엔 본인이 퇴고를 하지 않고 출판사에서 대신 해 주는 경우도 있다. 말하듯이 후루룩 글을 쏟아 놓으면 편집자가 다시 문장을 일일이 조립하는 것이다. 이게 정말 정신을 갉아먹는 일이다. 당신이 베스트셀러 작가라면 출판사에서 어떻게 해서라도 책을 '만들어' 주겠지만, 작가 지망생이라면 처음부터 끝까지 글을 책임지고 손 봐야 할 것이다.

●

인생은 시가 아니라 산문을 닮았다. 나이를 먹을수록 경험이 많아지고, 그러다 보니 할 말도 덩달아 많아진다. 잘 모를 때는 몰라서 입 다물고 있었는데, 이제 경험도 쌓이고 자기 나름의 처세술이

랄지 인생관이랄지 어쭙잖은 개똥철학도 생기기 때문에 말이 많아질 수밖에 없다. 산문이 쓰면 쓸수록 길어지듯 인생도 살면 살수록 장황해지는 것이다. 퇴고가 안 된 산문은 글이 아니라 메모에 더 가깝다. 한 편의 글이 되려면 반드시 퇴고의 과정을 거쳐야 한다. 인생도 마찬가지 아니겠는가. 우리는 인생을 퇴고해야 한다. 퇴고가 잘 돼야지 인생이다. 인생을 보배로 만들려면 구슬을 한 줄로 꿰어야 한다.

●

잘 쓴 산문을 흔히 "한 편의 시 같다."라고 칭찬한다. 산문을 시처럼 만들려면 힘든 퇴고의 과정을 거쳐야만 한다. 산문적인 인생을 시적인 인생으로 바꾸는 과정도 마찬가지일 것이다. '자기 삶을 깔끔한 시 한 편으로 다듬어 완성하기 위해서는 자신을 자주 손보고 다듬어야' 한다. 중년 이후엔 초고를 쓰는 일보다 퇴고를 하는 일이 더 중요할 듯싶다. 언제까지 초고를 불려 나갈 수만은 없지 않은가. 인정하기 싫겠지만 중년 이후에는 슬슬 퇴고를 시작해야 한다. 그래야 '아름답게 나이 듦'에 관한 시 한 편 남길 수 있다.

●

퇴고에 대한 개념이 없거나 오해하는 사람은 "그거 죽기 직전에 정리하면 되는 것 아닌가?" 하고 말할 수 있다. 아름다운 작품을 남긴 작가들 대부분은 쓰는 일보다 퇴고하는 일에 더 혼신을 바쳤다. 초고를 쓰는 일보다 어쩌면 퇴고를 하는 일에 더 많은 시간이 들 수도 있다. 정말 인생의 정수만 남기고 싶다면 말이다. 가장 불행한 일은 정리도 안 된 초고만 잔뜩 남기고 갑작스럽게 죽는 것이다. 죽는 날짜가 언제인지 아는 사람이 누가 있나. 막연하게 80살 정도는 살겠지 생각하지만 그 이전에 죽는 사람도 무척 많다. 따라서 중년을 넘어서면 슬슬 인생을 퇴고하는 모드로 전환해야 한다.

브레이크

●

달릴 때 달리지 못하는 것보다 멈출 때 멈추지 못하는 것이 훨씬 더 불행한 결과를 낳는다. 브레이크 페달이 가속 페달보다 세 배쯤 더 넓은 것도 그럴 만한 이유가 있는 것이다.

_최민자, 《꼬리를 꿈꾸다》, 142쪽

흔히 늙으면 다시 애가 된다는 말을 한다. 나는 이 말을 이렇게 해석하고 싶다. 아이일 때는 세상이 자기를 중심으로 돌아간다고 생각한다. 아직 세상에 대한 지식이 많지 않기 때문이다. 때로는 터무니없는 고집을 부리기도 하는데, 그래도 어른들은 그 모습을 어느 정도 이해한다. 몰라서 그러는 거니까 나중에 크면 고쳐질 거라 생각한다. 재미있는 것은 백발이 성성하게 다 늙어서도 아이 같은 모습을 보이는 노인들이 있다는 사실이다. 물론 원인은 전혀 다르다. 아는 게 많아서 그렇게 된 것이다. 경험이 만든 고집이다.

●

아는 게 많아질수록 확신의 함정에 빠지기 쉽다. 게다가 성공의 경험까지 갖고 있다면 고집의 화신이 될 공산이 크다. 한 개인에게 아무리 많은 지식이 있어 봤자 빙산의 일각일 뿐이고, 성공에는 노력뿐 아니라 운도 크게 작용한다는 걸 생각하지 못한다. 이런 노인일수록 또 말이 많다. 말, 말, 말…. 젊은 애들 하는 짓엔 못마땅한 것투성이다. 그걸 왜 그렇게 하냐. 이렇게 해야지. 내가 젊었을 땐 그렇게 안 했다. 왜 그리 약해 빠졌냐. 정신머리가 썩었다. 배가 불렀구나. 배짱을 가져야지. 어깨 좀 펴라. 머리가 그게 뭐냐….

●

말이 많아지는 것은 어쩌면 쇠락해 가는 육체에 관한 쓸쓸한 방증이다. 예전 같으면 따따부따할 것도 없이 한 대 쥐어박으면 애들이 깨갱거렸는데, 이제는 그럴 수가 없으니 말이 많아지는 것이다. 남자들이 흔히 나이가 많아지면 여성 호르몬이 증가해서 아줌마가 된다느니 (그러니까 수다스러워진다느니) 하는데 그 말이 꼭 옳은 것 같지는 않다. 표면만 보면 비슷해 보이지만 사실 아줌마의 수다는 연민과 공감의 발현이다. 원래 육체적으로 약자여서 말에 폭력이 묻어 있지는 않다. 그러나 육체적으로 강자였다가 이제는 약자가 된 할배들의 말은 주먹을 대신해서 사용하는 폭력의 도구가 되기 쉽다.

●

그렇다. 할배의 말 속엔 주먹이 들어 있다. 본인은 아니라고 부정할지 몰라도 평생 몸에 익었던 태도가 하루아침에 사라지진 않는다. 그걸 스스로 깨달을 수 있는 할배가 대한민국에 몇 명이나 되겠는가. 자신은 별다른 말을 하지 않은 것 같은데 애들은 정색을 한다. 할배는 애들이 왜 그러는지 모른다. 자기 딴엔 그저 상식적인 얘기를 한 것일 뿐인데…. 요즘 애들은 너무 약해 빠졌어. 눈을 낮춰서라도 일자리를 (짝을) 찾아야지. 박정희 대통령 덕분에 우리가 이 정도 먹고사는 거야. 데모하는 저것들 전부 순 빨갱이야.

●

평생을 살면서 느꼈던 바대로 말하는 것이라서 (그래 봤자 우물 안 개구리일 뿐이지만) 자기 확신에 가득 차 있다. 이제는 올챙이가 아닌 개구리가 되었다는 점만 자각하고 여전히 우물 안에서 살고 있다는 점은 망각한다. 아니다. 애초에 망각을 할 수도 없다. 우물(시스템)에 대한 인식조차 평생 가져 본 적이 없기 때문이다. 우물의 존재를 모르는 개구리는 올챙이와 차이가 없다. 있던 꼬리가 사라지고 없던 사지가 생겨났을 뿐 정신은 올챙이 적 그대로다. 개구리 껍질을 뒤집어쓰고는 있지만 알맹이는 그저 늙은 올챙이다.

●

"나이가 들수록 자기 확신이 강해지는 반면 반성적 기제는 약해지기 쉽고, 그만큼 독단에 빠질 위험도 높아지기 마련이다. 그렇기에 스스로 멈출 수 있는 힘은 아무에게나 주어지는 게 아니다." 나희덕 시인의 말이다. 멋진 할배가 되고 싶으면 말수를 줄이고 생각을 많이 해야 한다. 무엇에 관해 생각하는가. 우물을 생각해야 한다. 내가 정말 개구리가 맞는지 생각해야 한다. 내 말 속에 주먹이 들어 있지 않은지 생각해야 한다. 나이가 들수록 어떤 말을 하느냐보다 어느 타이밍에서 말을 멈추느냐를 아는 것이 더 중요하다.

쓰러질 줄 안다

"해리, 당신이 준 가르침 중에서 딱 하나만 골라야 한다면 어떤 게 가장 좋을까요?" / "내가 자네한테 묻고 싶군." / "내 생각에는, '쓰러질 줄 알아야 한다' 같아요." / "내 생각도 같네. 삶이란 길고 긴 추락의 과정이라네, 마커스. 쓰러질 줄 아는 게 가장 중요하지."

_조엘 디케르, 《HQ 해리 쿼버트 사건의 진실 1》, 105쪽

존재보다 존재감을 더 중시하는 부류가 있다. 사실 대부분의 사람이 어느 정도 그런 점에서 벗어날 수 없다. 사업에 크게 성공했다 쫄딱 망한 사람은 실의에 빠져 급기야 자살을 선택하기도 한다. 딱히 빚이 있는 것도 아니고 남들처럼 평범하게 살면 되는데도 과거 화려했던 시절을 못 잊고 괴로워하다가 스스로 세상을 떠난다. 그에게는 존재감을 과시할 수 없으면 존재 그 자체는 의미가 없는 것이다. 처음부터 '평범한 존재'로 살았다면 그래도 극단적인 선택까지는 하지 않았을 텐데, 세상이 우러러보던 곳에서 떨어진 사람은 그 후유증을 쉽게 떨치지 못한다. 낙폭이 클수록 생명까지 위협당한다.

●

노인들 상당수가 자기 인생의 피크에다 자신의 정체성을 투영한다. 달리 말해 가장 성공했을 때의 모습을 진짜 자기라고 여기는 것이다. 길거리에서 군복을 입고 돌아다니는 노인들을 간혹 보게 되는데, 참으로 불쌍한 분들이라 할 수 있다. 자기 인생의 피크라고 해 봐야 20대 초반의 군 생활 몇 년이 전부였던 거다. 뒤집어 말하면 그 이후로 수십 년간 그 시절보다 더 나은 시기를 만들지 못했다는 뜻이다. "왕년에 내가 말이야…." 소리를 입에 달고 사는 노인도 크게 다르지 않다. 알고 보면 그 말 속엔 지금 모습에 대한 자기혐오가 들어 있다. 과거에 대한 강한 긍정은 현재에 대한 강한 부정이다.

●

인생에 우뚝 솟은 정점이 있는 게 좋은 일만은 아니다. 그것 때문에 피크에서 내려온 뒤의 삶이 괴로움으로 가득할 수도 있다. 평범함이 치욕으로 느껴지면 남은 인생이 얼마나 고달프겠는가. 사실 정점을 어디에 두느냐 하는 것은 매우 주관적이다. 인생관을 고스란히 반영한다. 예를 들어 어떤 사람은 로또 1등에 당첨된 것을 자기 인생의 정점으로 여길 수도 있지만, 어떤 사람은 그런 것에 대해서 대수롭지 않게 여길 수도 있다. 누군가는 대통령에 당선된 것을 인생의 클라이맥스라고 여길 수도 있지만, 다른 누군가는 대통령이 되는 일을 잠깐의 봉사활동 정도로만 생각할 수도 있다.

●

이어령 전 장관이 그랬다던가. 인생에 피크를 만들지 말라고. 맥락을 살펴보진 않았으나 말만 놓고 보면 나도 전적으로 동감한다. 피크를 만들면 그다음에 할 일은 하산뿐이다. 게다가 정점이 높고 가파른 곳이라면 하산이라기보다 추락을 경험해야 한다. 다시 말하지만 정점의 높이는 순전히 자신이 결정한다. 군복을 입고 돌아다니는 할배들은 잠깐의 군 시절을 자기 인생에서 아주 높은 피크로 생각한 것이다. 그래서 고령에도 군복을 걸치고 당당히 활보할 수 있다. 웬만큼 자랑스럽지 않으면 그렇게 못 한다. 하지만 평범한 일반 시민들이 보기에 그가 높게 설정한 피크는 얼마나 초라한가. 군 시절 얘기 자체를 꺼내기 싫어하는 남자도 많다. 정점은커녕 악몽으로 기억하기도 한다.

●

'삶이란 길고 긴 추락의 과정'에 가깝다. 그것이 외면하고 싶은 삶의 진실이다. 태어난 그 시점부터 우리는 죽음을 향해 서서히 미끄러져 내려간다. 비스듬히 아래로 기울어진 미끄럼틀을 상상하면 이해가 쉬울 것이다. 표면에는 기름이 잔뜩 발라져 있다. 거슬러서 오를 수도 없고 제자리에 버티고 있을 수도 없다. 그저 조금씩 미끄러져 내려가기만 할 뿐이고 그 끝엔 죽음이 아가리를 벌리고 있다. 그 사실만 뚜렷이 인식하고 있다면, 피크에 올랐다고 크게 즐거워하지도 않을 거고, 정점을 못 찍었다고 슬퍼하지도 않을 거다.

●

젊었을 때는 뭘 잘 모르니까 그렇다 쳐도 나이가 중년을 넘어서면 '쓰러질 줄' 알아야 한다. 허무주의에 빠지거나 패배의식에 젖으라는 말이 아니다. 인생의 본질에 가까운 면모를 똑바로 직시하라는 것이다. 군복 할배들이 추잡스러워 보이는 것은 그들이 '쓰러질 줄' 모르기 때문이다. 철없던 20대 초반에서 전혀 성장하지 못하고 거기에 머무르며 힘을 과시하려 한다. 그때부터 40년 넘게 미끄러져 내려왔는데도 그 사실을 인정하지 못한다. 멋지게 쓰러지는 노인을 만나고 싶다. 나 또한 훗날 그런 노인이 되고 싶다.

말랑말랑

●

점점 더 욕망이 강해져 빳빳하게 늙어가는 노인들보다 심약하고 보드라운 느낌이 드는 노인들을 나는 좋아한다. 나도 그들처럼 말랑말랑하게 늙어가고 싶다. 빳빳한 것들은 뭔가를 움켜쥐면 쉽게 놓지 않지만, 보들보들한 것들은 죽어서 거름이 되기 쉬운 법이다.

_조은, 《마음이여, 걸어라》, 31~32쪽

한때는 잘나가며 최고의 인기를 누렸지만 노년이 되어 볼썽사나운 모습으로 전락하는 유명인들이 꽤 있다. 정치인, 영화배우, 작가, 기자, 방송인…. "원래 저런 사람이었어?"라는 소리가 절로 나올 정도로 한심한 발언과 행동을 연일 쏟아낸다. 누구나 나이를 먹을수록 부끄러움이 없어지는 측면이 조금씩 있지만 그들의 추태는 지나치다. 자기 확신에 차서 쏟아내는 날 선 말들은, 그나마 옳은 얘기라면 귀담아듣기라도 할 텐데, 진부하고 유치하며 편견에 가득 찬 내용이 대부분이다. 스스로 입단속만 잘해도 '사회 원로' 대접을 받으며 잘 지낼 텐데 괜한 맨망을 떨어서 '뭐라 카노' 소리를 듣는다.

●

인생 말년을 스스로 망치는 사람이 많다. 청년보다 노년의 실수가 더 치명적인 이유는 사과하기가 어렵기 때문이다. 잘못을 했을 때 "미안합니다. 다시는 안 그러겠습니다."라고 말할 수 있는 말랑말랑한 노인이 얼마나 되겠나. 그보다는 설령 잘못이 자신에게 있는 걸 알면서도 사과하기가 어려워 끝까지 버럭 화를 내며 우기는 경우가 더 많다. 똥 뀐 놈이 성내는 것이다. 실수에 대한 사과도 타이밍이 중요하다. 그 시기를 놓치면 나중엔 오히려 따지고 드는 사람들한테 본인이 더 적반하장으로 화를 내게 되어 버린다.

●

나이가 들수록 방향 전환이 어려워진다. 고집이 세어지는 경우가 많다. 젊었을 땐 이쪽이 아니다 싶으면 별다른 고민 없이 저쪽으로 돌아가는 여유가 있었다. 육체적으로나 정신적으로 유연한 것이다. 노년에는 그러기가 어렵다. 물리적인 시간이 많이 남아 있지도 않기에 이쪽에서 저쪽으로 방향을 틀기가 쉽지 않다. 한쪽으로 방향을 정하면 죽이 되든 밥이 되든 밀고 나가려 한다. 틀렸다고 말해줘도 듣지 않는다. 내가 왜 틀렸느냐고, 틀린 건 너희라고 되레 화를 낸다. 그런 식으로 점점 고립을 자초하고 만다.

●

경험이나 체면에 갇히는 이유는 나이를 헛먹었기 때문이다. 약도 잘못 먹으면 독이 된다. 나이도 약이자 독이다. 먹는 사람의 생각과 태도에 따라서 나이는 약도 되었다가 독도 된다. 그나마 약은 먹지 않을 선택권이라도 있지, 나이는 어쩔 수 없이 누구든지 먹어야 한다. 애초에 먹기 싫다고 거부할 방법이 없다. 그렇다면 독이 아닌 약이 되도록 나이를 먹어야 할 것 아닌가. 그런데 나이를 잘 먹는다는 게 쉽지 않다. 공자 정도 되어야 늙어서 귀가 말랑말랑해질(耳順) 수 있지 대부분의 사람은 반대로 점점 딱딱해진다.

●

몸이 굳지 않도록 하는 방법은 스트레칭뿐이다. 가만히 내버려 두고 방치하면 몸은 하릴없이 굳어 간다. 너무 굳어 버리면 그때는 스트레칭으로도 회복이 안 된다. 등 굽은 할머니의 몸을 스트레칭으로 펼 수 있는가. 최선의 방법은 등이 굽기 전에 계속 스트레칭을 해 주는 것이다. 나이 들면 몸만 굳는 것이 아니라 머리도 굳고 마음도 굳는다. 스트레칭의 기본 원리는 근육을 자주 쓰는 반대쪽으로 뻗어 주는 것이다. 머리와 마음도 마찬가지다. 자주 쓰는 방향으로만 고집하면 그 상태로 굳어서 뻣뻣해져 버린다. 자기 생각에 반(反)하는 쪽으로 자주 뻗어야 말랑말랑하고 보들보들한 노인이 된다.

힘 빼기

●

목에 쓸데없는 힘이 들어가면 될 일도 안 된다. 골프를 처음 배우는 사람들에게 코치들이 하는 말 중에 "어깨에 힘 빼세요."라고 가르치는 것이 기본이요, 또 그렇게 힘을 빼자면 10년이 걸린다고들 말한다.

_신봉승, 《역사가 지식이다》, 363쪽

어떤 운동 분야든지 최고 기량의 선수들이 가진 공통점이 있다. 몸의 움직임이 매우 부드럽다는 것이다. 무협 영화에서 묘사되는 고수의 모습도 마찬가지다. 그저 힘들이지 않고 가볍게 툭 건드렸을 뿐인데 상대가 나가떨어진다. 강함은 일정한 경지에 오르면 부드러움으로 표현된다. 그렇다고 초심자가 고수들 흉내 낸다고 힘 빼는 것부터 배울 수는 없다. 코치는 쉽게 "어깨에 힘 빼세요."라고 말하지만 그것이 하루아침에 이뤄지겠는가. 그런 말을 수백 수천 번 들으면서 꾸준히 연습해야 어느 시점에 이르러서 힘이 빠진다.

●

곰곰이 따져 보면 힘을 빼라는 것은 틀린 말이다. 초심자는 그나마 힘을 줘야 마음먹은 것과 근사치로 결과가 나온다. 문자 그대로 힘을 뺀다면? 원하는 결과와는 한참 거리가 먼 상황이 연출될 뿐이다. "어깨에 힘 빼세요."라는 말을 듣고 진짜 어깨에 힘만 빼면 어떻게 되나? 스윙이 전혀 되지 않는다. 그 말의 진짜 의미는 "어깨에 집중된 힘을 온몸으로 분산시키세요."다. 어깨 힘으로만 스윙하지 말고 손목과 허리와 종아리도 같이 쓰라는 뜻이다. 그렇게 온몸을 쓰는 법을 익히면 어깨에서 힘은 저절로 빠져나간다.

●

힘을 뺀다는 것은 몸에 균형감각을 배게 한다는 뜻의 다른 표현이다. 줄 위에 선 공중곡예사가 편안해 보이는 것은 힘을 빼고 있어서가 아니라 온몸에 균형이 잡혀 있어서다. 사람이 나이가 들어 유순해지는 것도 두 가지 측면으로 해석할 수 있다. 말 그대로 노쇠하여 힘이 빠진 경우와 균형 감각을 익혀서 힘이 빠져 보이는 경우. 겉보기에는 비슷하지만 두 사람의 실제 내면은 하늘과 땅 차이다. 우리는 당연히 후자를 선망한다. 힘이 빠져 보이지만 기실 온몸에 골고루 분산되어 있을 뿐 상당한 힘을 가지고 있는 상태.

●

그런 경지에 이른 노인이 되고 싶으면 적어도 10년 전부터 '힘을 빼는' 준비를 해야 한다. 골프를 쳐도 힘 빼는 데 10년은 걸린다는데 내 인생의 힘을 빼는 데는 더 많은 시간과 노력을 기울여야 할 것이다. 어느 날 갑작스레 "오늘부터 부드러운 할배가 될 거야. 젊은이와 소통하는 멋쟁이 할배!" 그렇게 각성한다고 될 일이 아니란 말이다. 턱도 없는 소리다. 최소한 10년 전부터 꾸준히 연습을 해야 가능한 일이다. 힘이 없는 것과 힘을 뺀 것은 완전히 다르다. 젊은이들도 힘이 없는 할배는 마주하기 싫어한다. 부담스러운 짐짝처럼 취급한다. 힘을 뺀 (그러나 그 내부에는 힘이 충만한) 할배를 환영한다.

선배

선배를 우습게 안다고 말하는 선배는 정말로 우습게 알아도 된다.

_강유원, 《몸으로 하는 공부》, 190쪽

내 인생에서 상당수의 저질스러운 인간들은 '선배'라는 탈을 쓰고 등장한다. 학교 선배, 군대 선임, 직장 사수…. 표현에 다소 차이는 있으나 뜻하는 바는 같다. 후배라면 무시해 버리면 그만인데 선배라서 마냥 그럴 수도 없다. 헛소리를 지껄여도 듣는 척이나마 해야 한다. 부당한 지시를 받거나 어쭙잖은 충고를 들어도 항변하기 쉽지 않다. 관계가 틀어져도 무방한 사이라면 선배고 뭐고 고민할 것 없이 의절해 버리면 그만이지만, 사회생활이 어디 내 마음대로 되던가. 적어도 그 집단에 몸담은 동안엔 선배라는 자들과 관계를 어떻게 유지하느냐가 꽤 심각한 스트레스 요인이 될 수 있다.

●

어쨌든 그들에게 휘둘리지 말아야 한다. 말끝마다 자신이 선배임을 강조하는 사람치고 제대로 된 인간은 없다. 선배 노릇을 하려 드는 자는 그런 면모가 바로 선배로서 존중할 가치가 없다는 반증이다. 적당히 거리를 두고서 미적지근하게 상대하면 된다. SNS나 술자리 등에서 친구나 동료들에게 험담을 늘어놓으며 스트레스를 풀려는 사람도 있는데, 이런 경우에는 그냥 입에 담지 않는 것이 정신건강에 더 좋지 않을까 싶다. 말하면서 응어리가 풀리기도 하지만, 반대로 작았던 감정이 증폭되기도 한다. 수다로 풀리고 있다고 생각하지만 되레 내면 깊숙한 곳에 그가 더 단단히 뿌리내릴 위험도 있다.

●

내가 진심으로 따르고 의지할 만한 선배는 어차피 내 인생에 몇 명 나타나지 않는다. 기껏해야 한둘이고 평생 못 만날 수도 있다. 나이가 어릴수록 선배라는 존재가 대단하게 느껴진다. 예를 들어 미성년에서 성년으로 갓 들어선 대학교 신입생한테 4학년 선배는 얼마나 딴 세상 사람처럼 느껴지고 우러러 보이는가. 물론 학교에 다니면서 그런 환상은 차츰 깨진다. '선생'도 아니고 '선배'는 사실 고만고만한 또래일 뿐이다. 당신과 크게 다를 바 없는 처지다. 대단한 도움을 줄 수 있을 것처럼 허풍을 떨어도, 자기가 뭔가 많은 것을 알고 있는 것처럼 허세를 부려도, 까 보면 쭉정이인 경우가 허다하다.

●

선배는 친구도 아니고 선생도 아니다. 곰곰이 생각해 보면 이보다 더 어정쩡한 관계도 없다. 친구가 될 수 있는 선배면 친하게 지내고, 은근히 선생처럼 굴면 멀리해야 한다. 진짜 선생이라면 배울 점이라도 있다. 하지만 선배는 실상 나와 별다른 차이도 없다. 선배는 친구 정도로만 인식하면 되고, 그쪽에서 그런 점을 고깝게 느끼는 듯하면, 안면 있는 지인 정도로 관계 설정을 해 버리면 된다. 대인관계에서의 스트레스는 밀착되는 정도에 비례한다. 그자와 너무 많은 경험을 공유하지 마라. 그럴수록 그는 당신을 지배하게 된다.

●

아울러 한마디 덧붙인다. 마음에 들지 않는 부분이 있으면 그 사람한테 직접 얘기해라. 당사자도 없는 자리에서 이러쿵저러쿵 쑥덕거리지 말고. 사람이 제일 추잡해 보이는 게 바로 그런 때다. 선배 없는 자리에서 선배 욕하면 그자보다 당신이 더 누추한 인간이 된다. 그 자리에 있는 다른 사람들 눈에는 똥 묻은 개가 겨 묻은 개 나무라는 꼴로 보인다. 마지못해 공감하는 척 고개는 끄덕거리지만 속으로는 당신을 한심하게 여긴다. 당신이 그 선배를 비판하는 딱 그만큼 그들도 당신을 낮추어 평가한다.

권위주의

●

권위주의의 특성은, 자기는 옳고 다른 사람은 그르다라는 '믿음'에서 연유하는 오만과 뻔뻔함에 있다. 나는 옳으니까 너는 내 말을 들어야 한다는 뻔뻔함과 나는 옳으니까 내가 틀릴 리가 없다는 오만함은 동어반복에 기초하고 있다. 권위주의는 동어반복이다. 나는 권위 있으니까 권위 있다!

_김현, 《행복한 책읽기》, 초판 21쇄, 178쪽

권위주의자는 자신이 동어반복에 빠져 있다는 사실을 모른다. 권위는 셀프로 획득할 수 있는 어떤 것이 아니다. 권위는 오직 남들에게 부여받을 수 있을 뿐이다. 스스로 아무리 권위를 천명해도 다른 사람들의 인정이 없으면 없는 거다. 반대로 내가 아무리 권위자로서의 지위를 반납하려고 해도 다른 사람들이 인정하면 가지기 싫어도 권위는 저절로 생긴다. '나의' 권위는 내 마음이 아니라 '남의' 마음에 들어 있기 때문이다.

●

권위주의자는 남의 말을 잘 안 듣는다. 듣더라도 선택적으로 귀를 연다. 칭찬엔 귀를 열지만 비판엔 귀를 닫는다. 그렇게 악순환이 되풀이되면 자신이 진짜로 권위가 있다고 착각하게 된다. 권좌에 앉아 있는 사람 중에 권위주의자가 많은 것도 그 때문이다. 굳이 불이익을 당할 위험을 감수하며 조언이나 비판을 해 줄 주변인은 드물다. 그리고 그렇게 '할 말은 하는' 사람은 대부분 측근의 자리에 오르지 못한다. 맹종의 제스처를 취해야 권력자의 곁으로 다가갈 수 있다. 결국 끼리끼리 모이게 되어 있는 것이다.

●

권위주의가 먼 동네 얘기인 것처럼 들려도 사실 일상에서 누구나 조금씩 그런 면모를 갖고 있다. 이 글을 쓰고 있는 나도 마찬가지고. 특히 자기보다 나이가 어리거나 경험이 부족한 사람들 앞에서는 그런 모습이 불쑥 튀어나오곤 한다. 돌이켜 보면 그 사람한테 왜 그런 식의 말과 행동을 했을까 후회되는 순간들이 있다. 상대가 기어오른다고 느껴서 찍어 누르려고 내뱉었던 독설과 윽박지르는 행동들. '기어오른다'는 느낌을 가졌다는 그 자체가 매우 부끄러운 일이다. 그 표현은 누군가 내 아래에 있다는 것을 전제해야 가능하다.

그러나 원래 내 밑엔 아무도 없었고, 있어서도 안 된다.

●

우리는 따로 어떤 행동을 취하지 않아도 저절로 나이를 먹는다. 그에 따라서 자기도 모르게 조금씩 권위의식에 젖어든다. 가랑비에 옷 젖듯이. 이렇다 할 권력을 가지지 못한 사람의 최후 보루가 나이다. 나이를 권력의 도구처럼 사용하면서 권위를 인정받으려고 한다. 어감이 비슷하게 들려서 그렇지 권력과 권위는 아주 다른 말이다. 권위와 권위주의가 전혀 다른 것처럼. 둘을 혼동하면 일상의 권위주의자, 익숙한 표현으로 '꼰대'가 된다.

가족주의

축구 선수 박지성은 "우리 아들"로 곧잘 불리는데 이건 위험한 비유다. 우리 아들이든 아니든 뛰어난 플레이는 아름답고 감동적인 법이다. '아들이니까 응원하는 게 당연하다. 아들이니까 이겼으면 좋겠다'는 심리는 자식 사랑에 눈먼 부모의 심리에 지나지 않는다.

_서경식, 《디아스포라의 눈》, 64~65쪽

어느 여자 아이돌 가수가 방송에 나와서 농담처럼 했던 말이 있다. 언제부턴가 사장님이 자기를 '삼촌'으로 부르라고 했다는 것이다. 그 말은 (성공한!) 너를 단순히 비즈니스 파트너가 아니라 피붙이처럼 여기겠다는 뜻이다. 말만 놓고 보면 참으로 훈훈하게 들리겠지만, 사회생활을 하다 보면 우리는 이런 상황에 담긴 의미를 안다. “우리 사장님 참 따뜻한 분이셔!”라며 감동하는 순진한 사람은 드물 것이다. 심하게 말하면 “너 배신하지 마라!” 이런 뜻이다. 회사와 뜻이 맞지 않으면 옮길 수도 있지만 삼촌을 배신하면 패륜이 된다. 우리나라 비즈니스계의 가장 후진적인 면모가 가족주의의 강조다.

●

모두 그렇지는 않을 테지만 ‘가족적인 분위기’를 강조하는 회사는 조심하는 게 좋다. 집단의 울타리 안에 있으면 따뜻하고 좋을지 몰라도 바깥으로 튀어 나가는 순간 혹독한 대가를 치르게 될 수 있다. 흔히 듣는 가십 뉴스가 있지 않은가. 잘나가는 연예인이 계약 만료되어 회사를 옮길 때 좋지 않은 루머가 떠돈다. 그리고 그 소문의 진원지는 (한때는 가족처럼 지냈던!) 예전 소속사로 의심된다. 뭐 그런 얘기들. 함께할 때 가족임을 유난히 강조하는 회사일수록 떠나는 사람에 대해서 감정의 뒤처리가 깔끔하지 못한 경우가 많다. 왜냐하면 그들은 실제로 치 떨리는 배신감을 느끼기 때문이다.

●

정말로 내가 가족처럼 느끼는 사람이 있다면, 나는 그가 내 곁을 떠나더라도 더 잘되기를 빌어 줄 것이다. 애초에 가족애를 거론하려면 그 정도의 상황까지 고려하고 말을 꺼내야 한다. “그가 나를 배신해도 나는 그의 성공을 진심으로 빌어 줄 수 있는가?” 그렇게 자문해 본 후에 “그렇다.”라는 답을 할 수 있을 때만 가족 운운해야 한다. 그럴 자신이 없으면 가족이라는 단어를 함부로 입에 올리면 안 된다. 조폭이 가장 중요시하는 것도 가족이다. 그러나 여기서 말하는 '가족'은 왜 이리 살벌하게 들리는가. "배신하면 죽는다."라는 의미가 담겨 있기 때문이다. 조폭이 목숨처럼 여기는 것이 가족주의다.

●

박지성을 '우리 아들'이라고 부르거나 김연아를 '국민 여동생'이라고 부르는 것도 가족애라기보다 가족주의의 발현이다. 많은 사람이 그들을 가족처럼 생각하는 까닭은 무엇인가. 성공한 스포츠 스타이기 때문이다. 여기서 강조점은 '성공'에 찍힌다. 성공한 인물을 가족처럼 느끼고 싶은 심리는, 그 성공의 달콤함을 상상 속에서나마 공유하고 싶기 때문이다. 내 가족 중에 누군가가 잘되면 내 어깨도 덩달아 으쓱해지지 않던가. "같은 나라 국민인 게 자랑스럽다." 이런 호들갑을 떨면서 대리만족하는 거다. 그저 멋지고 아름다운 플레이나 보면서 감탄하고 응원하면 될 텐데 기어이 가족주의에 사로잡히고 만다.

●

가족애는 굳이 가족 바깥의 상황을 상정하지 않아도 된다. 그러나 가족주의는 반드시 가족 바깥의 상황과 연계된다. 가족 안에 포함된 사람은 무작정 편들고 가족 바깥에 있는 사람은 일단 배척한다. 가족 안에 있다가 바깥으로 나가는 사람에 대해서 응징을 가하는 것도 가족주의의 특징이다. 예를 들어 어떤 스타 운동선수가 다른 나라 (이를테면 일본) 국적을 취득하여 그 나라의 대표선수로 경기에 나온다면 팬들은 어떤 반응을 보일까? 국적만 바뀌었을 뿐인데 상당수 팬은 관심을 접거나 심하면 안티로 돌변할 것이다.

●

박지성이나 김연아가 일본 대표로 뛰어도 당신은 그들을 계속 응원할 것인가? 여전히 아들이고 여동생인가? 그런 마음이 있어야 진짜 그 선수들의 팬이라고 할 수 있다. 한국이 아닌 일본 선수가 되었다고 지지를 철회하는 것은 우스꽝스러운 노릇이다. 그런데 그런 우스운 관념에 사로잡힌 사람이 은근히 많다는 것이 문제다. 가족주의가 확장되면 국가주의가 된다.

국가주의

●

한 네팔 의사가 북한에 가서 백내장을 앓고 있는 환자들을 수술해서 앞을 볼 수 있도록 해주었습니다. 그런데 환자들은 앞을 볼 수 있게 되자 그 의사에게 감사의 인사를 전하는 것이 아니라 김일성 사진 앞에서 절을 하며 수령님 덕분에 앞을 볼 수 있게 되었다고 눈물을 흘렸다고 합니다.

_홍세화 외, 《생각해 봤어?》, 185쪽

한문학자 강명관의 말이다. 남의 얘기라고 마냥 웃을 수 있는가? 우리의 모습과 얼마나 다를까. 지난 반세기 한국 경제의 고도성장은 누구 덕분인가. 노동자들 덕분 아닌가? 그렇다면 지금 한국에서는 당연히 노동자의 목소리가 가장 크게 들려야 정상이다. 어디 그런가? 과일을 누가 다 따먹으며 배를 불리고 있는가. 자본가와 정치꾼이다. 그들이 과수원의 땅을 장악하고 노동자들한테는 떨어진 과일 몇 개를 던져 주면서 나눠 먹으라고 한다. 재미있는 점은 노동자 중 상당수가 그걸 또 진심으로 고맙게 여긴다는 것이다. 평생 등골 빼먹은 것은 생각하지 못하고, 백내장 수술이라도 받도록 해 주면 감격해서 눈물을 흘린다. 그 정도는 당당하게 요구해도 된다는 사실은 모른다.

●

한국은 지도자 의존증이 매우 심한 나라다. 가정이 잘 돌아가면 가장이, 회사가 잘 돌아가면 회장이, 나라가 잘 돌아가면 대통령이 가장 큰 공을 챙긴다. 어느 정도 수긍은 되지만 문제는 지나치다는 것이다. 한 사람의 지도자에게 공과가 집중될수록 사회는 도박판을 닮게 된다. 훌륭한 대통령 만나면 나라가 평온할 것이고 멍청한 대통령 만나면 나라가 개판 오 분 전 된다. 이것은 민주 사회가 아니라 왕정 시대의 모습이다. 그런 관점에서 보면 21세기 한국은 아직도 왕정 시대를 탈피하지 못했다. 22세기 전에는 가능할까.

●

운동선수들이 가끔 (아니 자주) 하는 발언이 있다. "일본은 무조건 이겨야죠!" 전형적으로 국가주의에 매몰된 한심한 발언이다. 한국 선수는 한국인의 대표가 아니고 일본 선수도 일본인의 대표가 아니다. 운동 능력 겨루는 것과 역사적인 문제가 무슨 상관인가? 경기에서 일본 선수를 이기면 일본을 혼내 준 것이 되나? 무릎 꿇린 것이 되나? 이기면 그렇다 치고 지면 어떻게 되나? 본인이 책임을 지고 국민 앞에 사죄할 건가? "죄송합니다. 일본은 이겼어야 하는데…." 하긴 그런 선수들도 있기는 하더군. 일본에 졌다고 우는.

●

백내장 수술하게 해 줬으면 의사한테 먼저 감사의 인사를 전해야 한다. 우리가 이 정도 살게 된 것은 노동자들 덕분이므로 우리끼리 먼저 서로 충분한 감사의 인사를 전해야 한다. 운동선수가 경기에서 이겼으면 감독과 코칭스태프 그리고 뒷바라지해 준 가족에게 먼저 감사의 인사를 전해야 한다. 그러고 나서 시간이 남으면 국가에 대해서도 한 번쯤 생각하면 되는 것이다. 국가는 종교도 아니고, 종교라도 그래서는 안 된다. 방송국 시상식에서 흔히 보게 되는 꼴불견이 있다. 수상 소감을 말할 때 마이크 잡자마자 "하느님 감사합니다!"부터 외치는 부류 말이다. 그게 독실한 신심으로 포장될 수 있는 행동인가? 백내장 수술해 줬더니 '수령님'부터 찾는 행동과 무엇이 얼마나 다른가.

전체주의

모든 희망과 신념은 궁극적으로 의식의 전체주의와 악수한다. 광휘를 향해 눈멀 듯 달려가는 신념의 오징어떼. 나는 모든 광휘를 의심한다. 나는 그 의심하는 개인성을 사랑한다. 그리고 저수지의 개처럼, 절망만을 느리게 배회할 것이다.

_유하, 《추억은 미래보다 새롭다》, 214쪽

희망이라는 단어는 그저 듣기만 해도 가슴이 설렌다. 구체적인 무엇을 떠올리지 않아도 그렇다. 단순히 주문처럼 "희망, 희망, 희망…" 계속 되뇌기만 해도 진짜로 기분이 좋아진다. 그러나 그것이 무슨 큰 의미가 있나. 김치찌개를 떠올리면 입안에 침이 고이는 것과 무엇이 다른가. 희망이라는 단어는 누구나 갖다 써도 될 만큼 보편적으로 좋은 뜻의 단어다. 독립운동가도 쓸 수 있지만 매국노도 쓸 수 있다. 교황도 쓸 수 있지만 사이비 종교 지도자도 쓸 수 있다. 희망은 뚜렷한 실체는 없는 일종의 주문 같은 단어다.

●

정신과 전문의 정혜신은 다음과 같이 말했다. "아이들에게 동전 크기만 한 원을 그리라고 하면 가난한 아이일수록 실제보다 크게 그린다는 심리학 실험 결과가 있다. 현실적 결핍감이 심할수록 환상이 커지게 되는, 가치의 과대평가가 일어나기 때문이다." 항상 희망을 얘기하고 머릿속이 희망으로 가득 차 있는 사람은 역설적으로 현실이 시궁창일 공산이 크다. 길거리에서 전단을 나눠 주며 전도하는 아주머니들을 보라. 그들이 행복해 보인다는 사람은 없을 것이다. '가치의 과대평가'에 매몰된 사람은 궁색하고 측은해 보인다.

●

대통령 후보는 왜 선거 때마다 지키지도 못할 공약을 남발하는가. 현재의 국가 상황을 냉정히 따지면서 '이것은 할 수 있다. 그러나 저것은 할 수 없다'고 말하는 후보는 없다. 그랬다간 표가 우수수 떨어져 나간다. 일단 무조건 "할 수 있습니다! 하겠습니다!"라고 희망적인 표현으로 두루뭉술 넘긴다. 사람들의 심리가 그렇다. 현실성 없는 입에 발린 말인 줄 번연히 알면서도 막상 들으면 기분이 좋아진다. 심지어 되풀이해서 주입받으면 정말로 실현 가능한 일로 느껴진다. 실체는 없고 말만 떠돌아다닐 뿐인데도 "희망, 희망, 희망…" 자꾸 여기저기서 외치는 소리가 들리면 마음이 붕 뜬다.

●

내가 약하고 외롭고 슬프고 괴로운 상황에 처해 있을수록 '희망'은 더욱 간절한 무엇이 된다. 정치꾼들은 그 점을 잘 이용한다. '오징어떼'를 한목에 잡으려면 어떻게 해야 하는지 잘 안다. 눈부시고 화려한 불을 하나 켜 두면 가장 약하고 외롭고 슬프고 괴로운 오징어부터 모여든다. 가난한 노동자가 부자 정당을 지지하는 것도 그런 심리다. 일단 노동자 정당은 강렬한 불을 켜 놓을 정도의 자금력도 인원 동원력도 없다. 그에 반해 부자 정당은 자금과 인력이 풍부한데다 미디어의 전폭적인 지원까지 받는다. 왜 계급 투표를 안 하느냐고 힐난하는 것은 우스운 일이다. 약한 자가 강한 쪽에 줄 서는 건 생존 본능에 가깝다. 오징어에게 계급은 멀고 본능은 가깝다.

●

희망과 전체주의는 아주 거리가 먼 단어처럼 느껴지지만 사실 '악수'를 할 수 있을 만큼 가까운 거리에 있다. 때에 따라 희망의 반대편은 절망이 아니라 의심이다. 희망과 의심. 희망이니 힐링이니 하는 단어가 범람할 때 그 저의를 의심하는 사람들이 있어야 사회가 '의식의 전체주의'에 빠지지 않을 수 있다. 좋은 것도 넘치면 나쁜 것이 된다. 불빛은 사물이 뚜렷이 보이도록 도와주지만 강렬한 불빛은 오히려 눈을 멀게 한다. 희망은 좋은 거지만 희망이 넘치는 사회는 절망적이다. 희망의 반대말은 넘치는 희망이다.

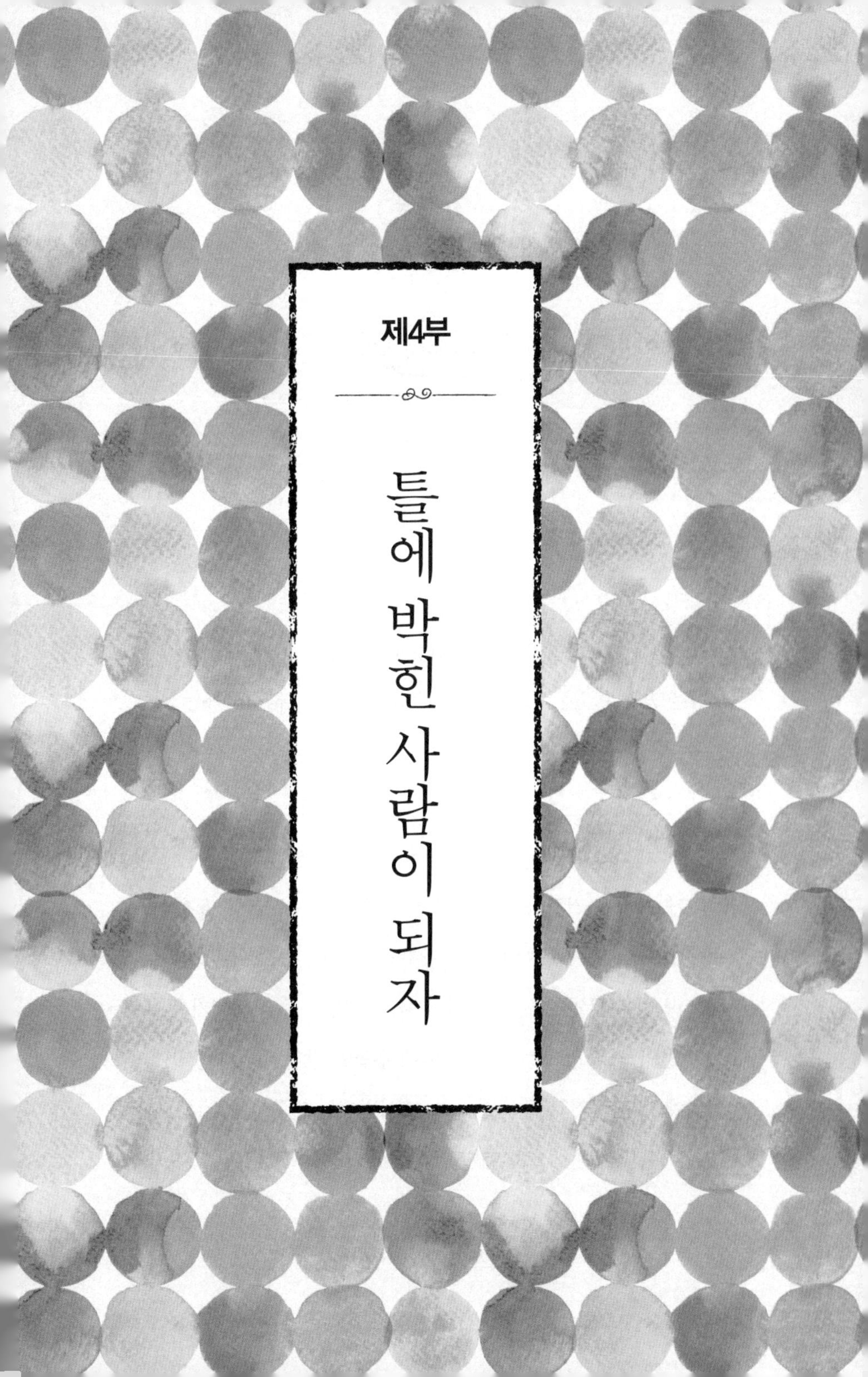

제4부

틀에 박힌 사람이 되자

포인트

민물고기는 의심이 많고 신경질적이다. 그러므로 언제든지 위급할 때 몸을 숨길 수 있는 장소를 본능적으로 알아둔다. 낚시꾼에게는 그곳이 절호의 포인트다.

_김도연, 《눈 이야기》, 144~145쪽

내가 가장 안전하다고 생각하는 곳이 역설적으로 내 무덤이 될 공산이 크다. 예를 들어 내가 도망자라고 하자. 가장 안전하게 도망치는 방법은 무엇일까? 갈림길이 나올 때마다 동전 던지기를 해서 그 길을 따라 도망가는 것이다. 아예 우연에 맡겨 버리라는 말이다. 반면에 어떤 근거와 확신을 가지고 "이번에는 이쪽 길로 가는 게 안전할 거야." 이런 식으로 매번 머리를 굴리면서 도망가면 오히려 잡힐 가능성이 커진다. 내가 생각할 수 있는 것은 남들도 다 생각할 수 있다. 그리고 우리는 급박한 상황일수록 본능적으로 움직이게 되어 있는데, 본능에 가까운 행동일수록 간파되기 쉽다.

●

민물고기가 가장 안전하다고 생각하는 곳이 낚시꾼에게는 '절호의 포인트'인 것처럼 내가 가장 현명하다고 판단하는 삶의 태도가 실은 나를 가장 위험하게 할 수 있다. 나를 뜯어먹으려고 호시탐탐 노리는 자들이 세상에 널려 있다. 어차피 나도 누군가를 뜯어먹고 있으니 서로 조금씩 먹고 먹히는 일은 살면서 불가피하다. 문제는 내 삶이 휘청거릴 정도로 뜯어먹으려고 덤벼드는 사기꾼이 많다는 것이다. 그들은 사람이 많이 모이는 '포인트'가 어디인지 잘 알고 있다. 어수룩한 사람이 사기를 당하는가? 그렇지 않다. 자기는 누구한테 쉽게 속지 않는다고 자부하는 사람이 뒤통수 맞는다.

●

사회적인 차원으로 확장해서 생각해도 크게 다르지 않다. 보수 정치인의 탈을 쓴 기회주의자들은 국민이 어느 '포인트'에 모여드는지 잘 안다. 종북, 빨갱이, 민생, 경제, 귀족 노조…. 이런 단어 몇 개만 읊어도 상당수의 국민이 자기들 스스로 '포인트'로 몰려든다. 그런데 거기에 자진해서 모인 물고기들이 스스로 어수룩하다고 여기던가? 아니지. 자신이 세상을 똑바로 보고 있다고 생각한다. 세상 돌아가는 모습을 정확히 파악하고 있다고 여긴다. 실상 알고 있는 정보는 허섭스레기 수준이면서. 게다가 본인도 민물고기면서 다른 고기들을 걱정하지 않고 오히려 낚시꾼들을 걱정하니 기가 막힐 노릇이다.

●

개인적으로든 사회적으로든 인생에 '포인트'를 만드는 것은 좋지 않다. 그곳이 결국 당신의 약점이 될 테니까. 말을 좀 바꾸면 '위급할 때 몸을 숨길 수 있는 장소'를 만들지 말라는 거다. "결국엔 돈이 최고야!"라고 말하는 사람은 반드시 돈과 관련한 문제로 큰 곤욕을 치르게 된다. "믿을 건 가족뿐이야!"라고 말하는 사람일수록 가족이 자기 인생의 큰 족쇄가 된다. 그게 돈이든 가족이든 친구든 회사든 국가든 지나치게 믿고 의지하면, 낚시꾼들은 그 대상을 이용하는 방식으로 당신을 집요하게 벗겨 먹으려고 들 것이다.

남의 신발

배타적인 사람은 상대방의 입장이 되어 상대방을 이해하려고 노력해 보라는 말을 들으면 알레르기 반응을 일으킨다. 그러면서 "작거나 커서 발에 맞지도 않는 남의 신발을 신고 걸어가는 것"은 기껏해야 무좀만 생길 뿐이며, 자기 신발을 신고 걷는 것만으로도 충분히 스트레스를 받고 있다고 말한다.

_이름트라우트 타르, 《고슴도치 길들이기》, 122~123쪽

세상 돌아가는 일에 무관심한 분들이 있다. 왜 그러느냐고 물어보면 돌아오는 대답은 십중팔구 같다. 먹고살기 빠듯하고 힘들어서 세상일에 눈 돌릴 마음의 여유가 없다고. 충분히 이해는 된다. 무슨 말인지 모르는 바는 아니다. 하지만 서글픈 점은 그렇게 악착같이 호구지책에만 몰두하며 사는 분들이 결국 양질의 삶을 살게 되느냐 하는 거다. 물질적으로라도 풍요롭게 살다가 세상 떠나면 덜 안쓰러울 텐데 꼭 그렇지도 않다. 아무리 노력해도 돈은 안 모인다. 혹은 평생 모아 놓은 돈도 어쩌다 보면 한 방에 날아가 버린다. 서민의 대다수는 제아무리 기를 써도 서민으로 살다가 서민으로 죽을 뿐이다.

●

세상 돌아가는 일에 관심을 가지면, 서민 탈출이 거의 불가능한 시대라는 것을 알 수 있다. 단순히 노력으로 어떻게 해 볼 수 있는 상황이 아니라는 게 빤하게 보인다. 남들이 8시간 잘 때 내가 4시간 자면서 일해도 그것이 신분 상승으로 연결이 안 된다. 차이가 있다면 아파트 평수가 조금 더 넓어지는 정도? 몰고 다니는 차가 조금 더 커지는 정도? 그런데 그게 4시간 자고 코피 쏟아 가면서 얻어야 할 만큼 가치가 있는가? 적어도 그 이상의 대가는 돌아와야 하지 않나? 남들이 집 한 칸 장만할 동안에 건물 한 채는 올릴 정도가 되어야 노력의 보상이라고 할 수 있지 않을까? 근데 그게 가능한가?

●

먹고살기 힘들수록 다른 사람들이 사는 모습을 좀 봐야 한다. 세상 사람들이 얼마나 다양한 방식으로 살고 있는지 보란 말이다. 당신이 월급 300만 원 받으면서 돈이 적다고 투덜거릴 때, 한 달에 30

만 원 갖고도 즐겁게 지내면서 심지어 돈이 남아 기부까지 하는 사람도 있다. 이처럼 극단적인 대비가 아니어도 세상에는 당신이 생각하는 것보다 훨씬 더 적은 돈을 벌면서도 룰루랄라 행복하게 사는 사람이 쌔고 쌨다. “저러면 나중에 늙어서 고생한다니까!” 당신은 그렇게 일갈할지도 모른다. 그러나 내 눈엔 넓은 집에서 홀로 텔레비전 틀어 놓고 우두커니 앉아 있는 늙은 당신이 보인다.

●

세상에는 수많은 ‘입장’이 있다. ‘먹고사니즘’을 유독 강조하는 사람들의 특징은 살면서 고작 몇 개의 입장을 가진 사람만 접했을 뿐이면서, 그것으로 세상을 안다고 착각한다는 점이다. 발이 넓다고 반드시 여러 입장을 가진 사람을 만나는 것이 아니다. 한 사람이 쌓을 수 있는 친분은 대부분 그가 속한 집단의 울타리를 넘지 못한다. 쉽게 말해서 내 직업이 보험설계사면 내가 자주 만나는 사람들은 전부 보험에 관심이 있는 부류라는 거다. 10명을 만나든 1,000명을 만나든 ‘입장’의 단위로 보자면 한 사람을 반복해서 만나는 것이다. 마당발처럼 보이지만 실상은 우물 안의 개구리와 같다.

●

진짜 마당발은 ‘입장’이 완전히 다른 사람을 많이 아는 걸 뜻한다. 단순히 아는 사람이 많은 걸 의미하는 게 아니라. 내가 평소에 구두를 자주 신는 사람이면 다른 사람들의 구두 100켤레를 신어 보는 것보다 운동화나 고무신 한 켤레를 신어 보는 것이 세상을 더 폭넓

게 이해한다는 관점에서 도움이 될 수 있다. 내 발바닥에 전혀 새로운 감각을 제공하는 것이다. 남의 신발에 발을 집어넣는 것만 해도 찝찝한데, 구두를 신던 사람이 남의 구두도 아니고 고무신을 신고 싶은 마음이 쉽게 생기겠는가. 저항감이 솟는 것이 인지상정이다. 월급 300만 원도 부족하다고 여기는 사람이 한 달에 30만 원이면 만족하면서 사는 사람의 마음을 하루아침에 어떻게 이해하겠는가.

●

그러나 사람의 마음이라는 게 신기해서, 처음에는 무척 어색하고 거북한 일도 반복하다 보면 차츰 적응이 된다. 절대로 이해할 수 없을 듯하던 일도 자꾸 보면 거부감이 줄어든다. 예를 들어 성 소수자에 대해서 혐오감을 느끼고 있던 많은 사람이 홍석천과 하리수를 자꾸 보면서 생각을 바꾸지 않았는가. 아직 이해는 못 하더라도 적어도 오해는 덜 하게 되지 않았는가. 그것만 해도 많은 변화다. 같은 '입장'의 이성애자 100명보다 다른 '입장'의 동성애자 한 명이 내 시야를 더욱 넓게 만든다. 낯선 신발이 나타나면 과감하게 발을 한번 집어넣어 보라. '배타적인 사람'은 어린 애로 살다가 늙은 애로 죽는다.

동지

●

며칠이 지나도록 답을 찾지 못하다가 결국 한 가지를 깨달았다. 거울을 보며 흰머리가 난 자신을 불쌍하게 여기고 동정을 하는 것은 결국 나 자신이었다는 사실을. 남들도 나를 그렇게 걱정할까 봐 걱정이 되었나 보다. 생각해 보면 다 쓸데없는 걱정이거늘. 오히려 내 머리에서 흰머리를 발견하고는 동지애를 느끼는 이들도 있을 텐데 말이다. 실제로 나는 젊은 나이에 흰머리가 나는 사람을 보면 동지애를 느낀다.

_윤진서, 《비브르 사 비》, 177~178쪽

검은 머리에 새치 몇 가닥 섞여 있는 걸 부끄러워하는 이유는 뭔가. 한 번쯤 진지하게 생각은 해 보고 부끄럽게 여기는가. 곰곰이 따져 보면 별다른 이유가 없다. 남들이 손가락질을 해서? 그렇지 않다. 그들은 당신의 흰머리 따위에 눈곱만큼도 관심이 없다. 가끔 지나가는 말로 "흰머리 있네."라고 얘기할 수는 있겠지. 딱 그 이상도 이하도 아니다. 그 사람이 마구 놀리나? 혀를 쯧쯧 차나? 그렇다면 그의 인성이 덜된 것이지 당신의 머리칼에는 아무런 잘못이 없다. 그런 말을 들었을 때 부끄러워할 까닭이 없음에도 얼굴이 붉어진다면, 그것은 당신 스스로 자신감이 많이 부족하다는 뜻일 뿐이다.

●

그렇다면 자신감은 왜 부족해졌을까? 몇몇 이유가 떠오르지만, 가장 큰 원인은 당신이 만나고 다니는 사람들이 고만고만하기 때문이다. 한 번도 정신적으로 큰 사람을 곁에 두어 본 적이 없으니, 그 자잘한 인간들 틈에서 생각이 얼마나 쪼그라들었겠나. 독하게 각성하며 살지 않으면 우리의 정신은 딱 우리가 둘러싸인 인간관계의 수준을 넘기 어렵다. 끼리끼리 만나는 거다. 부모를 보면 자식이 보이고, 남편을 보면 아내가 보인다. 부모는 참 좋은 사람들인데 자식은 하는 짓이 개차반이다? 남편은 유순한데 아내는 표독하다? 그런 경우가 아주 없진 않겠으나 일반적으로 보면 그렇지 않다.

●

'거울을 보며 흰머리가 난 자신을 불쌍하게 여기고 동정을 하는' 것은 당신이 스스로 선택한 모습이 아니다. 시시한 인간들 틈바구니에서 그렇게 생각하도록 길들어서 나오는 탄식이다. 그러므로 새치가 보일 때마다 염색을 하는 것은 근본적인 해결책이 아닐뿐더러, 그렇게 약해진 자존감은 단순히 흰머리 때문에 마음 상하는 수준에서 끝나지 않는다. 지금 당장 염색약으로 흰머리는 가릴 수 있겠지만, 나중에 자괴감의 대상이 (예를 들어 학벌이나 재산 등으로) 바뀐다면 그때는 어쩌나. 그들의 수준에 나를 맞춰 사느니 그 울타리에서 벗어나 새로운 관계망 속으로 찾아 들어가는 게 낫지 않겠는가.

●

동지(同志). 뜻을 같이하는 사람. 당신에게 지금 필요한 것은 동지를 만드는 일이다. 거창한 얘기가 아니다. 세상에는 흰머리를 혐오하는 사람만 있지 않다. 흰머리를 아무렇지도 않게 생각하는 사람과 심지어 멋있게 (진짜다!) 생각하는 사람이 수두룩하다. 그들 곁으로 가는 거다. 당신 주위에 있는 너절한 인간들과 될 수 있으면 관계를 끊어라. 새로운 사람들을 만나라. 이것은 꼭 물리적으로 자리를 옮기라는 뜻은 아니다. 이를테면 독서는 앉은자리에서 새로운 동지를 사귈 수 있는 가장 손쉬운 방법이다. 독서가 싫으면 SNS를 이용해 보라. 지금껏 만났던 허름한 인간들과 전혀 다른 사람들 100명을 동지로 삼고 그들의 말을 들어라. 당신이 경청하는 이야기가 곧 당신이다.

기도(1)

어느 기자가 마더 테레사에게 "수녀님은 무어라고 기도하십니까?" 라고 물었다고 한다. 그 질문에 테레사 수녀는 조용히 고개를 숙이고 "저는 듣습니다"라고 대답했다. 의아해하는 기자가 그녀에게 다시 물었다. "그러면 수녀님이 들을 때, 하나님은 무어라고 말씀하십니까?" 이 질문에도 역시 그녀는 "그분도 들으십니다"라고 대답했다고 한다.

_나희덕, 《저 불빛들을 기억해》, 72쪽

기도는 말하기가 아니라 듣기다. 종교가 있고 기도하는 사람도 많은데 세상은 왜 점점 더 삭막해지는 듯한 느낌이 드는가. 그것은 '바라는 기도'를 하는 자는 많은데 '듣는 기도'를 하는 자가 드물기 때문이다. 단순히 기도하는 자의 수가 많다고 그 사회에 평화와 안

녕이 찾아오는 게 아니다. 그 기도의 목적과 형식이 어떠한지가 더 중요하다. 목적에 대해서는 다음 글에서 이야기할 거고, 형식만 놓고 보자면 기도는 첫째도 듣기 둘째도 듣기다.

●

나는 '바라는 기도'는 기도가 아니라고 생각하는 편이다. 그것이 신이 되었든 조상이 되었든 "건강하게 해 주세요." "돈 많이 벌게 해 주세요." "장가(시집)가게 해 주세요." "시험에 합격하게 해 주세요." 뭐 이런 것들은 진짜 기도가 아니다. 기도할 때 '무어라고' 빌면 안 된다. 이런 건 기도가 아니라 부탁이다. 어떠한 대답이 돌아와야 하는지 본인이 이미 정해 놓고 물어보는 거다. 자신의 부탁과 어긋난 결과가 나오면 어떻게 할 텐가. 기도는 어떤 대답이 돌아올 줄 모르는 (내가 아무런 답도 정해 놓지 않은) 상태에서 그저 유심히 듣고 또 듣는 것이다. 제대로 기도를 하면 대답이 아닌 질문이 되돌아온다.

●

기도가 듣기라고 하면 지금 종교를 가진 사람의 90퍼센트는 아마 종교를 버릴 것이다. 그들에게 종교는 곧 기복(祈福)이기 때문이다. '그분'이 가만히 듣고만 있는 존재이거나 대답 대신 질문을 되돌려 주는 존재라면 열심히 기도할 사람이 몇이나 되겠는가. 기도는 '가만히 듣기' 그 이상도 이하도 아니라는 것을 믿는 사람만 종교를 가져야 한다. 혹은 그러한 믿음이 있다면 특정한 종교를 갖지 않아도 그는 이미 종교인이나 마찬가지다.

사회가 상스러워지는 것은 '듣는 사람'이 점점 줄어들기 때문이다. 심지어 스님이니 목사니 이런 사람들마저 여기저기 나와서 떠들어댄다. 그들의 말은 들어 두면 도움이 되는 것들일 터이다. 그것마저 부정하진 않겠다. 하지만 그들이 하는 얘기는 대부분 상식적인 수준의 말들이다. 꼭 그들이 나서서 해야 할, 그들만이 할 수 있는, 그런 종류의 얘기들이 아니다. 쉽게 말하면 나 같은 얼치기도 얼마든지 할 수 있다. 그럴 거면 종교라는 외투는 벗고 아예 멘토로 나설 일이다. 종교의 울타리 안에 적을 두고 있으면 말하는 자가 아니라 듣는 자로서의 소임을 다해야 한다. 목사나 스님마저도 듣는 것보다 말하기에 취해 있으면 도대체 '듣는 사람'의 역할은 누가 할 것인가.

●

'바라는 기도'를 하지 말고 '듣는 기도'를 해라. 그러지 못하겠으면 어디 가서 자신의 종교를 밝히지 마라. 그 종교 욕 먹이는 일이다. 하루에 일정한 시간을 할애하여 '듣는 기도'를 하는 사람은 굳이 따로 종교를 가지려고 하지 않아도 된다. 그는 이미 종교가 있는 것이니까. 미리 귀띔해 주지만 대답은 쉽사리 돌아오지 않는다. 시원한 확답을 들으려는 태도 그 자체를 버려야 한다. '그분' 말씀은 비언어적인 형태로 되어 있기 때문이다. 풀벌레 소리, 빗방울 떨어지는 소리, 바람 부는 소리, 개 짖는 소리, 아기 우는 소리, 천둥 치는 소리, 배에서 나는 꼬르륵 소리, 시계 초침 소리….

기도(2)

●

국내 어떤 방송사가 티베트의 가난한 마을을 취재했다. 불가사의한 것은 그들이 그처럼 가난한데 행복하기 그지없다는 사실이었다. 그들이 항상 기도하고 살기 때문이라는 것이다. 모두 남을 위해 기도한다는 것이다. 자기 자신을 위한 기도가 아니라고 말했다.

_김선주, 《이별에도 예의가 필요하다》, 59쪽

내 자식 대학에 붙게 해 달라는 기도는 결과적으로 남의 자식 떨어뜨려 달라는 저주와 같다. 자리가 한정되어 있으니까 말이다. 내 자식이 대학에 붙길 바라는 마음은 어떤 부모든 마찬가지일 것이다. 그런 마음이 생긴다는 것 자체를 부정할 순 없다. 그러나 내 자식이 웃음으로써 남의 자식 울게 만드는 상황이라면, 그걸로 기도를 하는 것이 옳은가? 교회나 절에 가서 내 자식의 합격을 간절하게 빌수록 그 마음의 크기만큼 남의 자식 떨어지게 해 주십사 저주하는 것인데도? 해도 될 기도가 있고 하지 말아야 할 기도가 있다.

●

기도는 일차적으로 '듣는 기도'를 해야 하고, '바라는 기도'를 하고 싶으면 나 아닌 남을 위한 기도를 해야 한다. 그렇지만 나와 내 가족(확장된 나)을 위한 기도에만 머무는 사람이 대다수인 게 현실이다. 나를 위한 기도는 100만 명이 하든 1,000만 명이 하든 그것이 사회적인 힘으로 전환되지 않는다. 그 상태라면 오히려 사람들한테 기도하지 말라고 말려야 한다. 서로 자기 잘되게 해 달라고 기도하면 사랑과 평화가 아닌 증오와 갈등이 사회에 범람하게 되니까. 대신에 남을 위한 기도를 하는 사람이 1만 명만 있어도 그것은 사회적인 힘으로 전환된다. 그들 덕분에 그나마 사회가 무너져 내리지 않는다.

●

기도하는 사람은 다 비슷해 보이는 것 같아도, 나를 위해 기도하는 자와 남을 위해 기도하는 자는 많이 다르다. 어찌 보면 무신론자와 유신론자보다 더 멀리 떨어진 존재들이다. 미안한 얘기지만 아무리 독실한 신심이 있어도 나를 위한 기도밖에 할 줄 모르는 자는 존중할 이유가 없다. 아이는 부모가 자기를 위해 기도하는 모습을 보면 고마움을 느낀다. 하지만 다른 아이들을 위해 기도하는 모습을 보면 존경하게 된다. 가정교육이 별것인가. 내 부모가 남을 위해 기도하는 사람들이란 걸 보여 주면 된다. 내가 앞선 어느 글에서 뭐라고 했나? 그렇다. 아이는 듣고 배우지 않는다. 보고 배운다.

●

기도를 하기 전에 기도의 본질이 무엇인지부터 생각해야 한다. 어쩌면 그것이 기도의 전부일지도 모른다. 그러니까 '기도란 무엇인가'를 생각하는 그 자체가 이미 기도하는 행위라는 말이다. 기도란 그저 듣기다. 남을 위한 기도가 진짜 기도다. 누군가는 평생에 걸쳐서 얻은 깨달음을 우리는 단 두 개의 짧은 글을 읽고 알게 되었다. 얼마나 고마운 일인가. 이제 진정한 기도가 무엇인지 알게 되었으니 남은 것은 실천이다. 기도해도 되는 주제와 그러면 안 되는 주제를 분별하는 일부터 시작하자. 잘못된 기도는 저주다.

물음표

●

근대에 와서 서양문명이 동양문명을 제압한 가장 큰 무기는 무엇이었을까. 여러분은 강화도 앞바다에 나타난 거함거포巨艦巨砲라고 말할지 모릅니다. 그러나 나는 알파벳 문장의 맨 끝에 찍힌 물음표가 아니었을까 하는 생각이 듭니다. '?'. 이 간단한 부호가 과학과 기술을 낳고 위대한 문학과 철학을 태어나게 한 부적이었던 것이지요.

_이어령, 《젊음의 탄생》, 42쪽

훌륭한 부모가 되는 일은 어렵지 않다. 물론 나는 결혼도 하지 않았고 자식도 낳지 않았지만 분명히 그렇게 말할 수 있다. 훌륭한 부모와 평범한 부모는 큰 차이가 없다. 아주 미세한 차이만 있을 뿐인데, 그게 자식에게는 강력한 힘을 발휘한다. 예컨대 이런 말이다.

평범한 부모는 저녁 먹고 나서 아이에게 이렇게 묻는다. "숙제는 했냐?" 대다수 평범한 가정의 부모는 그렇다. 그렇지만 훌륭한 부모는 이렇게 묻는다, "숙제가 뭐냐?" 자녀가 초등학생일 때는 평범한 부모도 그렇게 질문을 한다. 하지만 중학교 고등학교 들어가면 어떤가. 어차피 해결해 줄 능력도 안 될 듯싶으니 아예 묻지를 않게 된다.

●

"숙제가 뭐냐?"라고 묻는다고 해서 내가 꼭 그걸 해결할 능력이 있어야 하는 것은 아니다. 평범한 부모는 자식에게 창피를 당할까 봐 (권위에 흠집이 생길까 봐) "숙제는 했냐?" 선에서 끝낸다. 훌륭한 부모는 설령 자신이 해결할 능력이 없어도 "숙제가 뭐냐?"라고 물을 줄 안다. 때론 아이로부터 핀잔이 돌아올지도 모른다. "말하면 엄마(아빠)가 알아요?" 그러나 그것은 평소에 그런 질문을 안 하다가 갑자기 하니까 그런 거지. 코흘리개 시절부터 쭉 그런 식으로 질문했다면 아이도 자연스럽게 대답한다. 생각해 보라. "숙제는 했냐?"라는 질문과 "숙제가 뭐냐?"라는 질문을 듣고 자란 아이의 차이를.

●

남의 집 자식과 대화할 때도 마찬가지다. "공부 열심히 하고 있냐?"라는 질문과 "좋아하는 과목이 뭐냐?"라는 질문을 하는 부모님 친구가 있으면 아이가 누구한테 더 호감을 갖겠나. 친구의 자녀에게 "좋아하는 과목이 뭐냐?" 같은 질문을 할 수 있는 사람은 대한민국에 1퍼센트도 안 될 거다. 하긴 자기 자식한테도 그런 질문을 해본 적이 없을 텐데 뭘 더 바라겠나. 질문을 살짝 바꾸는 것이 딱히 어려운 일도 아닌데 그걸 실행에 옮기는 사람은 드물다. 힘이 드는 일이라서 못 한다면 이해라도 하지. 질문의 내용을 깻잎 한 장 차이로만 바꿔도 나 자신이나 상대에게 많은 변화를 일으킬 수 있다.

●

좋은 질문이 가진 힘을 깨달아야 한다. 아울러 그런 질문을 하는 일에 대단한 지식이나 용기가 필요치 않다는 것도 알아야 한다. 그저 조금의 여유와 관심만 있으면 된다. 질문을 잘 던지기만 해도 문제의 절반은 해결하고 들어가는 거다. 반면에 잘못된 질문에 붙들리면 그 안에서 제아무리 해결책을 찾고 골머리를 앓아도 사태는 악화될 뿐이다. "숙제는 했냐?"라고 묻는 부모는 아이가 공부를 하지 않는 이유를 아이에게서만 찾으려고 한다. 본인이 바뀌면 아이도 바뀔 수 있다는 걸 꿈에도 생각하지 못한다. 간혹 어떤 엄마들을 보면 아르바이트까지 해 가며 그 돈으로 아이를 학원 한 군데라도 더 보내려 한다. 그러면 아이가 "고마워요, 엄마. 더 열심히 공부할게요."라고 할까?

●

잘못된 질문을 하는 부모의 전형적인 착각. "내가 고생하며 헌신한 만큼 아이들이 더 행복하게 자랄 거야." 그래서 저녁에 고깃집

불판 닦아서 아이를 학원에 보내는 것이다. 부모가 고생하며 자길 뒷바라지해 주길 바라는 자식은 없다. 오히려 그런 모습을 굉장히 싫어한다. 하물며 그 고생의 목적이 학원 한 군데라도 더 보내려는 것이라면 말할 것도 없다. 실컷 아르바이트 뛰고 와서 한다는 소리가 "학원은 갔다 왔냐? 숙제는 다 했냐?" 그러면 아이는 진짜 짜증나는 거다. 툴툴거리며 자기 방으로 들어가면서 문을 쾅 닫는다. 엄마는 또 엄마대로 "내가 누구 땜에 이 고생인데!" 하며 씩씩거린다.

●

어떤 문제가 생겼을 때 아무리 노력해도 해결의 실마리가 잘 안 보이면 최초의 질문으로 되돌아가야 한다. 어떤 질문에서 시작된 것인지 한 문장으로 요약해 봐야 한다. 그래야 근본적이면서 손쉬운 해결책이 나온다. "숙제는 했냐?"라는 최초의 질문에 문제의 소지가 있다는 걸 알게 되면 "숙제가 뭐냐?"라는 방식의 물음으로 바꾸면 된다. 최초의 질문에 가까이 접근할수록 해결책은 수월하게 찾아진다. 그 지점에서 멀어질수록 점점 해결이 어려워지고 심지어 노력하면 할수록 일은 더 꼬여만 간다. 고깃집에서 알바를 뛰는 건 엄마의 자기만족일 뿐이다. 문제에 대한 해결 의지가 아니라 회피 심리다.

상상력

어떤 연구에 따르면 미술관을 찾은 관람객들은 평균적으로 각각의 그림을 보는 데 30초를 들인다. 그런데 그 30초의 대부분은 캡션을 읽는 시간이라고 한다. 시각적 상상력을 점점 잃게 된다는 것은 성인이기 때문에 겪는 불행 중 하나다.

_앤서니 브라운 · 조 브라운, 《나의 상상미술관》, 235쪽

안타깝게도 성인이 되면 느낌보다 지식을 선호한다. 무슨 말인고 하니, 그림을 한 점 보더라도 그 작품을 오래 들여다보며 음미하기보다 작가에 대한 정보나 그림을 둘러싼 배경 지식을 습득하길 더 선호한다는 거다. 성인은 교양으로서 예술을 접하는 경향이 있다. 그림 속으로 들어가 머무는 시간보다 그림 주변을 둘러보는 시간이 더 길다. 감상하는 시간은 몇 분 되지 않으면서 지식을 긁어모으는 데는 그보다 더 많은 시간을 투자한다. 캡션을 읽고, 해설을 듣고, 더 많은 정보를 찾아 인터넷 검색창에 작가 이름을 쳐 넣는다.

●

물론 이것이 반드시 나쁜 변화는 아니다. 우리는 지식의 축적을 통해서 감상의 다른 경로를 개척할 수 있다. 한 작품의 훌륭함은 그 그림 안에 있기도 하지만 역사 속에서 혹은 다른 작품과의 관계 속에서 탄생하기도 한다. 성인이 되면 우리는 대체로 후자의 감상 방식을 택하게 된다. 그러므로 성인이 아이보다 덜 느낀다고 단정적으로 말하기는 어렵다. 그게 사실이라면 예술에 대한 교육은 중단돼야 한다. 그림 밑에 붙어 있는 캡션은 떼어 내야 하고, 해설사가 미술관에 있을 이유가 없으며, 관련 서적이 나와서도 안 된다.

●

문제는 성인들이 '지나치게' 지식과 교양 위주로 예술품을 감상한다는 것이다. 그러다 보니 예술 감상을 통해 상상하는 힘을 기르지 못하고 상식을 확인하는 선에서 그치고 만다. 예술가는 당대의 상식에 도전한 불온한 사람들이고 그걸 작품으로 구현하기 위해 평생을 고군분투한다. 그래서 훌륭한 예술품을 접하면 우리는 감탄과 불안을 동시에 느끼게 된다. 그러나 교양으로 똘똘 무장한 채 예술을 접하면 감탄은 해도 불안을 느끼긴 어렵다. 작가가 감상자에게 충격을 주기 위해서 그린 그림도 "잘 그렸네. 작가의 내면에 깃든 고통이 잘 표현되어 있어. 작가가 이때 힘든 시기를 보내고 있었거든." 머릿속에 든 지식의 필터를 한번 거쳐서 마음으로 간다. 그러다 보니 작품에 반응하는 내 마음을 직시하기보다 작가의 마음을 헤아려 보는 선에서 그치고 만다.

●

작품 앞에 서면 일차적으로 작품과 나밖에 없다. 작가의 의도나 작가가 처한 상황 등을 먼저 떠올려선 안 된다. 작품을 본 내가 어떻게 느끼는지 그게 우선 정리되어야 한다. 외적인 것들을 자꾸만 덕지덕지 끌고 들어오면 이미 상식이 된 해석의 틀에다 내 감정을 들이붓는 일만 반복하게 될 뿐이다. 그리고 마치 그것이 나 스스로 갖게 된 감정인 양 착각하고 만다. 이런 식이라면 예술을 가까이할수록 상상력은 줄어들고 상식적인 인간이 되어 버린다. 예술의 고유 특성 중 하나가 전위성이다. 상식의 전복이다. 내가 가진 상식에 균열을 내 줄 수 없는 (지식과 경험에 포섭된) 예술은 반쪽짜리다.

●

지식을 쌓음으로써만 교양인이 될 수 있는 것은 아니다. 지식을 거부함으로써 얻게 되는 교양도 있다. 상상력도 교양에 포함된다. 상식을 무시하고 혐오하고 비판하고 초월할 수 있어야 진짜 교양인이다. 그렇게 따져 보면 교양인이라고 말할 수 있는 사람은 우리 사회에 얼마 되지 않는다. 그림 앞에 두고 캡션부터 찾아 읽는 가짜 교양인들만 득실거릴 뿐이지. 오늘 우리가 누리고 있는 상식은 과거 불온한 자들의 머릿속에나 들어 있던 상상이다. 진짜 교양인이 되기를 바란다면 당신은 불온한 상상을 더 많이 해야 한다.

“두 번 본 것”

영화란 무엇인가에 대한 많은 해석이 있어 왔지만, 나에게 영화란 너무나 명확하게 규정된다. “두 번 본 것”만이 영화다. 한 번 보고 만 것은 영화가 아니다. 그건 길거리에서 우연하게 목격하게 된 교통사고와 같은 것.

_장정일, 《생각》, 131쪽

살다 보면 기분이 몹시 나쁜 날이 있다. 웬만큼 감정 통제를 잘한다는 사람에게도 가끔 그런 날이 찾아온다. 그럴 때 본의 아니게 누군가에게 짜증을 부릴 수 있다. 평소에 잘 알고 지내던 사람이라면 당신의 행동을 이해하고 넘어간다. 원래 그런 사람이 아니라는 것을 알고 있으니까. 그러나 당신을 그날 처음이자 마지막으로 본 사람이라면 어떨까? 평생 그에게 당신은 짜증 부리고 투덜대는 성품의 소유자로 기억에 남아 있게 된다. 모르긴 몰라도 지금 어디엔가 당신을 질이 나쁜 사람으로 생각하는 사람이 있을 수 있다. 억울할 테지만 다시 만날 일이 없는 사람이라면 오해를 풀 방법도 없다.

●

뒤집어 생각해 보면 당신한테도 딱 한 번 만났을 뿐인데 좋지 않은 기억으로 남아 있는 사람이 꽤 될 것이다. 차를 몰고 가다가 접촉사고가 나서 시비가 붙었던 상대방 운전자라든가, 음식점에서 불친절하게 굴었던 종업원이라든가, 만취하여 한밤중에 골목길에서 고성방가를 하던 취객이라든가…. 사실 그날의 행동은 평소 그의 언행과 전혀 상반된 것일 수 있지 않은가. 그렇다면 당신은 한 사람을 완전히 오해하고 있는 것이다. 사람을 한 번 보고 판단하는 게 그런 위험을 내포하고 있다. 당신의 머릿속에 안 좋은 기억으로 남아 있는 사람들의 상당수가 그저 한 번만 봤기 때문인 경우가 많다.

●

"척 보면 압니다."처럼 위험한 말이 없다. 자신이 사람을 보는 눈이 정확하다고 자부하는 사람일수록 (이런 사람 굉장히 많다) 더욱 첫 느낌에 사로잡히는 일을 경계해야 한다. 이건 눈썰미 좋은 거랑은 무관하다. 예를 들어 처음 만난 어떤 남자가 와이셔츠 앞자락에 깍두기 국물을 묻히고 있었다고 하자. 당신은 그런 점을 근거로 그를 칠칠치 못한 사람으로 생각할 수 있다. 그건 당신의 자유다. 문제는 그가 평소에 그렇게 옷에 뭘 잘 묻히고 다니는 사람인지 한 번 봐서는 절대로 알 수 없다는 것이다. 그런 모습을 최소한 두 번은 봐야 그의 성격을 유추하는 데 참고 사항이 될 수 있다. 한 번 본 것에 대해서는 (설령 당신에게 의견이 있을지라도) 되도록 입을 다무는 것이 좋다.

●

사람에 대해서만 그런가. 책이나 영화도 마찬가지다. 한 번 감상한 것으로 쉽게 작품성을 판단하면 안 된다. 한 번 본 것은 '우연하게 목격하게 된 교통사고와 같은 것'일 뿐이기 때문이다. 목격자는 본 것을 곧이곧대로 얘기할 순 있어도 섣불리 자기 의견을 첨언해선 안 된다. 목격자는 CCTV 같은 역할에서 그쳐야 한다. 한 번 봤다는 것은 상황을 판단하는 데 결정적인 도움이 될 수도 있지만 반대로 완전히 상황을 꼬이게 할 수도 있다. 그러므로 한 번 감상한 책이나 영화도 그저 '목격'했다고 생각하는 편이 낫다. 목격자로서 최대한 있는 그대로 팩트만 챙기고 굳이 감상을 표현하려면 신중해야 한다.

●

글을 잘 쓰고 싶은 사람에게 줄 수 있는 팁. 일단 아웃풋을 하려면 인풋부터 있어야 한다. 그러나 무작정 인풋을 많이 한다고 양질의 아웃풋이 이뤄지는 건 아니다. 인풋된 것 중에서 '두 번 본 것'만이 아웃풋으로 전환된다. 한 번 본 것은 자신감 있게 꺼내어 쓸 수 없다. 글쓰기에서 오류는 한 번 본 것을 용감하게 내 글에 집어넣다 저질러지는 게 대부분이다. 차라리 아무것도 몰랐으면 넣지 않았을 텐데 한 번 본 게 오히려 화근이 된 셈이다. 나는 이런 글을 쓴 적이 있다. "아무것도 모르는 건 백지(白紙)다. 하나만 아는 게 백치(白痴)다. 아무것도 모르는 백지들은 위험하지 않다. 하나만 아는 백치들이 정말 위험한 족속이다." (《아이디어 에러디어》, 69쪽)

명료함

●

커뮤니케이션의 명약 '심플'의 주성분은 '명료明瞭'입니다. 너무 싱거운 이야기 아니냐고요. 아닙니다. '간단簡單'은 흔한데 '간단 명료'는 드뭅니다. 간단하기만 하다면 가짜입니다. '심플'이 알약이라면 '간단'은 그저 '명료'라는 성분을 감싸는 캡슐이거나 당의糖衣일 뿐입니다.

_윤준호, 《카피는 거시기다》, 234쪽

명료함은 복잡함과 집요함의 산물이다. 둘 중에 하나라도 빠진 상태에서 얻었으면 명료함이라고 말해서는 안 된다. 얼핏 보면 간단함과 명료함에는 그다지 차이가 없는 것 같다. 그러나 결론의 도출 과정을 보면 둘 사이에 극과 극의 차이가 있음을 알 수 있다. 흔히 중국음식점에 여러 사람이 우르르 몰려갔을 때 메뉴 선택하기 귀찮으면 "짜장면으로 통일!"이라 해 버린다. 주로 그 무리의 대표격이 그렇게 결정하고 나머지는 그냥 따른다. 이 문제와 관련하여 토론이나 투표를 하지는 않는다. 분명히 결정에 불만이 있는 사람도 몇몇 있겠지만 웬만하면 그들도 수긍하고 받아들인다.

●

간단함은 그저 복잡함의 회피일 뿐이다. 하지만 명료함은 복잡한 과정을 거친 후에 힘겹게 얻어 낸 결과다. 그렇다면 내가 쓰고 있는 이 글은 어디에 속할까. 내 입으로 말하기는 그렇지만 아무튼 나는 명료한 글을 쓰려고 노력하고 있다. 누군가에게는 간단한 글처럼 보일지 몰라도 나는 결코 글을 쉽게 쓰는 타입이 아니다. 실력이 부족해서 그런 것도 있지만 한 단락씩 써 나갈 때마다 진이 쑥 빠져나간다. 고치고 고치기를 반복한다. 읽기 쉽고 막힌 데가 없으며 논지가 분명한 글을 쓰기는 쉽지 않다. 나는 글이란 무조건 쉬워야 한다고 생각하는 편인데, 내 말을 문자 그대로 받아들이면 오해의 여지가 있다. 여기서 '쉽다'는 것은 '명료하다'의 다른 표현이다. 글은 명료해야 한다.

●

명품 가방과 짝퉁 가방의 차이는 거의 없다. 전문가가 아니면 쉽게 구별하기 힘들 정도로 비슷하다. 기껏해야 디테일에서 아주 근소한 차이가 날 뿐인데, 그 미세한 차이가 바로 명품을 만든다. 아무나 쉽게 흉내를 낼 수 없는 그 미묘한 지점. 분명히 기술적으로 간단하게 카피할 수 있어 보이는데 아무리 노력해도 100이 안 되고 99에서 더 넘어설 수 없는 경지. 명료함이 간단함과 다른 것은 그게 철학의 산물이라는 점이다. 애플 제품의 극도로 미니멀한 디자인을 두고 경쟁사들이 아무리 따라 하려고 해도 그 맛이 안 나는 이유도 그거다. 스티브 잡스가 선보인 디자인의 명료함은 자기 인생 철학의 산물이다. 짝퉁은 제품의 겉모습을 흉내 낼 순 있어도 철학은 쉽게 못 베낀다.

●

명료함에 간단함이라는 당의(糖衣)를 입힌 것이 '심플'이다. 겉으로 보이는 간단함만을 좇으면 심플함의 경지에 이를 수 없다. 핵심은 명료함이니까. 명료함은 오랜 숙고와 진통 끝에 얻어진다. 그 과정의 지난함은 생략하고 간단함이라는 설탕옷만 핥으려고 들면 안 된다. 복잡해지는 현대 생활에서 '심플하게 산다'는 것이 하나의 트렌드처럼 여겨지고 있다. 심플한 삶은 결국 명료한 삶이란 점을 항상 유념해야 한다. 그렇지 않으면 그저 (덜 먹고 덜 입고 덜 쓰는 등의) 소비 수준을 줄이는 것으로 "난 심플하게 살고 있어!"라고 착각하기 쉽다. 그건 그냥 짠돌이지. 명료하게 살 수 있으면 당신은 철학자다.

향수

향수가게 앞을 지나면서 나는 가끔 욕지기를 느낀다. 수십 가지의 향이 섞이면 무슨 향이 나겠는가. 상상해보라!

_허수경, 《길모퉁이의 중국식당》, 74쪽

음식점 뒷골목에 놓여 있는 음식물 쓰레기통에서는 역겨운 냄새가 난다. 버려지기 전까지는 저마다 식욕을 돋우던 음식들이었을 텐데 한곳에 섞이면 악취를 풍기는 오물이 되고 마는 것이다. 향수라고 뭐가 다르랴. 아무리 좋은 냄새라도 수십 가지가 한꺼번에 코끝으로 몰려오면 코를 싸쥘 수밖에 없다. 좋은 것과 좋은 것을 더했는데 나쁜 것이 되어 버리는 역설! 이것은 냄새에만 해당하는 얘기가 아니다. 일상에서 이런 예를 우리는 흔히 만난다. 보약도 여러 종류를 섞어 먹으면 독약이 된다. 태권도, 피아노, 미술, 웅변…. 어렸을 때 배워 두면 좋을 것들이지만 이 모든 것을 한꺼번에 배우게 하면 아이에겐 오히려 해가 될 게 분명하다. 지나치면 부족함만 못하다는 말이다.

●

하나를 선택하면 다른 것들은 포기해야 한다. 이것저것 다 가지기 위해 욕심을 부리면 이도 저도 못 된다. 열 가지 일을 어설프게 잘하는 것보다 한 가지 일을 확실하게 잘하는 게 낫다. 천재가 아니고서야 여러 일을 다 잘해 낼 수가 없다. 하나의 분야에서 경지를 이루는 데도 상당한 시간이 걸린다. 팔방미인이라고 불리는 사람은 얼핏 보면 휘황찬란하지만 실속은 없는 경우가 많다. 당연하다. 다양한 일을 깊이 있게 해 내기엔 절대적으로 시간이 부족하다. 팔방미인이라는 말은 뒤집으면 제대로 하는 게 하나도 없다는 뜻도 된다.

●

걸어 다니는 '향수가게' 같은 사람이 있다. 갖가지 요란한 향이 풍겨 나오니까 사람들이 호기심을 갖고 기웃거린다. 안에 들어가면 수십 가지 향수를 구경할 수도 있다. 그러나 그곳에 오랫동안 머무르는 사람은 없다. 조금만 시간이 지나도 머리가 아프고 예민한 사람은 심지어 '욕지기'마저 느낄 테니까. '향수가게' 같은 사람의 주위에는 지인이 많지만 정작 그와 함께 오래 머무르는 친구는 드물다.

잠깐 즐기기엔 유쾌하지만 진득하게 얘기를 나누기엔 불편한 상대이기 때문이다. 많은 걸 얻으려면 깊은 걸 잃는다.

●

하나의 일관된 향기를 풍기는 사람이 되어야 한다. 설령 그것이 최고급의 비싼 향수는 아닐지라도 좋아하는 사람은 있게 마련이다. 꼭 향수가 아니어도 좋다. 비누 냄새도 좋고 섬유 유연제 향도 괜찮다. 중요한 것은 그 사람을 떠올릴 때 특정한 냄새도 (물론 비유적으로 하는 말이다) 자동으로 함께 떠오르는가 하는 점이다. 그 향기를 싫어하는 사람은 당신 곁에 머무르지 않을 것이다. 그러나 떠날 사람은 떠나보내야 남아 있는 사람들과 더욱 깊은 관계를 맺을 수 있다. 관계는 맺는 것 못지않게 끊는 것도 중요하다. 매몰차게 느껴져서 관계 끊기에 소극적인 사람은 관계 맺기도 제대로 하지 못한다.

여백

우아함의 힘은 여백에서 나오는 것이고 과도함은 우아함의 최대 적이다. 그 때문에 코코 샤넬도 여자들에게 '집을 나서기 전에 거울을 보고 액세서리 하나를 빼놓아라'라고 충고했던 거다.

_김경, 《나는 항상 패배자에게 끌린다》, 138쪽

졸부의 거실에는 값비싼 가구와 장식물이 가득하다. 그렇게 함으로써 자신을 상류 사회의 일원으로 보이고 싶은 거다. 그러나 아무리 고가의 명품들이라도 두서없이 한 공간에 들어차 있으면 그 빛을 잃는다. 오히려 자신의 천박함과 안목 없음을 드러낼 뿐이다. 눈밝은 사람은 그의 거실에 들어서면 집주인의 콤플렉스를 대번에 읽어 낸다. 진하게 화장한 여성을 보면 피부에 자신이 없어서 그렇다고 짐작할 수 있는 것처럼. 과시의 한 꺼풀 아래에는 그의 약점이 숨어 있다. 현명한 사람이라면 숨기고 싶은 면모는 오히려 자연스럽게 노출해야 덜 주목받는다는 걸 알지만, 졸부가 그걸 깨닫기는 어렵다.

●

화가 김점선이 어느 거장 감독의 영화를 비판했다. 기억을 더듬어 적자면 대강 이런 얘기다. 영화가 처음부터 끝까지 장면에 힘을 너무 줬다. 명장면을 만들기 위한 노력은 이해하지만 걸작이 되려면 그래서는 안 된다. 걸작 영화의 특징은 지루한 장면이 들어 있다는 거다. 뭐 그런 말이다. 그녀의 말에 나도 공감한다. 처음부터 끝까지 긴장을 늦출 수 없게 하거나 한 장면도 시선을 뗄 수 없게 하는 영화는, 오락으로선 가치가 있겠지만 예술로서는 오히려 부족한 영화다. 여백이 없는 영화는 감독이 관객을 감상자가 아니라 일종의 게임 상대자로 보는 거다. 이래도 한눈팔래? 네가 이기나 내가 이기나 보자!

●

졸부가 거실을 명품 가구로 채운다고 그 사람이 명품처럼 보이는 게 아니듯이, 아무리 영화를 명장면으로 빼곡하게 채워도, 관객이 호흡을 가다듬을 수 있는 여백을 주지 않으면 그는 이류 감독이다. 이류가 될 것이냐 일류가 될 것이냐 차이는 여백을 어떻게 관리하는가에 달렸다. 이류는 사람들이 지루하게 여기는 것에 조바심이

나서 어떻게 해서든 여백을 잘라 내려고 한다. 그렇지만 일류 감독은 주위의 반대에도 무릅쓰고 뚝심 있게 '지루한' 장면을 영화 속에다 밀어 넣는다. 그 감독이라고 보는 눈이 없겠나? 일류 감독은 예술에서 눈에 보이는 것 못지않게 보이지 않는 것도 중요하다는 걸 안다.

●

어떤 사람을 판단할 때 그가 어떤 면모를 보였는지에만 주목하지 말고 어떤 부분은 끝끝내 보여 주지 않는지도 유심히 볼 필요가 있다. 그리고 어쩌면 후자가 그 사람의 성품에 대해서 더 많은 걸 말한다. '우아함의 힘은 여백에서' 나온다. 여백도 적극적으로 관리해야 할 대상이다. 그저 넋 놓고 편안하게 있는 상태가 여백을 뜻하지는 않는다. 외출할 때 귀찮아서 아예 액세서리를 안 하고 나가는 것과 꼭 필요하다고 생각하지만 꾹 참고서 하나를 빼 놓고 나가는 것은 다르다는 말이다. 전자는 단순히 '귀차니즘'일 뿐이지 여백의 미와는 무관하다. 후자가 적극적이고 전략적으로 여백을 관리한 예다.

●

나이를 먹으면 나잇살이 찌고 집 안에 물건들은 시간이 흐를수록 쌓여만 간다. 이처럼 별다른 주의를 기울이지 않고 멍하니 살아가면 우리 삶의 안팎은 점점 여백을 잃어 간다. 뱃살을 줄이거나 안 쓰는 물건을 버리는 일은 노력이 필요하다. 생각은 늘 하지만 실천하는 사람은 드물다. (농담 삼아서 말하자면) 여백도 스펙이다! 살찐 사람은 자기 관리 제대로 못 했다는 평가를 받는 세상이 아닌가. 쌓는 스펙만 있는 게 아니다. 버리는 스펙도 있다. 당신은 어떤 여백을 가진 사람인가? 어떤 여백을 갖고 싶은 사람인가?

제한하기

“바다를 주제로 한 곡을 요청받으면 고민에 빠지겠지만, 새벽 3시에 술집에 앉아 있는 빨간 드레스를 입은 여자를 주제로 한 발라드곡을 만들어 달라고 하면 영감이 마구 떠오른다.”

_고다마 미츠오, 《지속력의 비밀》, 202쪽

작곡가 스티븐 손드하임의 말이다. 자유와 상상은 마치 부부처럼 함께 다닌다. 물론 틀린 얘기는 아니지만 달리 생각해 볼 여지는 있다. 세상의 모든 부부가 모든 일을 함께하길 원하는 게 아니듯이. 부부를 일심동체라고 부르는 것도 상식이 정해 준, 그러나 반드시 옳지는 않은, 고정관념이다. 마찬가지로 자유와 상상의 관계도 우리가 흔히 생각하는 것과 다를 수 있다. 때론 구속이 상상과 더 어울릴 때도 있다는 얘기다. 상상이라는 단어를 들으면 자동으로 자유가 떠오르는 사람은 상상력의 실체를 잘 모르는 것이다.

●

누가 음식에 대해서 가장 많이 생각할까? 지금 한창 다이어트 중인 사람이다. 그에게 다이어트를 그만두고 음식을 마음껏 먹으라고 한다면? 꿈에 삼겹살이 등장하진 않을 것이다. 욕구가 충족되면 갈망도 퇴색된다. 푸드 칼럼니스트가 되려면 맛집을 많이 아는 것도 중요하지만, 다이어트 상황처럼 음식과 완전히 단절된 혹독한 경험이 일정 부분 있어야 한다. 정확한 정보는 경험에서 오지만 강렬한 필력은 결핍에서 나올 수 있다. 연애편지 고수는 연애 고단자가 아니다. 얼굴이 미남이라든가 해서 연애를 쉽게 할 수 있는 사내가 연애편지 따위를 잘 쓸 필요는 없지 않은가. 결핍이 상상력을 극대화한다.

●

내일까지 '바다'에 대해서 글을 쓰라고 하면 쓰겠는가. 썼다고 치자. 그런 글이 과연 재미가 있겠는가. 독자의 흥미를 얼마나 자극하겠는가. 노련한 필자라면 이럴 때 가장 먼저 뭘 하는지 아는가? 글의 주제나 소재의 범위를 될 수 있는 한 축소하는 것이다! 이거 아주 쉬운 비법이면서 동시에 진짜 중요한 얘기다. 어설픈 필자만 '바다'라고 포스트잇에 써서 벽에다 붙여 놓고 세월아 네월아 한다. 수많은 글감이 머릿속에 밀물처럼 밀려왔다 썰물처럼 흩어진다. 이것도 쓰고 싶고 저것도 쓰고 싶고…. 마감이 코앞에 닥쳤는데 아직 뭘 쓸지도 결정을 못 했다. 너무 많은 자유는 글쓰기의 적이다.

●

설령 내게 무한한 자유가 주어졌더라도 창조적인 작업을 할 때는 일부러라도 스스로 제한을 두면서 작업해야 한다. 예컨대 내가 지금 이 책을 쓰면서 둔 제한사항은 100꼭지의 글을 쓰는 것이다. 고백건대 80개쯤 썼을 때 그만두고 싶은 마음이 굴뚝같았다. 그것 가지고 나한테 뭐라고 할 사람은 아무도 없다. '25꼭지×4부'가 아닌 '20꼭지×4부'로 바꾸고 싶은 유혹은 너무도 강력한 것이었다. 글을 20꼭지나 덜 써도 된다니! 그러나 마음 깊숙한 곳에서는 나도 알고 있었다. 이게 100꼭지가 되어야 형식적으로 더 완결미가 있다고. 나중에 후회하지 않으려면 100꼭지를 채우라고. 결국 나는 형식에서 자유로워지고자 하는 유혹을 뿌리치고 제한된 형식을 따르기로 했다.

●

예술가 지망생에게 한마디 덧붙임. "나는 세상이 정한 틀에서 벗어난 자유로운 예술가가 될 거야!" 그런 소리를 하는 분들이 있다. 그다지 틀린 말은 아닌데 너무 일면만 보고 꿈에 부풀어서 하는 얘기다. '세상이 정한 틀'에서 벗어나기 위해서는 '자신이 정한 틀'에 스스로 갇혀야 한다. "이거 안 해!" "저거 싫어!" "그거 갑갑해!" 기존의 가치관을 부정만 한다고 예술가가 아니다. 부정의 정신이 예술의 전부라면 예술가 못 할 사람이 없다. 예술은 부정에 머물지 않고 새로운 차원의 긍정을 제시하는 일이다. 필히 '자신이 정한 틀'이 있어야 한다. 일반의 인식과 달리 예술가는 (자신이 만든) 틀에 박힌 사람이다.

없는 게 장점

“비가 온다. 여고생 두 명이 걸어가는데 한 명은 우산을 쓰고 걸어가고 한 명은 우산 없이 비를 맞고 간다. 둘 중에 말을 건다면 누구한테 하겠니?” 학생들은 “우산 없이 비를 맞고 가는 여학생이오”라고 답한다. 그리고 나는 말한다. “없는 것이 오히려 장점이 될 수 있는 것. 그것이 스토리텔링이란다.”

_윤수정, 《한 줄로 사랑했다》, 99쪽

우산을 버리면 사연을 얻는다. 그런데 대부분의 사람은 우산을 택한다. 비 맞고 옷 젖는 건 끔찍하게 싫다. 머리 빠지면 어쩌나. 감기 들면 안 되지. 지금 입고 있는 옷이 얼마짜리인데. ‘미친년’이라고 손가락질받진 않을까…. 어렸을 땐 비를 맞는 것에 대한 걱정이 별로 없었다. 심지어 소나기가 오면 일부러 비를 맞으러 나가기도 했다. 피할 수도 있는데 그냥 맞는 것이다. 떠올려 보라. 우산 없이 빗속을 걷거나 뛰어다니던 유년 시절의 어느 날을. 기분이 즐거워지지 않는가? 그렇지만 우산을 쓴 채 빗속을 다니던 날들은 뚜렷하게 기억에 남아 있지 않다. 우산을 드는 순간 사연은 포기하는 셈이다.

●

없는 게 반드시 나쁜 것은 아니다. 예술가 중엔 어렸을 때 가난으로 고생한 사람이 많다. 당시에는 그 상황이 힘들었을 테지만 예술가가 된 후 결정적으로 힘이 되는 건 바로 그때의 '없이 산' 체험이다. 당연한 말이지만 '돈 주고도' 못 살 경험이 바로 '돈 없어서' 겪는 설움이다. 유복한 가정에서 태어나면 물질적 혜택은 많이 받고 자라겠지만 가난해서 겪어야만 하는 설움 같은 것은 절대로 알지 못한 채 성장해야 한다. 물론 가난의 고충도 이런저런 간접경험으로 미뤄 짐작할 수는 있다. 하지만 한계가 분명하다. 소나기 오는 날에 비를 흠뻑 맞아 보는 것과 그 기분을 상상해 보는 것은 많이 다르다.

●

우산도 없는데 갑자기 비가 쏟아지면 짜증부터 내는 사람들이 있다. 언제부터 그렇게 비 한 번 맞는 것이 대수로운 일이 되었나? 어릴 때는 그렇지 않았다. 친구랑 깔깔거리면서 비 맞으며 걸었다. 그렇다면 그때와 달라진 게 무엇인가. 어른이 비를 맞기 싫어하는 이유는 간단하다. 입고 다니는 옷과 들고 다니는 가방과 신고 다니는 신발이 어릴 때보다 비싼 것들이기 때문이다. 다시 말해서 지켜야 할 게 많아지니까 '없는 재미'를 느껴 볼 엄두가 안 난다. 나이 들수록 보수적으로 변하는 것도 그 때문이다. 기껏 비 한 번 맞는 것도 짜증스럽기만 한데 하물며 그 이상의 파격을 어찌 기대하겠는가.

●

아이가 어른보다 발랄하고 상상력이 풍부하고 기성관념에 얽매이지 않는 것은 그들이 어른보다 가난하기 때문이다. 물질적으로든 경험적으로든 아이는 어른보다 가진 게 없다. 아이는 어른보다 '없는 것이 오히려 장점'인 것이다. 나는 《아이디어 에러디어》와 《창작과 빈병》이라는 책을 썼을 만큼 창조나 창작에 대해서 관심이 많고 관련 책도 많이 읽었다. '크리에이티브'에 관련한 책들에 공통으로 나오는 내용이 있다. 아이처럼 되기! 그런데 어른이 갑자기 어떻게 아이처럼 된단 말인가? 이게 말로 하면 쉬운 것 같은데 막상 실천하려고 하면 쉽지 않다. 방법이 무엇인지 감을 잡기도 어렵다.

●

내 생각에 아이처럼 되려면 가난해져야 한다. 앞서 말했듯이 어른이 빗속으로 뛰어 나가기 두려운 까닭은 몸에 붙어 있는 것들이 애들 것보다 훨씬 더 비싸기 때문이다. 아이처럼 우산 없이 빗속을 누비고 싶으면 없이 살아야 한다(참고로 내 좌우명이 '없이 살자'다). 양복보다 운동복, 구두보다 운동화, 명품 가방보다 저렴한 가방을 들고 있어야 아이의 상태에 더 가까워진다. 그리고 이것은 꼭 물질적인 것만 뜻하지 않는다. 사람들과의 관계라든지 사회에서의 지위라든지 여러 면에서 우리는 '없이 사는' 것에 대해서 생각해 봐야 한다. 잃을 게 없는 삶일수록 상상력은 풍부해지고 실천력도 과감해진다.

미루기(1)

나는 정말 해야 한다고 지난 몇 년간 생각한 딱 한 가지 일을 제외한 모든 일을 열심히 하며 살아왔다. 스스로 해야 한다고 다짐한 그 일로부터 도망칠 수만 있다면 달까지 다리라도 놓을 지경이다.

_이다혜, 《책읽기 좋은날》, 96쪽

시험 기간에 해야 할 가장 중요한 일은 시험공부다. 그렇다면 가장 하기 싫은 일은? 그것도 역시 시험공부다! 이게 인생의 아이러니다. 해야 하는 일은 '해야 한다고 다짐'하는 순간부터 하기 싫어진다. 내일 수학 시험이 있으면 오늘 수학 공부를 해야 할 텐데, 이상하게도 (내 마음 나도 몰라요) 영어 공부를 더 하고 싶어진다. 이것은 사실 영어를 좋아해서가 아니라 수학 공부를 회피하고 싶은 마음의 다른 표현이다. 해야 하는 일을 해야 하는 시기에 해야 하는 만큼 할 수만 있다면 인생은 좀 더 수월하게 흘러갈 것이다.

●

'다짐'이 오히려 그 일을 해내는 데 가장 큰 걸림돌이 될 수 있다. '작심삼일'의 주범은 그 표현 내부에 있다. 그렇다. '작심'을 했기 때문에 '삼일'밖에 못 가는 것이다. 마음의 얄궂은 메커니즘이다. 비유컨대 이런 말이다. 하고 싶던 공부도 엄마한테서 "공부 좀 해라!"라고 잔소리를 들으면 공부할 마음이 싹 사라진다. 우리는 고압적인 어조로 어떤 명령을 들으면 반사적으로 거부감을 느끼게 된다. 말을 듣기 싫어진다. '작심'은 스스로 자신에게 내리는 명령이다. 남이 하느냐 내가 하느냐는 중요치 않다. 명령을 들으면 청개구리가 되는 게 인간의 심리다. 다짐의 강도가 세어질수록 반발심도 그만큼 커진다.

●

다짐이나 작심이 나쁜 까닭은 명령과 복종의 알고리즘을 내면화하기 때문이다. 자꾸 자신에게 명령하는 버릇이 들게 된다. 무슨 말인고 하니 명령과 복종의 형식이 아니면 어떤 일을 실행해 나가기 어렵게 된다는 뜻이다. "그 일은 정말 하기 싫지만 명령이 떨어졌으니 복종하겠다!" 뭐 이런 식의 사고 패턴이 똬리를 틀게 된다. 매사를 이렇게 처리하면서 사는 것은 비참한 일이다. 그럼 어떻게 해야 하는가? 그 일을 좋아하도록 만드는 것이다. 좋아서 하는 일에는 다짐이나 작심이 필요 없다. 다이어리에 '신년 계획' 같은 거 쓸 필요도 없다. 계획표를 작성할 필요가 없을수록 행복한 삶에 가깝다.

●

다른 분야는 잘 모르겠으니 글쓰기로 예를 들어 보자. 작가 지망생이 가장 많은 시간을 투자해야 하는 것은? 필사와 습작이다. 그 다음이 독서이고. 그렇지만 대부분의 작가 지망생은 독서에 가장 많은 시간을 할애한다. 이 사람이 독서를 그렇게 좋아해서 우선순위가 뒤바뀌었나? 아니다. 이것은 앞서 얘기한 것처럼 수학 시험을 앞두고 영어책을 더 보고 싶어 하는 심리와 같다. 수학이 싫듯 글쓰기가 싫은 거다. 작가 지망생이 글 쓰는 게 싫다고? 말이 되나 싶겠지만 사실이다. 작가 지망생이 모두 글쓰기를 좋아한다고 생각하면 착각이다. 작가가 되고 싶은 것과 글쓰기를 즐기는 것은 꽤 차이가 있다.

●

그러므로 작가 지망생은 "작가가 될 거야!" 이런 거 책상 앞에 붙여 두지 말고 글쓰기를 독서보다 더 좋아하도록 만드는 일부터 고민해야 한다. "작가가 되기 위해서 매일 꾸준히 글을 쓰겠다!" 말이 쉽지 이런 거 실천하기 정말 어렵다. 계획을 세우는 순간 사실 실패는 예정되어 있다고 봐야 한다. 긴 인생을 두고 생각해 봤을 때 명령과 복종의 체계가 가진 한계는 분명하다. 며칠은 실천하는 듯싶더니 다시 남의 책을 뒤적거리고 있는 당신을 발견하게 될 것이다.

작가가 되기 '위해서' 글을 쓰려고 하면 결국 그렇게 된다.

●

고백하자면 나도 그런 사람이었다. 그걸 깨달은 게 서른 넘어서다. 나는 작가가 되길 갈망했으나 글쓰기는 싫어하는 사람이었다. 그래서 책을 엄청나게 읽었다. 20대를 통틀어서 해마다 1,000권 넘게 읽었다. 나는 그게 작가가 되기 위해 꼭 필요한 일이라고 생각했다. 작가 지망생에게 독서가 필요하다는 사실을 누가 부정하겠는가? 독서는 무척 중요하다. 문제는 글을 써야 하는 시간을 줄여 가며 책을 읽었다는 것이다. 작가 지망생에겐 독서가 아무리 중요해도 습작만큼은 중요하지 않다. 20대의 나에게 독서보다 더 필요했던 것은 글을 즐겁게 많이 써 보는 것이었다. 그걸 못 하고 20대를 넘겨 버렸다.

●

세상에 즐기지 못할 일은 없다. 내가 정말로 싫어하는 일도 누군가는 즐기고 있다. 나는 죽도록 싫어하는 수학이지만 어떤 이는 얼마나 즐겁게 공부하는가. 그것은 분명 타고난 기질의 차이 때문만은 아니다. 즐기게 된 계기나 자신만의 방법론이 있을 것이다. 글쓰기도 마찬가지다. 쓰기를 즐기지도 못하면서 작가가 돼야 한다는 일념에만 사로잡혀 있으면 안 된다. 먼저 글쓰기를 즐길 수 있는 자기만의 노하우를 개발해야 한다. '작가가 되는 법'이 아닌 '글쓰기를 즐기는 법'이라는 게 핵심이다. 다짐도 병이다. 그만 좀 다져라.

미루기(2)

●

글이 잘 안 되면 맘 잡고 써보겠다고 콘도를 잡고 지방에 내려가기도 하는데 글을 쓰는 순간 평소에는 재미없던 일들이 정말 다 재미있어져요. 심지어 국회방송도 봅니다.

_KT&G 상상마당 열린포럼, 《예술가로 살아가기》, 236쪽

영화감독 김현석의 말이다. 역시 '맘 잡고' 무언가를 해 보려고 하는 순간 마음 한편에 저항감이 샘솟는 것은 어쩔 수 없는 노릇이다. 평소에 국회방송을 즐겨 보는 사람이 얼마나 되겠는가. 그런 '지루한' 방송을 보고 있는 게 차라리 나을 정도로 글을 쓰는 게 고통스럽다는 뜻이다. 영화감독이라면 시나리오를 쓰는 일이 가장 설레고 즐거운 일이어야 할 텐데 현실은 그렇지 못하니 아이러니다. 이런저런 공상을 하고 이것저것 메모하는 일이라면 그렇게 큰 부담을 느끼진 않을 것이다. 온종일 할 수도 있을 터이다. 그러나 풍성한 이야깃거리를 기승전결에 맞춰서 말이 되도록 담아 내려면 상당한 노력이 필요하다.

●

부담감이 클수록 더 열심히 그 일에 몰두해야 하겠지만 옆에서 누가 감시하고 지시하지 않으면 우리는 오히려 그 일을 미루고 회피하려 든다. 무슨 일이든 시작을 해야지 성공이든 실패든 할 것 아닌가. 그런데 성공에 대한 갈망이나 실패에 대한 두려움이 지나치면 아무것도 할 수가 없다. 앞으로 밀고 나가는 것도 아니고 그렇다고 손 털고 뒤로 물러서는 것도 아니다. 제자리에 우두커니 서서 시간만 보낸다. 이럴 때 일을 시작하는 방법은 맘 잡는 게 아니라 반대로 맘을 비우는 것이다. 걸작을 쓰겠다고 생각하면 걸작은커녕 졸작도 못 쓸 공산이 커진다. 걸작이든 졸작이든 일단 한 편의 완결된 시나리오를 써야 평가를 받을 수 있다. 글은 '맘 잡고' 쓰면 안 된다.

●

다짐하고 결심하고 작정하고 맘 잡고…. 이런 표현들과 친하게 지내면 안 된다. 성과에 대한 기대치를 조금 낮추고 지금 당장 할 수 있는 일들을 찾아서 하면 된다. 시나리오를 쓰기 위해서 굳이 '콘도를 잡고 지방에 내려'갈 까닭이 없다. 시간적 여유가 있는 사람은 그래도 되겠지만, 지금 직장에 다니는 사람은 어쩌나? 학교에 다니는 학생은 어쩌고? 위안 삼아 처지만 한탄할 텐가? 시나리오 쓰는 데 다짐은 필요치 않다. 출근 전에 한 시간 일찍 일어나서 써도 되고, 출퇴근길 버스 안에서 써도 되고, 회사에서 일하는 척하면서 서류 밑에 노트 깔아 놓고 써도 되고, 퇴근하고 집에 와서 써도 된다.

●

일단 시작해라. 컴퓨터를 켜고 책상 앞에 앉을 필요도 없다. 그렇게 하는 데도 은근히 결심이 필요하다. 지금 당신에겐 그런 것 없이 바로 글쓰기에 착수할 수 있는 훈련이 필요하다. 앉아 있기 귀찮으면 누워라. 누워서 볼펜 하나 노트 한 권 머리맡에 두어라. 볼펜은 뚜껑 씌우는 거 말고 딸깍 누르는 걸로. 왜냐면 볼펜 뚜껑 열었다 닫는 것도 귀찮으니까. 노트는 일반적으로 쓰이는 대학 노트 말고 스프링으로 철된 노트. 왜냐면 덮었다 펼쳤다 하기도 귀찮으니까. 백지가 맨 위에 올라오도록 펼쳐 놓으면 준비 끝! 이제 글을 쓰는 거다. 첫 문장부터 쓰지 않아도 된다. 완결된 문장으로 쓰지 않아도 된다.

●

무슨 일을 열심히 하는 것보다 열심히 하지 않아도 되는 상황을 만드는 것이 진짜 열심히 하는 거다. 시험 전날 밤을 새우는 게 열심히 공부하는 게 아니라 그런 사태가 벌어지지 않게 미리 준비하는 게 열심히 공부하는 거다. 야구감독 김성근이 언젠가 인터뷰에서 인상적인 말을 했다. 곱새겨 보자. "다이빙캐치를 하면 잘하는 줄 아는데, 다이빙캐치하기 전에 수비위치 잡으면 되는 거잖아. (…) 나는 다이빙캐치하는 것을 잘한다고 하는 그 발상이 틀렸다고 봐. 프로라고 하면 저 볼은 여기 온다. 그래서 여기 서 있어야지, 하고 판단하는 것. 그게 프로지. 프로는 어려운 일을 쉽게 해야 하는 거야."

프라이팬 이론

나의 첫 광고 사부님이 말씀해주신 것 중에 '프라이팬 이론'이라는 것이 있다. 프라이팬이라는 것은 달구는 것이 어렵지 일단 달궈지고 나면 계란을 두 개든, 세 개든 한꺼번에 익힐 수 있다는 것이다. 사람도 이와 같아서 한없이 풀어져 있을 땐 프라이팬이 식어 아무것도 해내지 못하지만 일단 기합이 들어가 팬이 달궈지면 한꺼번에 몇 가지 일도 해낼 수 있다는 말씀, 그것이 프라이팬 이론이었다.

_홍인혜, 《루나파크》, 27쪽

작가 지망생은 보통 이렇게 생각한다. '평일엔 직장에 다니느라 바쁘니까 글을 쓰는 게 힘들어. 주말이 되면 글을 많이 써야지. 빨리 주말이 왔으면 좋겠다!' 그러나 결과는 어떤가. (당신도 이미 예상하고 있겠지만) 주말엔 도저히 글을 쓸 수가 없다! 12시간은 내 마음대로 쓸 수 있는 여유가 있음에도 기껏해야 2~3시간도 글쓰기에 몰입하기 어렵다. 그나마 그 정도라도 쓰면 보람 있게 보낸 편이다. 심지어 한 글자도 쓰지 못하고 주말을 고스란히 반납하는 경우도 허다하다. 어영부영하다 보니 어느새 〈개그콘서트〉를 보면서 한숨을 푹 쉬고 있는 자신을 발견한다. 이렇게 또 월요일이 오는구나.

●

주말에 글을 쓰기 힘든 이유는 프라이팬이 식었기 때문이다. 평일에는 어떤가. 출근하거나 등교해야 하니까 어쩔 수 없이 프라이팬을 달궈야 한다. 씻고 옷 찾아서 입고 이리저리 분주히 움직이고…. 그러다 보면 몸뿐 아니라 정신도 적절한 긴장 상태에 도달한다. 프라이팬이 달궈진 거다. 하지만 주말엔 그렇지 못하다. '추리닝' 차림에다 세수도 하지 않았기 쉽다. 평일처럼 정신이 명료한 상태가 되려면 프라이팬을 달구는 귀찮은 과정을 거쳐야 한다. 그러나 옆에서 누군가 닦달하지 않거나 반드시 씻어야 하는 상황이 아니면 좀처럼 평일같이 프라이팬을 달굴 수 없다. 평일보다 주말에 책상 앞에 더 긴 시간을 앉아 있을 수 있는 작가 지망생이라면 그는 조만간 성공할 거다.

●

주말이나 휴일을 이용해서 밀렸던 뭔가를 하려는 생각은 좀 바꾸자. 딱 잘라 말해서 실천하기 어렵다. 예컨대 직장인이 주말을 이용해서 공부를 하겠다고 결심하는 것처럼. 할 수 있으면 그렇게 해라. 그러나 마음처럼 그게 잘 안 되면 자신의 부족한 의지력을 한탄하며 허송세월하지 말고 전략을 바꿔라. 계획한 어떤 일을 주말에 하기 힘든 것은 당신이 특별히 게을러서가 아니다. 사람이면 대부분 겪는 보편적인 심리다. '프라이팬 이론'에 따라 삶의 패턴을 바꾸는 걸 고려해 보라. 공부를 하고 싶으면 주중에 해라. 바쁠 때 (프라이팬이 달궈졌을 때) 오히려 머리에 쏙쏙 들어올 수 있다.

●

우리 인생에서 더 많은 시간은 당연히 휴일이 아니라 평일이다. 해야 하는 일이 있으면 평일에 몰아서 해 버리는 게 차라리 나을 수 있다. 해야 할 일이 하나 있으면 거기다 하나 더 추가하기는 어렵지 않다. 그러나 아무것도 하지 않는 상태에서 하나를 해야 하는 것은 무척 귀찮은 일이다. 계란 프라이 하나 만들어 먹으려고 해도 귀찮아서 관두기 일쑤다. 하지만 일단 프라이 하나 만들었으면 두 개 만드는 일은 쉽다. 달궈진 프라이팬에 달걀 하나만 더 깨트려서 넣기만 하면 되니까. '프라이팬 이론'을 기억하자.

한 번에 하나씩

한 번에 두 가지 일을 할 수는 있지만 한 번에 두 가지 일에 모두 효과적으로 집중할 수는 없다. 심지어 우리 집 개 맥스도 이 사실을 안다. 내가 맥스의 머리를 긁어 주며 TV의 농구 경기에 집중하고 있으면 맥스는 내 다리를 쿡쿡 찔러 댄다. 건성으로 머리를 긁어 주는 건 성에 차지 않는 것이 분명하다.

_게리 켈러 · 제이 파파산, 《원씽》, 66쪽

흔히 여자가 남자보다 멀티태스킹 능력이 뛰어나다고 말한다. 남자는 한 번에 한 가지 일에만 집중할 수 있을 뿐이지만 여자는 수월하게 여러 일을 동시에 처리할 수 있다는 것이다. 이런 종류의 말이 언제나 그렇듯이 맞는 것도 같고 아닌 것도 같다. 어쨌든 너무 엄밀

성에만 집착하지 않는다면 대체로 수긍하고 넘어갈 수 있을 듯싶다. 이런 얘기다. 남자는 축구 경기를 시청할 때 다른 일은 제쳐 두고 텔레비전만 보길 원한다. 옆에서 누가 말을 걸거나 하면 짜증을 낸다. 반면에 여자는 드라마를 보면서 다른 일을 동시에 하는 걸 개의치 않고 오히려 즐기는 경향마저 있다. 텔레비전도 보고 수다도 떤다.

●

그런데 이런 남녀 차이를 근거로 하여 여자가 남자보다 머리가 더 우수하다고 주장하는 사람들이 있다. 그 말에는 한 번에 하나씩 일 처리를 하는 것보다는 여러 일을 동시에 처리하는 것이 더 차원 높은 능력이라는 의미가 깔려 있다. 얼핏 들으면 맞는 말 같기도 하다. 컴퓨터의 예를 들면 쉽게 이해할 수 있을 것이다. 사양이 높을수록 여러 개의 프로그램을 화면에 동시에 띄운 채 처리할 수 있다. 하지만 여기서 간과하고 있는 부분이 있다. 컴퓨터 성능이 좋은 것과 그것을 사용하여 만들어 내놓는 결과물의 질이 비례하지는 않는다는 점이다. 창작에 종사하는 분들이라면 내 말에 공감할 것이다.

●

예컨대 작가에게 고성능 컴퓨터는 도움이 되기보다 오히려 방해될 때가 많다. 문서 프로그램 외에 나머지 프로그램은 지워 버리고 싶을 지경이다. 글을 좀 쓰려고 하면 인터넷이니 영화니 음악이니 하는 것들이 우리를 유혹한다. 그래서 결국 여러 프로그램을 실행

시켜 놓고 자기합리화에 들어간다. 글 쓰다 보면 머리가 아프니까 영화도 틈틈이 봐 줘야지. 음악을 들으면서 쓰면 글이 더 잘 써지지 않을까. 아이디어가 막힐 때는 웹서핑을 해 줘야 해. 결국 문서 창 외에 잡다한 이것저것을 동시에 컴퓨터 화면에 띄워 놓게 된다. 그러나 우리의 깊은 내면은 진실을 안다. '이건 좀 아니잖아?' 그렇다. 아닌 것이다.

●

말이 좋아서 멀티태스킹이지 현실은 집중력 결핍인 경우가 많다. 혹시 이 글을 읽고 있는 당신이 여자라면 특히 유념해야 할 것이다. 여자가 남자보다 여러 일을 동시에 처리하는 능력이 뛰어나다는 '상식'을 믿지 마라. 설령 그 얘기가 사실이라고 하더라도 그게 뭐 어떻다는 말인가? 여러 일을 동시에 하는 것이 한 번에 하나의 일에 집중하는 것보다 더 뛰어난 능력이 결코 아니다. 뒤집어 생각하면 후자가 오히려 더 뛰어난 것일 수도 있지 않은가? 여자가 남자보다 멀티태스킹 능력이 좋은 것이 아니라 남자가 여자보다 집중력이 더 뛰어나다고 볼 수도 있다. 드라마 보면서 휴대폰으로 '카톡'도 하고 옆 사람과 수다도 떨고 잡지도 뒤적뒤적 읽는 게 무슨 자랑거리가 되는가?

●

'한 번에 두 가지 일을 할 수는 있지만 한 번에 두 가지 일에 모두 효과적으로 집중할 수는 없다.'는 말을 명심해야 한다. 주위를 둘러보라. 우리 눈과 귀를 사로잡는 즐길 것들이 얼마나 많은가. 이런 시대에 멀티태스킹을 능력이라고 불러야 마땅할까? 내가 보기에 그것은 오히려 고쳐야 할 나쁜 습관일 뿐이다. 지금 당신에게 필요한 것은 여러 일을 병렬 처리하는 능력이 아니다. 한 번에 하나의 일에 온 신경을 집중하는 능력이 더욱 필요하다. 특히 창작을 지망하는 사람이라면 말이다. 한 번에 하나씩 일을 처리하는 것은 절대로 시간 낭비가 아니다. 길게 보면 오히려 시간을 버는 일이다.

'하지 말라'

우리 주변을 살펴보면 너무나도 '하지 말라'는 것이 많다. 어린시절부터 부모에게 들어온 '울지 마라!', '장난하지 마라!' 등, '말라!', '말라!'를 많이 들어온 대신 별로 '해라!', '해 봐라!' 하는 말을 들은 기억은 많지 않다. 지금의 기성세대도 마찬가지로 다음 세대더러 '하지 말라'를 계속하고 있다.

_김수근, 《좋은 길은 좁을수록 좋고 나쁜 길은 넓을수록 좋다》, 개정판 1쇄, 52쪽

한국에는 눈치 문화가 발달해 있다. 한국에서 살아가려면 눈치가 빨라야 한다. 눈치는 하지 말아야 할 짓을 하지 않음으로써 발휘된다. 눈치는 대체로 '하지 말라'와 연결된다. 물론 긍정적인 의미로 쓰이기도 하지만 ("걔는 눈치가 참 빨라.") 상대적으로 봤을 때 부정적인 상황에서 더 흔히 쓰이는 것 같다. "너는 어쩜 그렇게 눈치가 없냐?" "지금 여기서 네가 눈치 없이 나서면 되겠냐?" "너 하나 때문에 집안 분위기 썰렁해진 거 눈치 못 챘냐?"

●

눈치가 빠르면 좋다. 장점이라고 할 수 있다. 눈치 빠른 사람은 타인의 마음을 잘 헤아린다. 표정이나 행동의 미묘한 변화만으로 상대방이 지금 무슨 생각을 하는지 금세 알아차린다. 관찰력이 좋다는 얘기다. 그렇지만 눈치가 빠른 것과 눈치를 보는 것은 다르다. 눈치가 빠른데 남의 눈치는 잘 안 보는 사람이 있고 눈치도 없으면서 남의 눈치를 너무 보는 사람도 있다. 세상에서 가장 안쓰러운 모습 중 하나가 눈치 없는 사람이 눈치 보는 모양새다. 그러고 보면 눈치라는 것이 참 재미있는 단어다. 갖고 있으면 좋지만 그렇다고 너무 드러내는 것도 곤란하다. 외국인에게 '눈치'를 쉽게 설명할 수 있겠는가?

●

눈치는 약자가 사용하는 용어다. 강자는 눈치를 보지 않는다. 아이가 어른의, 직원이 사장의, 학생이 선생의, 여자가 남자의 눈치를 본다. 그 반대의 경우는 그리 흔하게 포착되지 않는다. 눈치는 갑을 관계에서 약자가 쓸 수 있는 생존 기술이다. 특히 한국 사회에서는 더욱 그렇다. 단순히 눈치가 빠르기만 해서는 안 된다. 눈치를 잘 봐서 갑의 기분을 잘 맞추는 을이 성공의 사다리를 오를 수 있다. 눈치는 빠르지만 눈치를 볼 생각이 없으면 능력이 출중해도 '모난 돌'이라는 평판을 듣는다. "그 사람은 머리는 참 좋은데 사회성이 없어." 한국에서 남의 눈치 안 본다는 것은 사회성이 없다는 말과 같다.

●

사회성이 중요하게 여겨지는 사회일수록 창의성은 위축될 수밖에 없다. 눈치를 잘 살피는 사람이 성공한다는 것이 공식처럼 통용되면 누가 소신껏 창의성을 발휘하겠는가. 칭찬을 받아도 시원찮을 판에 낯선 생각이나 행동을 했다간 다짜고짜 대중의 뭇매부터 맞는다. 시간이 흘러 그가 옳았다는 것이 증명되기도 하지만 그때는 이미 깊은 상처를 받은 뒤다. 그런 모습들이 우리에게 각인되어 있기 때문에 기성세대는 자식들에게 '하지 말라'를 주문처럼 되뇐다. "뭘 하든 먼저 하지는 마. 나중에 눈치 봐 가면서 적당히 따라 해."

●

사회 여러 분야에서 창의적인 인재가 왜 이렇게 없느냐는 탄식이 터져 나오고 있는데 그것은 아주 당연한 얘기가 아닌가. 무난하게 사회에 섞여들 수 있도록 눈치 보는 법부터 배우고 자란 세대에게 창의성을 기대하는 건 도둑놈 심보가 아닌가. 지금 세대는 기성세대의 교육 방향에 따라 훌륭하게 자랐다. 당신들이 원하는 모습으로 잘 컸다. 그런데 왜 이제 와서 핀잔을 주는가. 말 잘 듣도록 키웠으니, 앞으로도 말 잘 들을 테니, 기성세대가 끝까지 책임지고 먹여 살려야 할 것 아닌가. 그럴 능력이 안 되면 입 꾹 다물고 지내시라. 당신들이 세상의 주도권을 쥐고 있을 때 '하지 마라' 그래서 안 했더니, 힘 빠지고 의지하고픈 때가 되니까 '왜 못 하느냐'고 다그치는 게 말이 되는가.

속옷 뒤집어 입기

따지고 보니, 내 삶에 있어서 나는 늘 은밀하게 속옷 뒤집어 입기를 해오고 있었다. 서울을 버리고 장흥 바닷가 마을로 이사와 버린 것, 남의 눈치 보지 않고 내 식의 소설만 쓰며 살아온 것, 글이 잘 풀리지 않거나 성가신 일이 생기면 털어버리고 바닷가나 뒷산으로 산책을 나가버리곤 하는 것이 모두 그것이다.

_한승원, 《이 세상을 다녀가는 것 가운데 바람 아닌 것이 있으랴》, 180~181쪽

창의성은 남들이 '하지 말라'는 짓을 하면서부터 발휘된다. 이 글에서 반사회적 일탈을 부추기고 싶은 생각은 없지만, 일상의 작은 일탈 정도는 시도해 보라고 권하고 싶다. 남들과 똑같이 살면서 그들과 다른 발상이 떠오르길 기대하기는 쉽지 않다. 프랑스의 문인

폴 부르제는 "생각하는 대로 살지 않으면 사는 대로 생각하게 된다."라고 했다. 그런데 난 이 말을 뒤집어서 표현하길 더 좋아한다. "사는 방식을 바꾸면 그에 따라 생각도 바뀐다."라고. 보통의 우리는 생각하는 대로 살기 참 어렵다. 대신에 먼저 삶의 방식에 약간씩 변화를 주다 보면 어느 때부터 생각이 그걸 편안히 받아들인다.

●

이를테면 '속옷 뒤집어 입기' 같은 것으로 시작해 보는 거다. 속옷을 입다 보면 상표 때문에 목 뒤가 가렵고 따끔거리는 때가 있다. 그럴 때 간단한 해결책은 안과 밖을 뒤집어 입는 것이다. 그러나 실제로 그렇게 하는 사람은 많지 않다. 혹시나 남들에게 그런 모습을 들키면 창피스러울 것 같다고 여기기 때문이다. 그러나 과연 그런가. 속옷을 낯선 타인에게 내보일 일은 거의 없으며, 속옷을 보여줄 정도로 가까운 사이라면 뒤집어 입었다고 그걸 가지고 놀리지 않는다. 설령 만에 하나 전혀 낯모르는 사람에게 속옷을 노출하게 될 경우라도 당신의 걱정과 달리 사람들은 그런 부분에 딱히 관심이 없다.

●

우리는 결심한다. "타인의 시선으로부터 자유로운 사람이 되자! 소신과 주관을 갖고 살자!" 매우 훌륭한 생각이긴 한데, 그런 사람도 고작 속옷을 뒤집어 입는 것에조차 망설임을 느낀다는 게 아이러니다. 이 글을 읽고 있는 분 중에서 지금 속옷을 뒤집어 입고 있는 사람은 아무도 없을 듯싶다. 동시에 오늘 일과 시간 내내 낯선 타인에게 속옷을 보여 줘야 하는 상황에 처한 사람도 거의 없을 것이다. 결국 속옷은 옳게 입든 뒤집어 입든 평상시에 아무런 상관도 없는데, 모두 약속이라도 한 것처럼 선뜻 뒤집어 입지 못한다. 이럴 때 과감히 속옷을 뒤집어 입을 줄 알아야 자유롭고 창의적인 인간이 되기 위한 출발점에 설 수 있다. 이렇게 우리는 자기 검열을 조금씩 지워 나가야 한다.

●

혼자만의 '은밀한 일탈'에는 무엇이 있을까 생각하고, 그것을 실천해 보는 일은 대단히 의미가 있다. 타인의 시선에 얽매이지 않기 위한 '예방주사'일 수도 있고, 주체적인 생각과 행동을 하기 위한 '예행연습'일 수도 있다. 속옷을 내 마음대로 입을 수 있는 사람만이 겉옷에 대한 부담감도 (왜 이렇게 입을 옷이 없는 거야!) 떨쳐낼 수 있다. 겉옷에 신경 안 쓰는 사람만이 자가용의 크기나 아파트 평수에도 초연할 수 있다. 그리고 그런 것들에 마음을 뺏기지 않음으로써 시간을 얻을 수 있다. 인생에서 가장 중요한 것은? 두말할 필요도 없이 시간이다. 온전히 나 자신으로 살아 있는 시간!

●

100살까지 살았다고 모두 장수(長壽)가 아니다. 평생을 비싼 옷과 고급 차와 넓은 아파트 장만을 위해서 살다가 갔다면 그는 100살에 요절(夭折)한 것이다. 당신도 100살에 요절하고 싶은가? 설령 50살에 죽더라도 장수했다는 평가를 듣고 싶진 않은가? 50년을 100년처럼 살고 싶지 않은가? 남들이 대단하다고 생각하는 것에 쓸데없이 휩쓸려 다니다 요절하지 마라. 장수하는 삶을 살기 위한 첫걸음이 은밀한 일탈이다. 은밀하게! 위대하게!

로스팅

●

로스팅을 하는 커피집 아저씨가 말하길, 맛있는 커피의 중요한 요건은 물론 신선한 원두지만, 그 원두의 가치를 최고로 이끌어내는 것은 로스팅에 달려 있다고 한다. 원두의 잠재력을 최대한 이끌어내는 것이 바로 로스팅의 매력이어서 한번 로스팅에 발을 들여놓은 사람은 당최 빠져나가기가 힘들다는 말도 덧붙였다.

_김주현, 《바나나 우유》, 173쪽

불공평하지만 태어날 때부터 최고급 원두인 사람들이 있다. 지능이 높다거나 외모가 출중하다거나 운동신경이 탁월하다거나…. 말하자면 그들은 남들보다 몇 걸음 (어쩌면 꽤 멀리) 앞선 자리에서 출발하는 달리기 선수와 같다. 그들과 경쟁해야 하는 처지에 놓인 보통의 사람들은 부러움과 시기심을 동시에 느낄 수밖에 없다. 가뜩이나 그들보다 발도 느린데 거기다 뒤에 서서 출발해야 하니 억울한 마음이 생기는 게 인지상정이다. 그러나 한번 뒤집어 생각해 보자. 분명 당신은 그들보다 뒤처진 자리에서 스타트한다. 그렇다면 당신은 맨 뒷자리에 서 있는가? 아니다. 당신 뒤에도 긴 줄이 늘어져 있다.

●

어쩌면 정신적으로 신체적으로 환경적으로 당신보다 '열등하게' 태어난 사람이 '우월하게' 태어난 사람보다 더 많을 수 있지 않은가. 그리고 나는 그게 진실에 더 가깝다고 본다. 당신의 엄살과 달리 당신 앞에 늘어선 줄보다 뒤에 늘어진 줄이 훨씬 더 길다. 뒤를 돌아볼 정도로 마음의 여유가 없어서 그렇지 조금만 더 고개를 전후좌우로 돌려 보면 당신은 이미 훌륭한 원두라는 사실을 알게 될 것이다. 자신에겐 없지만 남들은 가진 것들에 대해서 당신이 더욱 크게 체감하기 때문에 착각을 일으키고 있을 뿐이다. 남들에겐 없지만 당신은 가진 것에 대해서는 그다지 고마움을 못 느끼면서 말이다.

●

확언컨대 당신은 스스로 생각하는 것보다는 훨씬 더 품질이 괜찮은 원두다. 세상은 불공평하다. 그런데 당신은 그 불공평함의 수혜자(더 나아가 가해자)에 가깝지 결코 피해자에 더 가깝지는 않다. 스스로 피해자라고 생각하기엔 이미 당신은 많은 것을 갖고 태어났고, 어떤 이들은 꿈도 꾸지 못할 혜택을 태어난 순간부터 누리고 있다. 그것을 인정하는 일은 중요하다. 나는 당신이 감수성이 풍부한 사람이었으면 좋겠다. 감수성은 단순히 감정의 풍부함이나 예민함만을 뜻하는 게 아니다. 살면서 한 번도 남을 해코지한 기억이 없더라도 태어나서 살아가고 있다는 그 자체만으로 이미 불가피하게 가해자가 될 수밖에 없음을 감지하는 것이 바로 감수성이다. 아무리 예민한 감각을 타고났더라도 평소에 피해자 의식만 느낀다면 그는 그저 무딘 인간이다.

●

이야기가 조금 옆길로 샜는데, 내가 하고 싶었던 말은 이거다. 커피는 원두가 아니다! 최고급 원두라고 반드시 맛있는 커피의 탄생으로 이어진다는 보장은 없다. 나무에 매달려 있는 원두와 찻잔 속에 담겨 있는 음료와의 거리는 아주 멀다. 커피 한 잔이 만들어지기까지 얼마나 많은 공정을 거쳐야 하는지 우리는 익히 잘 알고 있다. 그중에서도 로스팅이 커피의 품질을 결정하는 데 상당히 중요한 과정으로 알려져 있다. 아무리 좋은 원두라도 로스팅이 시원찮으면 그 가치가 떨어질 수밖에 없다. 반대로 최고급 원두가 아니더라도 로스팅 방식에 따라서 훌륭한 맛과 향을 가진 커피가 될 수 있다.

●

사람도 마찬가지다. 원두의 품질은 태어나면서 결정된다. 그걸 부정할 순 없다. 그러나 훌륭한 사람이 되는 길은 원두의 상태가 아닌 로스팅을 하는 방식에 더 많은 영향을 받는다. 각 분야의 저명인사 중에 자신이 대단한 원두여서 성공했다고 말하는 사람은 아무도 없다. 그리고 그 말은 단순히 겸손에서 나온 것이 아니다. 그들은 실제로 최고급 원두는 아니었다. 그렇지만 자신들 나름의 로스팅 방식을 거치면서 한 분야의 일가를 이룰 수 있었다. 평범함과 비범함의 차이는 어디에서 발생하는가. 평범한 인물은 살면서 사람들한테 들들 볶이는 것을 스트레스로만 받아들인다. 하지만 비범한 인물은 남들에게 볶이는 것을 자기 성장을 위한 로스팅 과정으로 받아들일 줄 안다.

●

심지어 스스로 로스팅 방식을 개발해서 자신에게 끊임없이 실험하기도 한다. 당신도 지금보다 더 나은 사람이 되고 싶으면 더 나은 로스팅 방법을 고민해야 할 것이다. 칭찬은 고래도 춤추게 한다지만, 칭찬이 고래를 성숙하게 하지는 않는다. 성숙은 볶임을 대하는 태도에 의해 결정된다. 스트레스가 무조건 나쁜 것만은 아니다. 스트레스가 주어질 때야말로 성장할 수 있는 절호의 기회다. 받지 않으려고 요리조리 피해만 다니는 게 능사는 아니다. 당신이 지금 풍기고 있는 분위기의 절반은 여태껏 겪은 로스팅의 결과다.

허물벗기

허물을 벗는 동안 뱀은 앞을 보지 못한다. 그와 마찬가지로, 우리는 어떤 변화가 일어나고 있는 동안에는 무슨 일이 벌어지고 있는지를 제대로 알 수가 없다.

_베르나르 베르베르, 《쥐의 똥구멍을 꿰맨 여공》, 226쪽

뱀의 일생에서 가장 위험한 시기는 바로 허물을 벗을 때일 것이다. 이때 다른 동물로부터 공격을 받는다면 꼼짝없이 죽을 수밖에 없다. 그렇지만 그 위험한 시기를 거치지 않으면 더 크고 강한 뱀으로 성장하지 못한다. 외부의 공격에 취약한 무방비의 시기를 겪는 것이 두려워서 허물을 벗는 과정을 생략한다면 뱀은 어떻게 될까? 당장은 좀 더 안전한 생활을 누릴 수 있을 것이다. 그러나 더 넓은 세상으로 나가서 더 무시무시한 포식자들 틈에서 살아남기 위해서는 허물벗기를 통한 성장의 과정이 반드시 필요하다.

●

사람도 인생을 통틀어 뱀처럼 몇 차례의 허물벗기를 거치면서 성장한다. 가장 먼저 겪는 시기는 청소년 무렵에 찾아오는 사춘기일 것이다. 그러나 그 시절을 겪을 당시엔 자신이 사춘기를 통과하고 있다는 사실을 잘 모른다. 그저 혼란의 소용돌이 속에 들어앉아 있을 뿐이다. 허물을 벗는 뱀의 눈앞에 불투명한 막이 씌워지는 것처럼 사춘기 소년소녀의 심리 상태도 그와 비슷하다. 세월이 한참 지나야 '그 시절이 내 사춘기였어.' 하고 뒤늦은 깨달음이 찾아올 뿐이다. 만약 사춘기를 겪을 당시 자신의 심리상태를 좀 더 정확히 파악하고 대처할 능력이 있었더라면 그 시기를 덜 혼란스럽게 보냈을 듯싶다.

●

뒤집어 생각해 보자. 하는 일마다 마음대로 풀리지 않고, 무얼 어떻게 해야 잘 살아나갈 수 있을지 도통 모르겠고, 눈앞이 캄캄하면서 한숨이 푹푹 나오고, 남들은 행복해 보이는데 난 왜 이리 괴롭고 힘든 것이냐고 누군가에게 따지고 싶다면, 지금 허물을 벗는 중이라고 생각하자. 앞서 말했듯이 다만 지금은 그걸 느끼기 힘들 것이다. 내 말이 제대로 귀에 들어가겠나. 말로 하긴 쉽지만 체감하긴 어렵다. 사춘기 소년한테 "너 지금 사춘기야."라고 말해 보라. 그가 얼마나 쉽게 수긍을 하겠는가. 아무튼 피부로 느껴지진 않아도 머리로는 일단 그렇게 알고 있자. "난 지금 허물벗는 중인가 봐."

●

과거에 힘들었던 어떤 한 시기를 떠올려 보라. 결국 시간이 흐르면 대부분의 슬픔과 고통은 농도가 옅어진다. 심지어 내가 왜 그때 그토록 힘들어했는지 멋쩍게 느껴지며 피식 웃기까지 할 마음의 여유도 생겨난다. "지금 다시 그때 그 시절로 돌아간다면 그렇게 힘들게 보내진 않을 텐데." 이렇게 말할 사람이 많을 것이다. 대부분이 그렇다. 허물벗기가 그런 것이다. 벗고 나와야 비로소 그 시기의 의미가 다가온다. 시간을 과거로 돌릴 수 없으니, 매번 허물벗기와 뒤늦은 후회를 반복하는 패턴으로 인생은 흘러간다.

●

지금 눈앞이 부옇게 잘 안 보인다면 허물을 벗는 뱀의 이미지를 떠올려 보라. 그리고 과거에 자신이 거쳐 왔던, 그러나 지금은 덤덤하게 받아들일 수 있는, 그 힘들었던 시기를 겹쳐서 생각해 보라. 그러면 지금 처한 상황을 조금은 더 객관적인 시선으로 볼 수 있을 것이다. 시간은 흐르고, 흐름에 따라서 느낌은 변한다. 느낌에 속지 말자. 허물벗는 시간은 고통스럽지만, 그런 시기를 겪지 않으면 강하고도 여유로운 어른으로 성장하지 못한다.

취향

사람들은 장미를 꽃의 여왕이라고 칭송하며 다른 꽃들은 쳐다보려 하지도 않습니다. 장미가 아름답다는 것은 그 꽃을 만들어낸 서양 사람들의 취향일 뿐인데도 서양 문물에 혼을 빼앗긴 우리들은 오늘도 장미를 닮으려고 애를 쓰고 있습니다.

_황대권, 《민들레는 장미를 부러워하지 않는다》, 8쪽

자기만의 취향이 없는 사람은 자본주의의 가장 만만한 먹잇감이다. 자본주의는 무엇을 제일 두려워하는가. 시류와 무관한 혼자만의 취향을 가진 사람이 점점 많아지는 것이다. 오 필승 코리아를 외치는데 서로 부둥켜안지 않고 동떨어져 팔짱 끼고 있는 사람, 서점에 자주 가지만 메인에 진열된 베스트셀러 코너에는 눈길조차 주지 않는 사람, 밸런타인데이에 초콜릿을 사는 일에 강박을 느끼지 않는 사람, 10년 전에 산 남방셔츠를 소매가 너덜너덜해진 지금도 입고 다니는 사람, 장미보다 길가에 핀 들꽃을 더 좋아하는 사람….
독특한 취향을 갖는다는 것은 사회운동의 차원으로 볼 수도 있지 않을까 싶다.

●

그런데 '운동'이라는 표현을 들으면 어쩐지 '희생'이라는 단어가 자동으로 함께 떠오른다. 대의를 위해서 내가 손해를 보며 살겠다는 거다. 하지만 그런 식의 경직된 운동 방식은 지속 가능하지 않다. 어느 철학자가 '냉장고를 없애라!'라는 내용의 글을 신문에 발표했다가 구설에 오른 적이 있는데, 냉장고를 없애려면 현대 도시인에겐 상당한 노력과 희생이 필요하다. 그는 냉장고를 없애는 것을 자본주의를 길들이기 위해 '실천할 수 있는 일'의 하나로 제시했지만, 그 글을 읽은 대부분의 사람은 전혀 공감하지 못했던 듯싶다.

●

실천하기 쉽고 지속 가능한 자본주의 길들이기 방법으로 자신만의 취향 갖기를 나는 권하고 싶다. 이쪽이 좀 더 현실적으로 들리지 않는가? 현대 자본주의는 생산이 아닌 소비 중심으로 돌아간다. 개인이 자본주의에 타격을 주는 방법은 두 가지다. 첫째, 소비를 줄인다. 그러나 이것이 반드시 바람직한 방법론이라고 볼 순 없다. 경제가 돌아가려면 그래도 소비가 필요하니까. 둘째, 자본주의가 지정해 준 것이 아닌 애먼 곳에 소비를 한다. 내게는 둘째 방식이 더 마음에 와 닿는다. 첫째는 자본주의에 저항하기이지만 둘째는 자본주의를 조롱하기다. "내 주머니에 돈 없어. 딴 데 가서 알아봐."가 아니라 "내 주머니에 돈 있어. 근데 너한테는 안 쓸 거야."라는 방식이 후자다.

●

저항은 약자가 강자에게 대응하는 방식이다. 그러나 우리가 꼭 자본주의한테 약자처럼 수그리고 들어갈 필요는 없지 않은가? 곰곰 따지고 보면 자본주의는 저항하고 말고 할 가치도 없다. '저항'의 대상으로 삼는 것 자체가 자본주의의 위상을 높여 주는 꼴밖에 안 된다. 자본주의는 기껏 봐줘도 조롱의 대상이면 족한 그 무엇이다. 그러한 마음가짐이 필요하다. 대응하는 방법에 대한 인식의 전환만으로도 이미 자본주의를 길들이는 데 많은 힘을 얻는다. 그들이 늘 하는 말이 있지 않은가. "고객은 왕"이라고. 왕의 품위를 버릴 까닭이 없다. 당당한 고객의 자세는 잃지 말자. 그리고 소비는 애먼 데 하자!

●

문제가 있다면 '애먼' 곳이 어딘지 많은 사람이 모른다는 것이다. 자본주의가 평생을 이곳만 쳐다보도록 교육해 놓았기 때문에, 그곳이 어딘지 찾지 못하는 사람이 대다수다. 그곳을 찾는 지도가 바로 취향이다. 자기만의 확실한 취향을 가진 사람만이 지도를 보며 이곳을 벗어날 수 있다. 지도가 없으면 벗어나고 싶어도 그럴 수 없으며, 벗어나더라도 방향 감각을 잃고 뚜렷한 목적지 없이 부유할 수밖에 없다. 남다른 취향이 없으면 둘 중 하나를 선택해야 한다. 주저앉아 상머슴이 될 것인가 떠돌면서 부랑자가 될 것인가. 색다른 취향을 가진 자만이 상머슴도 부랑자도 아닌 자유인이 될 수 있다.

위험한 모험

●

사람들에게 영화를 골라주는 일은 위험한 모험이다. 어느 면에서 보면 그건 편지를 쓰는 것만큼 자신을 드러내는 일이다. 그건 당신이 어떻게 생각하는지, 어떤 점이 당신에게 감동을 주었는지, 심지어 때로는 세상이 당신을 어떻게 본다고 생각하는지를 보여주는 일이다.

_데이비드 길모어, 《기적의 필름클럽》, 236쪽

어느 여름 오후에 나는 어딘가로 가기 위해 버스를 타고 있었다. 맨 뒷좌석에 앉아 있었는데 에어컨에서는 미지근한 바람만 나왔다. 요컨대 불쾌지수가 아주 높은 상황이었다. 뒷줄에 앉은 사람들은 끈적거리는 팔뚝이 서로 닿지 않도록 어깨를 움츠리고 있었다. 평소 같으면 다섯이 앉을 수도 있지만 그날은 넷이 앉아 있었다. 서 있는 승객 중에 아무도 끼어 앉으려고 하지 않았다. 차라리 서 있는 게 편했으니까. 그때 버스 앞쪽의 문이 열리고 덩치가 산만 한 남자 고등학생 하나가 올랐다. 천하장사 타이틀을 거머쥐던 시절의 강호동처럼 생긴 학생이었다. 그 학생이 점점 뒤쪽으로 다가왔다.

●

나의 바람과는 달리 (오지 마! 오지 마!) 그 애는 기어이 내 옆에 자리를 잡고 앉았다. 먼저 앉아 있던 넷은 가뜩이나 움츠리고 있던 몸을 더 구겨야 했다. 그 학생의 덩치가 2인분이라서 결국 여섯이 앉아 있는 셈이었다. 거기다 학생의 몸은 난로처럼 뜨거웠고 내 콧속으론 시큼한 땀 냄새가 흘러들었다. 내 팔이 그의 팔과 닿았을 때의 불쾌감을 10년쯤 지난 지금도 나는 어제처럼 기억한다. 차라리 일어서서 가는 게 더 낫겠다는 생각은 하고 있었지만, 그렇다고 거기서 갑자기 일어난다면 학생이 상처받을 수도 있겠다 싶어서 이러지도 저러지도 못하고 궁둥이를 들썩거리고만 있었다.

●

그때 학생이 가방의 지퍼를 열더니 책을 한 권 꺼냈다. 가뜩이나 자리도 비좁은데 이 상황에 책을 꺼내다니. 땀으로 끈적거리는 그 애의 팔뚝이 내 쪽으로 조금 더 다가와서 내 짜증은 곱절로 더해졌다. 나는 표정 관리를 하는 동시에 도대체 무슨 책을 읽고 있나 궁금해서 살짝 곁눈질을 했다. 물론 나는 그 또래 남자애들이 주로 뭘 읽는지 알고 있었다. 십중팔구 학원 폭력물인 만화이거나 한창 유행하던 판타지 무협소설일 거라고 예상했다. 더구나 고등학교 운동부인 듯한 학생이 읽고 있는 책이니 더 말하면 입만 아프지. 그런데 웬걸, 그 애가 펼쳐 든 책은 놀랍게도 하루키의 《상실의 시대》였다!

●

그 책이 딱히 고등학생이 읽기에 난해한 책이어서 놀란 게 아니다. 그 학생과 전혀 매칭이 안 되는 책이 갑자기 튀어나와서 그랬다. 허를 찔린 기분이랄까. 여고생이었다면 그러려니 했을 것이다. 그러나 씨름부 학생이라고 해도 이상할 게 없어 보이는 남학생 책가방에서 그런 책이 튀어나오다니 상상 밖의 일이었다. 신선했다. 내가 독서를 좋아해서 더욱 그런 마음이 들었을 것이다. 책에 집중한 모습을 보니까 신기하게도 불과 몇 분 전의 학생과 완전히 다르게 보였다. 착각이었겠지만 땀 냄새도 더는 나지 않았다.

●

취향이라는 것이 이처럼 힘이 세다. 사람을 완전히 달라 보이게 만드는 힘이 있는 것이다. 사람들이 흔히 그에게 갖기 쉬운 선입견과 상충되는 취향이라면 더욱 강력한 힘을 발휘한다. 어떤 취향을 갖느냐에 따라 평면적인 인물이 될 수도 있고 입체적인 인물이 될 수도 있다. 당연히 사람들은 후자에게 매력과 호기심을 더 느낀다. 학생이 학교 선생님한테 책 추천을 부탁했다고 하자. 그 선생님의 입에서 유명한 고전의 목록만 줄줄 흘러나온다면? 그것이 나쁘다고 보기는 어렵지만 그렇다고 흥미롭다고 말하기도 어렵다. 고전을 거론하면서 어른들은 안 보는 만화책이나 저급하다고 평가받는 작품을 슬쩍 곁들이면 어떤가? "선생님이 그런 책도 읽으세요?" 선생님에 대해서 호기심이 생길 수밖에 없다. 사람 자체가 갑자기 입체적으로 보이기 시작한다.

●

물론 여기서 중요한 점이 있다. 단순히 남들과는 다른 취향을 가졌다고 끝날 문제는 아니다. 그 취향이 왜 훌륭한 것인지 남들을 설득할 수 있을 정도로 그 분야에 정통해야 한다. 선생님의 입에서 흘러나오는 생소한 목록은 그저 남들 안 읽은 책을 자기만 읽었다는 의미가 아니다. 왜 그 책이 훌륭한 것인지 자기 나름대로 추천하는 이유가 반드시 있어야 한다. 유명한 영화감독들 (이를테면 박찬욱 같은) 입에서는 일반 대중이 안 본 영화의 목록이 끝도 없이 줄줄 흘러나온다. 심지어 세간에서 '싸구려 영화'로 평가되는 작품들까지. 그런 괴상한 취향과 그것에 대한 열렬한 옹호 논리가 그들을 개성 가득한 인물로 보이게끔 하는 게 사실이다. 취향은 적극적인 관리 대상이다.

●

취향을 드러내라. 이왕이면 남들과는 다른 취향을. 사람들이 당신을 떠올릴 때 흔히 생각지 못하는 반전이 있는 취향을. 그리고 '어떤 점이 당신에게 감동을 주었는지' 곰곰이 생각해 보라. 생각으로만 그치지 말고 주변 사람들에게 침을 튀기며 설명해라. 지인들만 상대하지 말고 블로그를 개설해서 불특정 다수를 향해서 글을 써라. 물론 이것은 '위험한 모험'이다. 낯모르는 사람들을 향해서 자신의 (무난하다고 할 수 없는) 취향을 드러내다 보면 때론 전혀 예상치 못한 당황스러운 반응에 직면하기도 할 것이다. 그러나 어떤 시점이 넘어가 버리면 그런 점들은 개의치 않게 되는 시기가 반드시 온다.

나만의 1등

내 안에 존재하는 나만의 1등 영화. 그 누구도 접근할 수 없는 천상천하 유아독존의 제1기준. 그런 영화가 이미 당신의 안에 존재한다면 당신은 영화에 관한 모든 담론과 개념과 구체적 실현을 바로 그 영화로부터 시작하고, 충분히 공부하고, 무엇보다 상큼하게 종결지을 수 있을 것이다. 바로 그것이 항상 1등인 영화다.

_이지훈, 《내가 쓴 것》, 67쪽

취향은 인생의 베이스캠프다. 높은 산을 오르든 깊은 바다를 내려가든 시작과 끝은 베이스캠프에서 이뤄진다. "시작이 반이다." 혹은 "끝이 좋으면 다 좋다."라는 속담에 공감한다면, 베이스캠프가 탐험의 성패에 얼마나 중요한 역할을 하는지 수긍할 것이다. 따라서 인생을 살아가며 겪게 되는 여러 도전과 모험에 직면했을 때, 냉철한 판단력과 과감한 실행력의 원천이 되는 것이 바로 당신의 취향이다. 언뜻 들으면 내 말이 잘 이해가 되지 않을 수도 있다. 취향이라니? 심심하고 한가할 때 찾게 되는 그 취향 말인가? 베이스캠프라면 재산이나 지식 같은 것쯤은 되어야 하지 않나? 고작 취향이라니….

●

인터넷 문화가 개인 일상에 제법 비중을 차지하게 되면서 (앞으로 그 비중은 계속 커질 것이다) 재산이나 지식보다 취향이 우리 삶의 방향성에 더욱 큰 영향력을 발휘하게 되었다. 당신이 하루에 한 번 이상 빠지지 않고 들르는 온라인 커뮤니티의 성격은 어떠한가? 무엇을 중심으로 뭉쳐 있나? 거기에 모여 있는 사람들의 공통적인 특징은 무엇인가? 재산, 나이, 성별, 학력, 거주지…. 이런 것들로 뭉쳐 있는가? 아주 없진 않겠으나 대부분 그렇지 않다. 책, 영화, 야구, 요리, 패션, 격투기, 자동차, 반려동물…. 인터넷 공동체는 거의 취향을 구심점으로 전국 각지에서 모여든 사람들의 집합이다.

●

아무리 지식이 풍부하고 재산이 많아도 뭔가를 열렬히 좋아하는 취향이 없다면 당신은 인터넷에서 외톨이가 될 수밖에 없다. 재산이 10억 넘는다고 누가 반겨 주나? 박사 학위를 갖고 있으면 누가 대화에 끼워 주나? 설령 커뮤니티에 들어가도 재미를 못 느끼고 스스로 뛰쳐나오기 쉽다. 심하면 분위기 파악 못 하고 말실수해서 강제 퇴장을 당할 수도 있다. 개인화와 파편화는 인터넷 바깥세상에서도 급속도로 진행되고 있다. 현대인은 되레 온라인에서 편안함을 느낀다. 물론 취향 공동체에 소속된 사람만 말이다.

●

취향을 기르는 일을 21세기 생존전략이라고 말해도 결코 과장이 아니라고 나는 생각한다. 이전 세대는 일하지 않으면 사회에서 따돌림을 당했다. 다시 말하면 일만 열심히 해도 사회에서 충분히 대접을 받았다. 그러나 우리 세대는 일만 하고 놀지 않으면 (놀 줄 모르면) 어디에도 낄 수가 없다. 이전 세대는 일로써 뭉쳤다. 같은 직종끼리 만나서 정보도 교환하고 친목도 다졌다. 그렇지만 우리 세대는 놀이로써 (그러니까 취향이 맞는 사람들끼리) 뭉친다. 직장은 그저 돈을 버는 일터일 뿐이다. 진짜 내 모습은 퇴근 후 비로소 드러난다. 취향 공동체는 자발적으로 형성되며 심리적 결속력은 훨씬 끈끈하다.

●

그렇다면 취향으로 뭉친 커뮤니티에서 자신의 존재감을 드러낼 방법은 무엇인가? 그 안에서도 또 자신만의 독특한 취향의 세계를 구축하는 것이다. 예컨대 '영화'라는 키워드로 모인 집단에서 "저는 영화 보는 게 취미예요."라는 말은 "저도 주민등록증 있어요."와 같다. '민증' 있다고 누가 신경이나 쓰는가. 그 밖의 다른 '자격증' 같은 게 있어야 한다. 다시 말해 좀 더 구체적인 취향의 영역을 갖고 있어야 한다는 말이다. 범위는 좁아도 그 분야에 대해서는 나보다 많이 아는 사람이 드물 거라고 자부할 수 있는 영역!

●

확고한 취향의 영역을 구축한 사람은 '나만의 1등'을 가지고 있다. 남들이 모두 1980년대 홍콩 영화를 B급이라고 깎아내릴 때 "그렇지 않습니다!" 하고 자신 있게 이의를 제기할 수 있는 것처럼 말이다. 웬만한 내공으로는 그런 선언을 하기 어렵다. 그 시대의 홍콩 영화에 대해서 누구보다 더 많이 보고, 더 깊이 보고, 더 열렬히 좋아해야 가능한 일이기 때문이다. 취향이라는 것은 '나만의 1등'을 가질 때에야 비로소 완성 단계에 들어선다. "저는 일 년에 영화를 100편가량 봐요." 이게 아니다. 아무리 영화를 많이 봐도 '나만의 1등' 리스트에 자신만의 색깔이 묻어 있지 않으면 아직 취향이 없는 것이다.

●

고급 취향과 저급 취향은 따로 없다. 클래식 음악을 좋아하는 사람이 트로트 음악을 좋아하는 사람보다 더 고급스러운 취향을 가진 게 아니다. 그저 깊은 취향과 얕은 취향이 있을 뿐이다. 어설픈 클래식 애호가보다는 열렬한 트로트 마니아가 낫다. 남들 눈에 그럴듯해 보이는 취향을 찾지 말고, 설령 남들 눈엔 우습게 보여도 내가 정말 좋아하는 분야를 찾아서 자신만의 영역을 구축해라. 처음에는 대수롭지 않게 보던 사람들도 당신이 베이스캠프를 쌓고 나면 부러운 눈길을 보낼 것이다. '나만의 1등'을 제시할 수 있을 정도의 취향은 하루아침에 만들 수 없다. 10년 후를 생각하며 천천히 쌓아 가자.

2층

"영화를 보고 난 뒤 1층으로 들어온 사람이 2층으로 나가는 듯한 느낌이 가장 좋습니다."

_히사이시 조, 《감동을 만들 수 있습니까》, 85~86쪽

애니메이션 감독 미야자키 하야오의 말이다. 내가 100꼭지의 글을 쓰면서 항상 염두에 두고 있던 비유다. 나는 독자가 1층으로 들어와서 2층으로 나가는 듯한 기분을 느끼도록 만들겠다는 일념으로 글을 썼다. '이 부분은 독자를 2층으로 밀어 올리고 있는가?' 한 문장 한 단락을 써 나갈 때마다 그 점에 대해서 계속 자문했다. 짧은 문장이지만 지우고 쓰기를 반복했다. 모든 독자가 내 의도대로

이 책을 읽진 않았을 것이다. 작가와 독자 사이에 교감의 불꽃이 튀지 않으면 책이란 그저 냄비 밑에다 놓기 좋은 받침대에 불과하다. 많은 수는 아니더라도 내가 의도했던 바를 이해해 주는 독자가 있길 바란다.

●

읽기에 다소 불편한 내용도 있었을 듯싶다. 사실 평소에 책을 좀 읽는다 하는 분들에겐 상식적인 이야기인데, 어떤 분들에겐 생소하고 과격하게 들렸을지도 모른다. 세상에는 여러 모습을 띤 '불편한 진실'이 있는데, 단순히 내 마음을 심란하게 만든다고 해서 그것들을 일괄적으로 물리치면 안 된다. 그중엔 분명 나를 건강하게 해 주는 불편함도 있다. 독약도 입에 쓰지만 보약도 입에 쓰다. 아이는 독약이든 보약이든 입에 쓰면 무조건 뱉으려고 한다. 어른은 보약이라 판단될 땐 꾹 참고 먹을 줄 안다. 이 책의 어떤 페이지에 쓴 맛이 배어 있다면 그것은 보약이기 때문이지 결코 독약이기 때문은 아니다. 내가 설마 독자에게 독약을 만들어 먹였겠나? 이 점은 글쓴이를 믿어 달라.

●

글 쓰는 사람마다 습관처럼 자주 쓰는 표현들이 있다. 일종의 '패턴'인 셈인데 나는 '뒤집어 말하면…' 혹은 '뒤집어 생각하면…'이라는 말을 즐겨 쓴다. 이 책에서도 심심찮게 보았을 것이다. 그러니까 나는 보편타당한 상식을 강화하는 글쓰기보다 그 상식을 뒤집는 글쓰기를 더 선호한다는 뜻이다. 어떨 땐 뒤집을 생각이 없었는데 손가락이 제멋대로 '뒤집어 말하면…'이라고 글 줄기를 틀어 버리기도 한다. 그럼 또 그 문단을 말이 되게끔 마무리하기 위해 머리를 끙끙 싸매게 된다. 그럴 때마다 당혹스럽지만 뒤돌아서 보면 결과는 대체로 좋았다. 글쓰기의 상당 부분은 손가락이 먼저 가고 머리가 수습하는 방식을 띠게 된다. 작가 지망생이 이 글을 읽고 있다면 유념하기 바란다.

●

이 책은 독자들을 향한 나의 발신이기에 앞서 참신한 비유로 깨달음을 주었던 100명의 작가에 대한 답신이기도 하다. 그들의 책을 읽고 1층으로 들어왔다 2층으로 나가는 듯한 기분을 여러 번 맛보았다. 그것을 앞서 경험했기에 나도 내가 쓴 글을 통해서 독자들과 그런 느낌을 공유해 보고 싶다는 용기를 낼 수 있었다. 마지막으로 바람이 있다면, 여기 소개한 100명의 작가 중에서 당신의 마음을 강하게 유혹하는 작가가 있다면 그가 쓴 책을 모두 찾아서 읽고 '전작주의자'가 되어 보라는 것이다. 이 책에서 처음 이름을 듣는 작가도 적지 않을 터이다. 나는 내 책을 재미있게 읽었다는 말보다는 아무개 작가를 소개해 줘서 고맙다는 말을 듣길 훨씬 더 좋아한다.

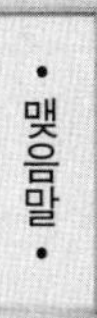

'비유의 발견'이라는 제목엔 두 가지 뜻이 담겨 있다. 우리가 비유를 발견한다. 비유가 우리를 발견한다. 전자가 뜻하는 바는 누구나 쉽게 이해할 수 있겠지만, 후자가 뜻하는 바는 선뜻 이해가 안 될 수도 있다. 비유가 우리를 발견한다니? 그러나 곰곰이 생각해 보면 무릎을 치게 될 것이다. 그것은 마치 꽃과 나비의 관계와 같다. 비유가 꽃이고 우리는 나비다. 언뜻 보면 나비가 꽃을 찾아다니며 발견하는 듯싶지만 엄밀히 말하면 꽃이 나비를 발견해서 불러들이는 쪽에 더 가깝다. 꽃이 나비를 발견하여 꽃가루 운반을 맡긴다.

그러니까 우리가 비유를 발견해서 사용하는 것 같지만 어쩌면 비유가 우리를 발견해서 그 생명을 연장해 오고 있는지도 모른다는 말이다. 내가 이 책에서 소개한 비유는 대부분 잘 알려지지 않은 것들이다. 잘 알려진 것들이라면 내가 인용하는 재미를 크게 못 느꼈을 터이다. 아무튼 나는 이런저런 경로를 거쳐 여기에 100가지의 비유를 모았지만, 그래서 좀 뿌듯한 기분에 사로잡혀 있지만, 뒤집어 생각하면 100가지 비유들이 나를 발견하여 불러들인 것이라고 볼 수도 있다. 내가 그것들의 탈것으로 선택된 것이다.

이 책을 읽고 나서 당신도 또한 몇 가지 마음에 드는 비유를 발견했을 터이다. 그리고 밑줄을 긋거나 외워 보려고 노력하겠지. 더 나아가 밑줄 그었던 내용을 블로그나 트위터에 올릴 것이다. 당신은 "내가 이런 걸 발견했다오!" 하는 조금 으쓱한 기분이 들 것이다. 사람 마음엔 다들 그런 구석이 조금씩 있다. 괜찮은 것들을 발견하면 다른 사람과 공유하고 싶은 욕구. 그 글을 읽은 네티즌들은 또 그중 일부를 다른 곳으로 퍼 나를 것이고…. 이렇게 각종 비유는 생명을 연장해 나간다. 물론 어떤 비유는 도태될 것이다. 그러나 엄청나게 많은 수의 비유가 그런 식으로 세대를 건너며 살아남는다. '발 없는 말이 천 리 간다.'의 나이는 대체 몇 살일까? 그리고 앞으로 몇 년을 더 살까?

당신이 죽고, 당신의 자식이 죽고, 그 자식의 자식이 죽어도 '발 없는 말…'은 여전히 힘차게 달리고 있을 듯싶다. 그러므로 인간이 비유를 발견한다는 말은 얼마나 오만한 발상인가. 비유의 관점에서 인간을 보면 어떤가? 당신은 비유가 발견한 버스나 택시 같은 탈것일 뿐이다. 혹은 에스컬레이터나 엘리베이터라고 표현해도 크게 다르지 않다. 요컨대 필요에 따라 잠시 탔다가 내리는 기계. 그 이상도 이하도 아니라는 걸 생각해 본 적 있는가?

이와 같이 관점을 바꿔서 세상을 보는 훈련을 해 보자는 것이 이 책 전반에 흐르는 취지다. 비유는 논리가 포획할 수 없는 수많은 지혜와 영감을 인간에게 제공한다. 논리는 정답을 찾아가는 방법을 우리에게 알려 주지만 정답이 아닌 현답을 더 많이 요구하는 게 인생이다. 현명한 사람은 정답을 많이 알고 있는 사람이 아니다. 우리네 인생에 정답이 없는 일이 태반인데 정답을 많이 안다는 것 자체가 말도 안 된다. 논리를 강조하는 사람은 정답 찾기에 갇히는 경향이 있다. 그러나 지혜는 정답의 외피를 쓰고 있지 않다.

우리는 스무 살이 되기 전까지 (어떤 사람에겐 서른 살일 수도 있다) 정답 찾는 훈련만 줄곧 한다. 그러다 막상 어른이 되고 보니까 웬걸, 세상은 정답보다는 현답을 더 요구하는 거다. 정답 찾는 훈련이 때로는 현답 찾는 일에 가장 큰 방해가 되기도 한다. 하나의 완결된 틀에서 벗어나지를 못하는 것이다. 어떻게 동성끼리 결혼을 할 수가 있어? 어떻게 신이 없다고 주장할 수 있지? 어떻게 대마초를 피울 수 있나? 자기가 정해 놓은 (그러나 알고 보면 가족이나 사회가 주입한) 정답과 다른 답이 예시되면 심한 혼란을 느낀다. 그저 혼란만 느끼면 그나마 낫다. "그건 틀렸어!"라고 무식한 소리를 해 댄다.

이 책을 읽은 후 당신이 평소에 갖고 있던 정답을 하나라도 의심하게 되었다면 그것만으로도 나는 기쁠 것 같다. 어디 가서 써먹기에 유용한 새로운 정답을 제공하는 것이 아니라, 당신이 이미 갖고 있던 정답 하나를 철회하게 하는 데 도움이 되었으면 좋겠다는 뜻이다. 지혜는 내 안에 없던 것을 받아들이면서 생기기도 하지만, 내 안에 쌓여 있는 지꺼분한 더께를 걷어내면서 드러나기도 한다. 채우는 독서도 있지만 비우는 독서도 있다.